이 책으로 한국 독자와 처음 만나게 되었습니다.

저는 한국 영화를 정말 좋아하는데요.

보는 쪽에 있다가 여러분께 선보이는 입장이 되었네요.

- 로카고엔 -
ROKAKOUEN

죽음에
이르는
꽃

食べると死ぬ花

죽음에
이르는
꽃

로카 고엔 지음

민경욱 옮김

RHK
알에이치코리아

일러두기

- 모든 주는 옮긴이의 설명입니다.
- 작품의 성경 구절은 공동번역성서 기준으로 옮겼습니다.

결산의 관

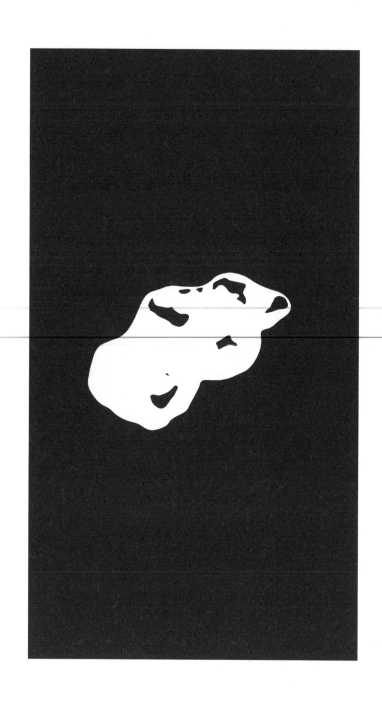

"어머, 고상한 맛이네."

이 말은 곧, 간이 약하다는 소리다.

"그렇게 아끼지 말고 소금이든 설탕이든 더 써라. 어머님이 절약을 많이 하셨나? 얼마 전에도 고상한 차림이었지?"

이 말은 곧, 우리 집과 어머니가 가난하다는 소리다.

"그리고 말이야, 아무래도 이치카가 말이 너무 느린데 진찰을 받아보는 게 좋겠어."

남편을 조용히 바라봤다. 그의 눈은 아무것도 보고 있지 않다. 내가 만든 달걀말이가 그의 입을 통해 위로 떨어지고 있다.

"유이치가 저만 했을 때는 하도 떠들어서 집안이 시끌벅적했는데……. 너도 그렇게 생각하지?"

"……."

조금이라도 몸에 좋은 걸 먹이려고 지은 잡곡밥을 씹지도 않고 넘긴다. 남편의 터질 듯한 배가 힘겹게 오르내린다. 그걸로 끝이다.

이 남자를 유이치라고 생각하지 않는다. 내가 결혼한 유이치는 지적이고 하얀 아스파라거스처럼 청결한 느낌이고 기가 약하기는 하나 다정한 남자다. 돼지처럼 숨을 쉬며 자기 딸의 험담을 듣고도 침묵하는 남자가 아니다. 내가 모르는 사이에 사람이 바뀐 것이다. 편의상 '남편'이라고 부를 뿐 이 사람은 내가 전혀 모르는 생물이다.

"얘? 안 그러니? 미사키. 아무래도 이치카."

"빨리 나가지 않으면 늦지 않아?"

좀 부자연스럽게 보였겠다. 남편이 평소 집을 나서는 시간은 십 분이나 남았다.

"……."

남편은 더러운 소리를 내며 된장못국을 후루룩 마시더니 자리에서 일어났다. 잘 정리된 옷 서랍에 주저 없이 손을 쑥 집어넣더니 양말을 움켜쥐었다.

남편은 제대로 들리지도 않는 목소리로 다녀오겠다고 말하고, 나와 이치카와는 눈 한번 맞추지 않고 나가버렸다.

내가 엉망진창이 된 서랍을 바라보고 있는데 시어머니 기미코가 크게 한숨을 내쉬었다. 왜 그러시냐고 묻기를 기다리고 있을 것이다. 그래서 더 아무 말도 하지 않았다.

"노인네 설교라고 그런 식으로 무시하는데 말이다."

기미코는 남편과 애기할 때와 달리 나와 애기할 때 목소리가 한 톤 낮다.

"무시할 리가 있겠어요."

애써 밝게 대답했으나 내가 생각해도 목소리가 너무 떨렸다. 게다가 시어머니의 이야기를 듣고 있으면 이상하게 간사이 사투리가 전염된다. 간사이 사람들은 그 지역 출신이 아닌 사람이 쓰는 사투리를 들으면 이상하게 화가 난다는 길거리 인터뷰를 본 적이 있다. 하물며 기미코는 결혼하고 간토에서 산 세월이 더 긴데도 불구하고 여전히 사투리를 고수하는 사람이다.

예상대로 기미코의 성을 돋우고 말았다. 안 그래도 가는 눈을 더 날카롭게 뜨고 나를 노려본다.

"아주 개무시를 하지."

맞아요. 당신을 정말 멍청한 늙은이라고 생각한다고요.

그렇게 말해버리면 얼마나 속이 시원할까. 그 정도로 강한 성격이라면 얼마나.

"그렇지 않아요."

입가를 힘껏 끌어올려 미소를 지었다. 입가가 긴장해 부들부들 떨렸다.

기미코는 내 모습을 보고 비웃었다.

"노인네라고 무시하지? 아, 정말 세상 무섭구나. 나를 그렇게 노인네 취급하면서 정작 너는 인스타도 안 하지?"

"네."

기미코는 웃기지도 않게 최신형 스마트폰을 가지고 있다.

"이 사람, 후지모토 선생 좀 봐라. 소아정신과의 유명한 의사이고 미국 대학 출신이라더라."

시커멓게 탄 근육질 남성이 하얀 가운을 입고 웃고 있다. 프로필에는 기미코가 말한 미국 대학과 자격증, 받은 상, 개발을 맡은 식품 등 온갖 정보가 나열돼 있었다. 서프보드를 든 보디빌더 같은 나체도 본인일 것이다. 취미는 서핑. 그래. 스스로를 미치도록 좋아하는 유형이다.

"대단한 선생 같네요."

"맞다."

기미코는 내 말을 막고 큰 목소리를 냈다. 생판 아마추어가 의사의 유능함을 어떻게 판단할 수 있단 말인가.

기미코는 내 반응을 살피지도 않고 계속 떠들었다.

"여기 좀 봐라. 여기에 적혀 있잖니."

기미코는 하얀 종이에 빨갛게 '아이의 상태가 걱정되는 어머님에게'라고 적힌 사진을 띄운다. 전혀 해롭지 않아 보이는 가족의 삽화가 꼴사납다.

자폐 스펙트럼 어린이는 이십에서 오십 명 중에 한 명꼴로 있습니다. 빨리 대응하지 않으면 친구들과 제대로 어울리지 못하고 학교 선생님의 오해를 받아 외톨이가 되기도 하죠……. 그런 아이는 자해나 히키코모리 등 자신에게 상처를 주거나 혹은 다른 사람에게 위해를 가하기도 합니다. 하지만 그건 아이의 잘못이 아닙니다. 아이에게 적절한 지원을! 저희 클리닉은 어머님을 전력으로 돕겠습니다!

손이 떨렸다. 나도 모르게 스마트폰을 바닥에 내던질 뻔했으나 간신히 멈췄다.

짙은 다마스크 장미 향이 났다. 기미코의 입냄새다.

기미코가 내 얼굴을 바라보고 있다.

"애? 빨리 대책을 세워야 한다잖니. 한없이 그러고 있으면 어려워져."

"이치카는 말 잘하니까 괜찮아요."

평정을 가장하려 했는데 무리였다. 두들겨 맞기라도 한 듯 콧속이 시큰해지더니 시야가 눈물로 흐려진다. 눈물이 흘러넘치지 않도록 빠르게 대답했다.

"이치카는 말을 잘한다고요."

"인정하고 싶지 않겠지."

"이제 나가봐야겠어요."

식탁 위의 식기를 치우기 시작했다. 기미코는 도울 기색도 없이 바로 옆에 들러붙어 계속 떠들었다.

"집안을 돌보는 일은 아내의 당연한 일이란다."

발밑 스위치를 차니 수도꼭지에서 물이 세차게 흐르기 시작했다. 요리를 좋아하는 나를 위해 유이치가 특별히 주문해 준 부엌이다. 그러나 세찬 물소리에 기미코의 목소리가 섞여 사라지지는 않는다. 무엇보다 기미코가 거칠게 다루는 바람에 여러 번 누르지 않으면 작동되지 않게 됐다.

콸콸콸, 세 번째에 간신히 물이 나왔다.

"아니, 괜한 물건에 화풀이니? 아이고, 무서워라. 이치카, 안 그러니?"

기미코가 말을 걸어도 이치카는 잠자코 달걀말이를 씹고 있다. 천천히, 천천히 씹는 입가에 침이 흐르고 있다.

"그게 아니에요. 요즘 작동이 잘 안 돼서."

"그래? 너랑 똑같구나."

기미코는 남편이 없으면 공격성을 숨기지 않는다.

"아르바이트하느라 모르겠지. 그동안 애를 보는 사람은 나다."

도대체 왜 그놈의 아르바이트를 하게 됐는지 저 사람은 정말 모르는 걸까. 저 커다란 머리에 맞게 뇌가 들어 있다면 그런 말은 절대 못 할 텐데.

"그건 감사해요."

물소리에 섞여 사라질 정도로 조그만 목소리로 인사했다.

"고맙다는 말보다 딸을 좀 더 진지하게 생각해라."

14

"네."

세수하며 눈물을 닦아내고 이를 닦는다. 이대로 나갈 수 있다. 기미코가 집에 오면서부터 화장은 때려치웠다.

"이치카를 가장 옆에서 지켜보는 사람은 나니까. 병원도 생각해두렴."

다녀오겠다는 말도 하지 않고 집을 뛰쳐나왔다.

애당초. 애당초 왜 일이 이 지경이 됐냐 말이다.

발단은, 바바 요시유키의 죽음이다.

그는, 내 시아버지다.

요시유키는 전형적인 '쇼와 시대의 가부장'이다.

긍정적인 면이라면 활기차게 일하는 사람.

부정적인 면은 꼽자면 한도 끝도 없다. 뻔뻔하고 배려가 부족하고 거칠하고 상스럽다. 게다가 여성을 사람으로 보지 않는다. 사실은 장남 이외의 남자 역시 사람으로 취급하지 않는다. 시댁 모임에서 시아버지가 보고 웃는 사람은 남편뿐이었다.

그런 상황이었으므로 남편의 누나인 사쿠라코를 비롯해 동생 유지와 유조도 끔찍이 아버지를 싫어했다.

나아가 애석하게도, 유일하게 애정을 쏟은 남편조차도 그를 사랑하지 않았다. 요시유키는 요코하마에 주택을 짓고 세 아들을 대학까지 졸업시켰는데 가족 누구도 그를 존경하지 않았다.

그래도 요시유키는 건재했다. 오랫동안 근무한 대형 금융 기관을 퇴직한 뒤에도 인맥을 활용해 인재 파견 회사의 임원으로 일했다. 사람이란 쉰을 넘기면 이런저런 안 좋은 데가 생기기 마련인데 자신은 어깨 결림 한번 겪어보지 않았다고 큰소리쳤다.

그래서 더 아무도 죽을 줄 몰랐다.

요시유키는 잔뜩 퍼마시고 집에 돌아오는 길에 털썩 쓰러져 그대로 불귀의 객이 되고 말았다. 뇌경색이었다고 한다.

가족의 사랑을 받지 못했으나 그는 분명 중요한 사람이었다.

제일 먼저 유조의 빚이 드러났다. 유조는 카페를 운영하며 푸드 트럭까지 돌린다고 해서 경영이 순조로운 줄 알았는데 자금 사정이 상당히 어렵다고 했다. 매달 아버지에게 수십만 엔을 지원받고 있었으나 그걸로도 부족했는지 정말 생각지도 못한 거액의 빚이 남아 있었다. 유조에게는 부인과 어린아이가 둘 있다. 일단 요코하마의 집을 팔기로 했다. 거기에 유조와 기미코에게 분배된 유산과 기미코의 저축을 전부 보태도 터무니없이 부족했다.

강 건너 불구경하듯 지켜보던 상황도 거기까지였다.

요코하마의 집이 사라진 탓에 기미코가 살 곳이 없어졌다.

둘째 유지는 싱가포르에서 산다는 이유로 친어머니와의 동거를 거부했다. 딸 사쿠라코는 남편과 둘이 사는데 시부모님을 모셔야 할 수도 있다며 어머니를 데려가기는 힘들다고 했다.

유조는 자기 잘못으로 이 지경이 됐는데도 당당하게 주장했다.

"장남이 모시는 게 도리지."

"도련님이 할 소리는 아니죠……."

말없이 앉아 있는 남편 대신 내가 말했다.

"아뇨. 저도 그렇게 생각해요."

유지가 끼어들었다. 보아하니 사쿠라코도 연신 고개를 끄덕이고 있다.

"올케는 우리가 얼마나 힘들었는지 모르겠지. 매사 장남만 챙겼으니까 엄마 정도는 장남이 돌봐야지."

사쿠라코는 남편의 누나다. 그런데도 그녀는 남편을 늘 '장남'이라고 부르며 오빠라도 되는 양 대했다. 그만큼 그녀의 말에는 설득력이 있었다. 남편만 계속 우대받았으니 이제 책임지라는 소리다.

남편의 얼굴을 봤다. 반론할 기색도 없이 차를 마시고 있다.

"어쨌든 다들 정말 힘들어. 그렇다고 어머니가 시설에 들어갈 나이도 아니고. 장남, 얘기는 다 된 거지? 올케도 잘 부탁해."

남편은 여전히 침묵을 지켰다. 그때 "맞아. 어머니는 내가 돌볼게."라고 말했다면 그는 여전히 내게 유이치였을 것이다.

그리하여 기미코가 우리와 살게 됐다.

처음 집에 왔을 때는 어른스럽게 굴었고 가여울 정도로 위축돼 보여서 진심으로 그녀를 동정했다. 시댁에 가서 보는 그녀는 늘 요시유키의 난폭한 요구에 맞춰 종종걸음치며 일하며 말대꾸 한번 하지 못했다. 아마도 너무 오랫동안 그렇게 지내서 남편이 죽은 지금까지도 흠칫흠칫 주위를 살핀다고 생각했다.

"어머님. 이제 여기가 어머님 집이니까 편히 지내세요."

그렇게 말했다. 기미코는 눈시울을 적시며 "고맙구나."라고 말했다. 거의 대화를 나누지 못했던 시어머니와 조금이나마 신뢰 관계를 쌓았다고 생각했다.

그게 아니었다. 그녀는 그저 개처럼, 가족 안의 서열 관계를 파악하고 있었을 뿐이다. 그때 그 말을 하지 말았어야 했다. 개를 훈육하듯 얕보게 해서는 안 됐다.

그녀는 순식간에 거만해졌다. 시작은 된장국 간이었다.

한 달쯤 지났을 무렵, 기미코가 이상하게 된장국만 남긴다는 걸 깨달았다. 단순히 국을 즐기지 않는다고 해석해 기미코의 국만 조금 담았다. 그런데도 매일 된장국이 남았다. 아깝다고 생각했을 뿐 그리 신경 쓰지 않았다. 이치카를 돌보느라 사소한 일까지 신경 쓸 틈이 없었다.

그래, 분명 밤이었다. 넷이 식탁에 둘러앉아 잘 먹겠다며 손을 모았을 때였다.

기미코가 크게 한숨을 내쉬었다.

"쿠션 드릴까요?" 요통이 심해졌나 해서 물었다.

지금은 이 또한 괜한 말이었다고 생각한다. 그냥 무시했어야 했다.

"나, 고혈압인데."

"네."

"네라고만 할 게 아니라."

기미코는 어디 놔뒀다 꺼냈는지 아침에 남긴 된장국 그릇을 식탁에 탁 내려놨다. 된장국 국물이 튀어 꽃무늬 식탁보에 동그란 자국을 남겼다.

"조금쯤은 건강한 식단을 생각해주면 안 되겠니? 국물은 뭐로 내니? 이렇게 짜디짠 국은 못 먹겠구나."

살짝 웃음을 터트리고 말았다. 기미코의 말투는 무슨 연기라도 하듯 지나치게 과장되고 너무 강해 농담인 줄 알았다. 아, 네. 죄송해요. 그런 식으로 가볍게 대답했다.

"왜 웃니?"

기미코가 차갑게 내뱉었다.

"내 몸이 안 좋은 게 재밌니?"

"아니, 그런 뜻은 아니었어요."

"그럼 무슨 뜻이었니? 아니, 무엇보다 매일 같이 식사하면서 도대체 왜 알아차리질 못하니?"

기미코의 얇은 입술이 일그러졌다.

"아하! 얼른 이 집에서 나가라는 거니? 못 알아듣은 사람은 나구나!"

"그런 게……."

"아이고. 무서워라."

내가 아무리 수습하려 해도 기미코는 무섭다는 말만 되풀이했다. 지금은 당연한 풍경이 됐는데 남편이 나를 무시한 것도 이때가 처음인 듯하다. 남편은 자기 딸에게 음식을 먹이며 자기 어머니의 잔소리를 듣는 아내를 보면서도 잠자코 전갱이 튀김을 씹었다.

일단 그 순간을 무마하려고 기미코가 시키는 대로 다시마로 국물을 내고 삼천 엔이나 하는 뇐상을 쓴 게 결정적이었다. 기미코에게 나는 최하층 인간이 되고 말았다.

요리에 대한 불평은 그야말로 서막에 불과했다. 기미코는 내 옷차림부터 교우 관계, 부모 형제까지 일일이 부정적으로 평가했다. 원래 인내심이 강한 성격이라 웬만한 험담은 그냥 넘길 수 있었다. 견딜 수 없는 점은 기미코의 씀씀이였다.

기미코는 외식을 좋아했다. 일주일에 한 번, 천 엔 정도라면 나도 뭐라 하지 않았을 것이다. 그러나 거의 매일 수천 엔의 점심을 밖에서 해결하고 툭하면 배달을 시키면 이야기가 달라진다.

그리고 어느새 새 옷을 입고 있었다. 어디서 났냐고 물으면 이렇게 대답했다.

"너는 나만 감시하니? 정말 이상하기도 해라. 친구도 없는 데로 이사 와서 재미라고는 없는 노인네의 작은 즐거움에 잔소리나 하는구나. 제대로 애를 키우려면 나 같은 거 돌아볼 틈도 없을 텐데 말이다."

기미코가 그 '즐거움'을 사는 자본이 어디서 오는지를 몰랐다고 생각하지 않는다. 이치카는 아직 어리고 아이는 자랄수록 돈이 든다. 부모로서 돈 때문에 아이 미래의 선택지를 줄이고 싶지는 않다. 그런 심정으로 저축한 돈을 아무것도 없고 미래도 없는 기미코가 물 쓰듯 쓰고 있다. 기미코에게 내 신용카드를 넘긴 결과였다. 카드회사에서 연락이 왔을 정도다.

그러나 이미 "절약 좀 하세요."라고 말할 수 있는 정신 상태가 아니었다. 기미코에게 충고하기보다 싫은 소리를 듣는 게 더 끔찍했다.

그래서 어쩔 수 없이 일을 시작했다. 의료 사무 자격이 있어서 취업이 힘들지는 않았다.

아니다. 이것은 어디까지나 '시어머니의 씀씀이가 너무 헤퍼서 일해야 한다'라는 의사 표명에 불과했다. 실은 집을 나가고 싶었다.

고백하자.

이치카가 어려웠다. 실은 기미코보다 더.

이치카는 내가 이해할 수 있는 언어로 말하지 않는다. 벌써 두 살이 다 됐는데 엄마도 아빠도 하지 않는다.

희로애락을 알아차리는 일조차 힘들다. 틀림없이 어떤 말이겠지. 그러나 일본어는 아니다. 어떻게 해야 할지 몰랐다.

이치카가 한 살 반이었을 때 친정어머니에게 상의했다.

"말을 하면 되는 거 아닐까? 게다가 이치카는 천재야. 얘, 아인슈타인도 세 살까지 한마디도 못했다더라." 어머니는 나를 달랬다.

그러나 아인슈타인은 아인슈타인이고, 이치카는 이치카다. 무엇보다 아인슈타인도 지금 태어났다면 틀림없이 어떤 진단명이 붙었을 것이다. 자폐 스펙드럼 장애. 사회성이나 의사소통 능력이 부족해 주위 사람과 교류하기 힘들다.

기미코가 존경하는 후지모토 선생의 인스타 같은 것을 보지 않더라도, 충분히 알고 있다.

이치카는 정상이 아니다.

이치카에 관해 생각하고 싶지 않다. 이치카가 앞으로 어떻게 될지 생각할 용기가 없다.

그래서 기미코가 이치카 이야기를 할 때마다 눈물이 난다. 그녀의 말 가운데 적어도 딸에 관한 이야기는 틀린 말이 하나도 없다. 그 사실을 아는지 모르는지, 요즘 시어머니의 불만은 온통 이치카였다.

그렇다면 본인이 직접 이치카를 그 후지모토 선생이라는 사람에게 데려가 진찰을 받게 하면 좋겠다고 생각했다. 그러나 시어머니는 손녀를 걱정해서가 아니라 오직 나를 공격할 재료로 생각하기에 그런 일은 절대 하지 않는다. 아이를 돌본다고 주장하면서 매일 점심 먹으러 외출한다는 사실도 안다. 이치카는 울지도 떼를 쓰지도 않는다. 거실에 설치한 관찰 카메라로 딸의 상태는 언제든 확인할 수 있다. 이치카는 혼자 줄곧 그림만 그린다.

이치카의 그림 역시 정상이 아니다. 소재는 늘 다르다. 꽃일 때도 있고 동물일 때도, 풍경일 때도 있다. 그러나 모두 너무나 생생하고 무시무시하다. 세 살짜리 소녀가 크레용으로 그렸다고 믿지 못할 만큼.

이치카가 그린, 눈이 절로 멀어버릴 것 같은 선명한 색채의 꽃 그림을 볼 때마다 구역질이 났다. 그러므로 일은 일종의 청량제였다. 내가 근무하는 조그만 클리닉의 여의사는 늘 씩씩하게 "안녕하세요!"라고 인사하며 과자를 나눠 준다. 나라면 절대 사지 못할 고급 과자를 입안에 잔뜩 넣고 씹으며 집에 온다. 직장에는 기미코처럼 거지 같은 노인네도, 무슨 말을 하는지 알 수 없는 아이도 없다.

편의점 창문 유리에 비친 내 얼굴을 보고 흠칫 놀란다. 얼굴이 참혹하다. 단순히 화가 난 얼굴이라면 모르겠는데 안 좋은 감정이 잔뜩 담긴 추한 표정이다. 내 얼굴에도 화가 나 슬퍼진다.

편의점 벽걸이 시계를 확인하니 근무 시작까지는 아직 한 시간이나 남아 있다.

어디선가 시간을 보내자고 생각하고 편의점의 식사 공간과 카페를 비교한다.

가끔은 사치를 부려도 괜찮겠지.

결국은 카페를 선택하고 들어가 화장실 쪽 어두운 자리에 앉아 '점장 추천'이라며 간판에 그림까지 그려놓은 음료수를 주문했다.

얼마 후 여직원이 휘핑크림을 잔뜩 올린 컵을 가져온다. 감 도는 캐러멜 냄새만으로도 위안을 얻을 듯하다.

가게 안에는 손님들이 드문드문 자리에 앉아 각자 가져온 컴퓨터로 일하고 있다. 탁탁탁, 키보드 두드리는 소리가 울릴 뿐 조용한 실내였다.

눈물이 나올 것 같다. 이 공간은 내게 상처 주지 않아. 깊이 심호흡해 가게 공기를 들이마실 때였다.

"안녕하세요!"

느닷없이 앞자리에 남자가 앉아 있다. 삼십 대, 아니 이십 대 후반일까. 배우처럼 잘생긴 남자였다. 너무 잘생겨 이 사람 만 세상으로부터 겉도는 듯한 위화감마저 느껴졌다.

"아주 좋은 아침이라는 생각 안 드세요?"

저도 모르게 고개를 끄덕이고 말았다. 처음 보는 남자가 이 넓은 가게에 빈자리도 많은데 하필 내 앞자리에 앉았다. 이런 기이한 상황에도 눈앞의 남자가 위험한 사람이라는 생각은 들지 않았다. 위험하기는커녕 빛나 보였다.

"이런 아침이 계속되면 좋을 텐데."

남자는 다리를 바꿔 꼬면서 말했다.

"힘들어 보이시네요."

남자는 물끄러미 나를 봤다. 옅은 홍채 색깔이 간접 조명의 빛을 받아 반짝반짝 빛나 마치 별 같다.

"힘, 들다, 니요?"

"숨기실 필요 없어요."

카페에는 느린 재즈 선율이 흐르고 있었다. 업무 중인 사람들은 여전히 컴퓨터와 마주 앉아 열심히 일하고 직원은 카운터에 한 사람만 있을 뿐인데 죄다 자기 일에만 집중하고 있다.

"아무도 우리를 보지 않아요."

뺨이 축축해진 게 느껴졌다. 울고 있다는 사실을 깨달은 건 조금 뒤였다.

남자는 여전히 미소를 짓고, 미소라기보다는 입가를 올린 표정이었을 것이다. 그 표정을 유지한 채 나를 지켜보고 있다. 심장이 쿵쿵 뛰기 시작했다. 뭐라고 표현할 수 없는 충동이 뭉

게몽게 몸속 저 깊은 속에서 솟아올랐다.

터진 댐처럼 이야기를 시작했다.

남편과 시어머니의 일 그리고 무엇보다 딸 이치카의 일을.

이치카의 이야기로 접어들었을 때 남자가 손가락 끝으로 탁자를 세 번 두드렸다.

마법이 풀려 체중이 돌아온 듯 두둥실 떠올라 있던 내 몸에 무게가 느껴졌다. 뺨이 열을 내고 있다.

처음 만난 젊은 남자에게 적나라한 이야기를 다 털어놓고 말았다. 왜 이런 짓을 하고 말았을까. 눈앞에 있는 남자의 용모가 훌륭해서? 그런 이유라면 더 꼴불견이고 부끄러운 일이다.

"죄송해요. 처음 뵙는데. 이런…… 왜 이런 말을 했는지……."

"아뇨. 사실은 디 듣고 싶었는데 시간이 없으실 것 같아서."

손목시계를 보니 정말 일하러 가야 할 시간이 돼 있다.

"어머! ……정말이네. 죄송해요. 이렇게 오래……."

하하하, 남자는 소리 내어 웃었다. 살짝 튀어나온 송곳니가 보였는데 그것조차 매력적이었다.

"그럼, 소중한 얘기를 들은 감사 표시로 계산은 제가 할게요."

"말도 안 돼요!"

계산서를 들고 일어나는 그에게 돈을 건네려 했으나 하필 꼭 이럴 때일수록 가방에서 지갑이 나오지 않는다.

"괜찮습니다. 또 이 카페에 와서 다음 이야기를 들려주세요."

"저, 성함이?" 사라지려는 남자의 등에 대고 물었다.

"니코입니다. 니코라고 부르세요." 남자는 고개만 돌려 대답하고 가버렸다.

나는 한참, 남자가 있던 공간을 바라봤다.

짐을 정리하며 주변을 두리번두리번 살폈으나 드문드문 앉아 있는 손님들은 여전히 내게 관심이 전혀 없다.

그토록 아름다운 남자라면 눈으로 좇는 사람도 있을 법한데. 다시금 그런 생각에 빠진 자신이 부끄러웠다.

반성하면서도 확신했다. 나는 분명 일찍 집을 나서 이 카페에 올 것이다. 아름다운, 니코를 만나러.

아르바이트를 끝내고 집에 왔는데 집 안이 엉망진창이었다.

빨래가 여기저기 흩어져 있고 의자가 쓰러져 있다. 바닥도 벽도 나갈 때와 다른 색이다. 소름이 돋을 만한 붉은색 꽃. 이 그림은?

"이게, 도대체?"

어떻게 된 거지? 말보다 먼저 기미코가 씩씩대며 다가왔다. 원래도 작고 까만 눈이 더 보기 힘들 만큼 한껏 치켜 올라가 있다.

"아무리 그래도 이건 아니지! 아무리 전화해도 무시하고!"

기미코가 분을 참지 못하고 발을 굴렀다.

"내가 뭐라고 했니? 빨리 병원에 데려가야 한다고 했어, 안 했어? 나를 늙은이라고 얕보고 무시해서 이 모양이 됐잖아!"

"이치카, 어디 있어요?"

기미코가 요란법석을 떨수록 이상하게도 더 냉정해졌다.

"너, 다른 사람 기분 같은 건 모르겠니? 죄송하다는 마음이 전혀 안 들어? 내가 이렇게 애를 쓰는데?"

기미코의 목소리를 의식에서 지우자. 그렇게 결정하자마자 침을 튀겨가며 열변을 토하는 그녀의 말들이 오른쪽 귀에서 왼쪽 귀로 흘러 나갔다.

기미코를 피해 장지문을 열었다.

다른 사람의 기분을 모른다는 말을 용케도 내뱉는구나.

기미코는 전혀 신경 쓰지 않을 것이다. 그러나 그녀가 오는 바람에 이치카가 장지문으로 가로막힌 곳에서 생활하게 됐다. 이치카를 위해 준비한 방은 그녀가 당당하게 사용하고 있다.

이치카는 어두컴컴한 방 안에서 일사불란하게 손을 움직이고 있다. 크레용도 거의 다 썼는지 지금은 손으로 직접 그리는 것처럼 보인다.

"이치카."

이름을 부르니 이치카는 흠칫 움직임을 멈췄다.

천천히 고개를 들고 나를 본다. 그 동작이 왠지 소름 끼친다.

그러나 나는 엄마다. 이 아이를 낳은 사람이 바로 나다.

"이치카."

다시 부르니 이치카가 환하게 웃었다.

"푸에레!"

이거다.

이치카는 누가 말을 걸어도 의미 모를 말로 대답했다. "아"나 "우" 같은 옹알이라면 그나마 낫다.

"비루보나스."

전혀 무슨 말인지 모르겠는데 이치카는 대화라도 나누는 표정으로 웃었다. 아니다. 사실은 정말 나와 대화하려 하는 것이다. 내가 이해할 수 없을 뿐이다. 그게 더 나를 상처 입혔다.

틀림없이 이런 이야기를 주위에 하면 친정엄마처럼 "이치카는 천재네."라고 말할 것이다. 누가 봐도 뛰어난 그림 실력을 지녔고, 하는 행동은 도무지 이해할 수 없다. 두 살이나 됐는데 말이다.

하지만 천재일 필요는 없다. 그냥 평범한 딸이 좋다. 응석을 부리고 나를 엄마라고 부르며 유치하게 사람을 그리는 평범한 딸이 좋았다.

이치카에게 다가가 팔을 잡아당겨 억지로 일으켜 세웠다.

이치카는 나를 올려다보며 다시 "푸에레!"라고 말했다.

"잘못했다고 해."

이치카는 나를 보고 진심으로 기뻐하고 있다. 손을 잡아줬다고 생각하는 걸까.

"잘못했다고 하라고!"

이치카는 웃으며 몸을 틀어 내 손을 뿌리치려 했다. 그 손을 꽉 움켜쥐었다.

"잘못했다고 해!"

잘못했다고 하라는 말을 되풀이했다. 이치카는 들떠 소리까지 내며 웃었다. 기미코가 들어와 뭐라고 호통을 치는데 들리지 않는다. 나는 이치카에게 말하고 있다. 잘못했다고 말해. 태어나서 미안하다고 내게 말해. 그 이상한 말이 통하는 곳으로 돌아가. 잘못했다고 하라고 나는 끊임없이 되풀이했다.

힘껏 팔을 휘둘렀다. 이게, 고통을 느끼면 내 마음을 이해할까.

이게, 울면 나도 이 말을 알아들을 수 있을까.

"자, 잠깐만요! 어머님!"

한 번도 들어본 적 없는 발랄한 목소리에 정신이 돌아왔다.

돌아보니 또래로 보이는 남성과 더 젊은 여성이 나를 걱정스럽게 보고 있다. 푸른 제복. 경찰관이다.

"괜찮으세요? 울고 계시네요. 여기 좀 앉으세요. 이야기를 들어보죠."

남성 경찰관은 한없이 상냥한 목소리로 소파에 앉으라고 재촉했다. 이치카만이 아니라 진심으로 나도 걱정하고 있다.

울음이 나올 만큼 기뻤다. 순간 그렇게 느낀 감정도 경찰관들 뒤를 보고는 단숨에 사라졌다.

남편이 서 있다. 이쪽을 바라보고 있는데 아무런 감정을 읽을 수 없다. 동요조차 없는 듯하다.

"네가 이 요란을 떨어 유이치가 신고했다."

기미코가 앞장서서 다정한 경찰관들에게 쓸데없는 소리를 술술 늘어놓았다.

다마스크 장미 향이 코를 찌른다.

"정말 남부끄러워서. 아가씨도 앞으로 아이를 키울 텐데 이러지는 말아요."

젊은 여성 경찰관은 안타까울 정도로 당황했다. 젊은 여성에게 해서는 안 될 명백한 문제 발언이나 상대는 일반인이고 노인이라 강력하게 부정도 긍정도 하지 못하리라. 이제 기미코에게는 화도 나지 않는다. 망할 놈의 노인네로 계속 사람들의 미움을 받으면 그만이다.

그보다, 남편이 문제다.

경찰에 신고한 자체를 믿을 수 없다. 내게 말을 걸어볼 마음은 없었나. 경찰과 함께 나를 달랬다면 그나마 낫다. 남편은 아무 말도 없다. 흙탕물처럼 흐린 눈으로 나를 관찰하고 있다.

니코의 눈동자가 떠올랐다. 빛을 반사하며 반짝이고 있다.

니코를 만나고 싶다.

나는 바닥에 손을 대고 경찰에 사과했다.

◆◆◆

"민사 불개입이라더니 사실이더라고요. 여기, 부모·자녀 관계 상담소라는 데 연락처만 주고 돌아갔어요. 남편분과 잘 상의하라면서요. 그게 가능하겠어요?"

니코는 끼어드는 일 없이 내 이야기를 들어줬다. 똑같은 말을 세 번쯤 했을지 모른다. 그런데도 "이미 들었어요."라는 말은 하지 않는다.

그날 이후로 니코와는, 일이 있는 날이면 반드시 일 시작 전에 카페에서 수나를 떨었다.

선이 가는 외모와 달리 운송업을 한단다.

"운송업이라면 택배 아저씨들처럼 까맣게 타고 근육질밖에 떠오르지 않는데."

"저는 특별한 짐을 옮기니까요."

내 말에 답하고 웃는 그는 속이 다 비칠 정도로 하얀 피부를 지녔다.

본명은 모른다. 나도 묻지 않았다. 직업도 거짓말일 수 있다.

그런 건 내게 전혀 중요하지 않았다.

니코는 나를 부정하지 않는다. 망할 노인네가 아니다. 말이

통한다. 움직이는 찰흙도 아니다.

연애는 아니다. 이 나이에 가정도 있으므로 헛된 마음은 품지 않았다. 무엇보다 그와 나 사이에 애욕이나 육욕 같은 날것의 감정이 존재하길 바라지 않는다.

니코는 내게 아름다운 보석이다. 보고만 있어도 좋다. 함께 있기만 해도 내가 특별한 존재가 된 듯 느껴진다.

"미사키 씨는 정말 최선을 다하셨네요."

고개를 끄덕였다.

맞아. 정말 최선을 다했다. 완벽한 아내도 어머니도 아니다. 하지만 할 수 있는 일은 다 했고 지금도 하고 있다.

"노력하는 사람에게는 반드시 좋은 일이 생겨요."

평소 이런 진부한 소리를 들었다면 왜 저렇게 아무 말이나 떠드냐며 화를 냈을 것이다. 그러나 니코에게는 전혀 화가 나지 않는다. 그가 진심으로 그렇게 믿고 있음을 알기 때문이다.

"그럴까요. 정말……? 하지만 빨리 좀 일어났으면 좋겠어요. 정말 힘들어요."

"어쩌면 그 조짐이 이미 곁에 있을지도 모르죠."

니코는 튀어나온 송곳니를 번뜩이며 말했다.

"틀림없이 알아차리지 못했을 뿐일 거예요."

"그래요?" 애매하게 맞장구치면서도 가슴이 뛰기 시작했다.

혹시 니코는 자기야말로 내게 좋은 일이라고 넌지시 주장하고 있는 걸까.

만약 그게 사실이라면. 만약 곁에 있는 좋은 일이 니코라면.

니코는 젊다. 게다가 아름답다. 한편 나는 어딜 보나 '아줌마'라 불릴 용모다. 실제 나이보다 늙어 보인다는 사실을 자각하고 있다. 나와 니코가 나란히 이야기하는 광경은 도대체 어떻게 보일까. 좋게 보면 나이 차가 많이 나는 남매, 돈으로 젊은 남자를 사는 중년. 최악은 모자지간으로 볼 수도 있겠다.

하지만, 그래도.

이렇게 말해주면 가망성이 있을지 몰라. 니코도 나와 함께 있고 싶을 수도 있어.

가정이 있으면서 다른 남성에 감정을 갖고 접하는 게 부끄럽다.

애욕이나 육욕과는 전혀 관계없다. 미술품과 감상자 같은 관계라도 감사하다. 그게 더 깔끔하고 아름답다고 이해하고 있다.

하지만 상대는 니코다.

아무리 부끄럽고 한심하게 보여도, 윤리적으로 허락되지 않더라도, 더럽더라도 니코와 함께라면 모든 걸 버릴 수 있다.

"이제 시간이?"

니코는 손가락으로 탁자를 세 번 두드렸다.

"그러네요. 왠지 니코 씨와 얘기하고 있으면 시간이 금방 지나가요."

말하면서 짐을 챙기고 돈을 꺼낸다. 두 번째 이후로는 내 음료 값은 내가 냈다. 처음 만났을 때의 돈도 돌려주려 했는데 니코가 고사해서 그것만큼은 아직 빚진 상태다.

"저도 그래요."

니코는 미소를 지으면서 자리에서 일어났다. 몸에 딱 맞는 바지가 긴 다리와 잘 어울렸다.

그는 가게를 나와 다시 보자는 인사를 건네면 뒤도 돌아보지 않고 사라진다. 내 몸은 다시 쿵, 무거워진다. 니코와 이야기가 끝나면 늘 이렇다.

조금 전까지의 고양감은 거짓말처럼 사라진다. 몸을 질질 끌며 일터로 향한다.

한심하다. 나 혼자만 흥분하고. 바보 같다.

꿈에서 깬 듯한, 절벽에서 떨어지는 듯한, 이 절망. 카페 앞에서 니코와 헤어질 때마다 느끼는 감정이다.

그래도 나는 다시 이곳에 틀림없이 오고 만다.

행복한 시간을 원하고 만다.

남편이 경찰을 부른 날부터 기미코의 태도는 점점 엄격해졌다.

자기 마음대로 옆집에 사과하러 가서 내가 아이를 학대하는 엄마라 경찰을 불렀다고 말했다는 사실을 안다.

"힘드네요. 동거라는 게……."

"학대 같은 거 안 하는 걸로 알아요." 옆집 중년 여자는 눈살을 찌푸리면서도 호기심을 숨기지 않았다. 나는 물양갱을 건네며 아무 말도 하지 않았다.

정말 멍청한 망할 놈의 노인네다. 물론 내 명예도 실추됐겠으나 가족의 부끄러움을 적나라하게 드러내는 인간 역시 제대로 된 인간은 아니라고 평가되기 마련이다. 멍청해서일까, 내가 자기 아들의 부인이므로 어쨌든 한 가족이라는 자각도 전혀 없을 것이다.

이치카는 여전했다. 화를 낸 나를 미워하지도 않고 다른 세계의 말을 떠들고 천재적인 그림을 양산하고 있다.

눈 시릴 정도로 선명하게 벽에 수놓은 그림은 어떤 수단을 써도 지워지지 않았다. 오히려 번지는 바람에 그 무시무시한 분위기가 강조돼 방이 이상하게 느껴졌다.

홈 센터에서 산 벽지를 덧붙였다.

하지만 그래봤자 소용없었다. 얇은 껍질 하나 너머에 완전히 다른 세계가 펼쳐져 있다.

"이치카, 왜 이렇게 됐을까?"

"푸에레 리 비루보나스." 이치카는 내 말에 반응했다.

"뭐라는 거니?"

역시 이치카의 말을 알아들을 수 없다. 분명 어떤 의미를 지닌 말인데. 비참하다. 놀림당하는 기분이 든다.

"비루보나스."

"모르겠어."

이치카는 연필로 명암까지 제대로 표현한 별을 그렸다.

크레용도 뺏었는데. 지긋지긋하다.

흩어진 복사지를 정리하는데 장지문 여는 소리가 들렸다.

"애!"

그날 이후, 기미코의 등급에서 내 위치는 더 내려간 듯하다. 더는 이름을 부르지도 않는다.

"뭐 좀 알아차린 거 없니?"

기미코가 가는 눈으로 노려보고 있다.

"죄송해요. 말씀해주지 않으면 모르겠네요." 최대한 감정을 담지 않고 말했다.

기미코는 대놓고 크게 한숨을 쉬었다.

도대체 몇 번이나 이런 빤한 연극을 계속해야만 할까. 본인도 지긋지긋하지 않을까. 아니면 아직 그럴 나이도 아닌데 치매가 시작된 걸까.

"잊은 게 없냐고 물은 건데?"

"모르겠어요."

그러자 기미코는 이쪽으로 뭔가를 던졌다.

당겨 보니 쌀 포장지였다.

"이래도 아직 모르겠니?"

"아, 쌀이 떨어졌군요……."

기미코가 들고 있는 장바구니로 시선을 던졌다. 기미코는 한 브랜드의 에코백을 다섯 개나 가지고 있는데 그걸 쓰지 않고 언제나 슈퍼마켓 비닐봉지를 들고 돌아온다. 크기가 큰 걸 보니 아무래도 장당 오 엔일 것이다. 굳이 비싼 반찬을 산다.

이것도 '작은 즐거움'일까?

쌀과 술, 간장 같은 필수품은 한 번도 사 온 적 없다.

팩에 담긴 새우튀김과 비프스튜를 봤다.

고혈압이라며?

저런 반찬은 내가 만든 음식보다 훨씬 염분 함유량이 많을 텐데.

"쌀, 안 사 오셨죠?"

내 입에서 그런 말이 나오고 말았다. 아주 조금이라도 반격하고 싶었다.

"안 사 왔다!"

기미코는 히스테릭하게 대답했다.

"네가 치사하게 카드에 오천 엔만 달랑 넣어놔서!"

한도까지 다 쓴 탓에 남편에게 말해 신용카드를 다시 받았다. 기미코는 내가 만든 체크카드로 쇼핑하고 있다. 물론 내가 아니라 부부 통장에서 나오는 것이지만 그래도.

"오천 엔이면 쌀은 살 수 있죠. 반찬도 그리 필요하지 않아요. 집에 있는 걸 먹으면 되잖아요? 반찬 대신 사셨으면 됐겠네요."

한번 입이 터지니 멈출 수가 없었다.

"저도 최선을 다하고 있어요. 이치카에게도 이제부터 돈이 들어갈 테고⋯⋯. 조금 더 가족을 위해 협력하시지 않으면 곤란해요."

"어떤 협력을 해야 하지?"

"일단⋯⋯ 절약해야죠."

내 대답에 기미코가 입을 크게 벌리고 웃었다.

"왜 가족도 아닌 사람에게 협력해야 하지? 바보처럼?"

기미코는 표정 변화 없이 목소리로만 웃었다.

"네가 아침마다 무슨 짓을 하는지 모를 줄 알았니?"

마음이 술렁인다. 어떻게 기미코가. 내가 아침에 집을 나가면 시어머니는 늘 집에 있어야 할 텐데.

내 마음을 꿰뚫어 본 듯 기미코가 바싹 다가왔다.

"아주 잘생긴 남자더구나. 눈이 돌아서. 너 도대체 몇 살이니? 나이를 생각해라. 한심해서. 내가 보기에는 손자 나이더

라. 너랑 나란히 있으면 모자 같겠지. 그런 젊은 애와 무슨 할 말이 있을까? 얼마나 바쳤니? 어머, 낯빛이 안 좋네. 아이고, 남부끄러워라."

기미코는 내 주위를 빙글빙글 돌아다녔다. 일단 말을 끊었으나 생각이 난 듯 다시 시작했다.

"너, 꼴은 그 모양이면서 엄청나게 밝히지?"

온몸에 소름이 돋았다. 기미코의 말이 벌레처럼 등을 기어다녔다.

"모를 줄 알았니?"

기미코의 굵은 손가락이 내 팔을 움켜쥐었다.

"응? 정말 모를 줄 알았어? 유이치도 안다고. 보면 알지. 이지카의 얼굴, 말이야……"

다마스크 장미 향 때문에 머리가 깨질 듯 아프다.

"할아버지를 빼닮았지?"

팔이 아프다. 머리가 아프다. 온몸이 아프다.

왜. 어떻게. 그 말만이 머릿속에 떠올라 점멸한다.

"응? 어땠니? 시아버지가, 좋았니?"

결혼 초, 시댁의 자랑거리인 편백 욕조에서 목욕을 한 적이 있다.

정말 좋은 향이 났다. 이런 좋은 욕조가 있다니, 정말 유복한 집이구나.

시어머니의 음식이 많고 맛있어서 배가 잔뜩 불러 있었다.

너무나 행복한 기분으로 목욕을 끝냈다.

그랬는데.

"너. 연상을 좋아하는 줄 알았는데 연하도 좋아하네. 의외로 지조가 없어."

요시유키가 전라로 서 있었다.

처음에는 내가 있는지 모르고 들어온 줄 알았다.

그래서 수건으로 몸을 가리고 죄송하다, 얼른 나가겠다고 말했다.

당연히 상대도 쑥스러워하며 나가게 해주리라 생각했다.

"돈 얘기만 해대고 사람을 도둑 취급이나 하고."

그게 아니었다.

요시유키는 감추지 않아도 된다며 내 수건을 낚아챘다. 하지 말라고 말하기도 전에 내 가슴을 움켜쥐고 임신하면 이보다 더 커질 거라고 싱글대며 말했다. 저항조차 할 수 없었다. 요시유키의 굵고 털북숭이 손가락이 온몸을 더듬었다. 대나무 발이 등에 닿아 아팠다.

나는 이대로……

"도둑은 너 아니냐?"

"쌀 사러 가야겠어요."

기미코의 팔을 뿌리쳤다.

"쌀이 없어요. 사와야 해요."

"어딜 가려고!"

기미코가 내 머리카락을 움켜쥐었다. 나는 힘껏 고개를 돌렸다. 머리카락이 몇 가닥 뽑혔다. 두피가 아프다.

그래도 달리기 시작했다.

기미코가 고함을 치고 있다. 다리가 차갑다. 기온이 떨어져 차갑게 식은 밤에 샌들과 원피스 한 장 차림으로 집을 나오고 말았으니 이렇게 춥겠지. 아니, 아니다. 온몸이 얼어붙은 듯 춥다. 도망치자. 단단히 봉인한 기억이 흘러넘쳐 멈출 줄 모른다. 그 기억들이 내 몸의 심지까지 얼리고 있다. 춥다. 이가 딱딱 부딪혔다. 덜덜 떨린다. 팔이 아프다. 머리가 아프다. 온몸이 아프다. 딜딜 떨린나. 나는 노둑이 아니다. 하지만 시어머니의 새댁 시절 사진이 있는 방에서. 아프다. 자랑거리인 욕실과 유이치가 썼던 방과 그리고 시내 호텔에서도. 아프다. 덜덜 떨린다. 술 냄새가 났다. 나는 도둑이다. 알고 있다. 이치카가 태어났을 때부터 알았다. 발이 차갑다. 유이치의 밋밋한 얼굴이 아니었다. 굵은 눈썹과 쌍꺼풀 눈. 태어나지 않기를 바랐다. 유이치는 축축한 눈으로 이치카를 바라봤다. 크레용으로 칠한 붉은 꽃. 춥다. 토할 것 같다. 태어났으면 적어도 미안하다고 하길 바랐다. 나는 도둑이다. 사과해줘. 태어났다는 사실을. 춥다. 죽어.

"무슨 일이세요?"

봄이 온 듯한 따뜻함이 느껴졌다. 하지만 봄이 온 건 아니었다. 나는 두 팔에 안겨 있었다.

"미사키 씨. 밤에 이런 차림으로 나오면 위험해요."

니코가 서 있다. 어둠 속에서도 분명히 알 수 있다. 별처럼 반짝이는 눈동자. 도대체 니코가 왜 여기 있지? 칠흑 같은 정장을 입고 머리는 깨끗하게 뒤로 넘기고 있다.

"니코 씨, 나, 나……."

니코는 내 뺨에 손을 댔다. 그리고 천천히 소중하게 쓰다듬었다.

"이렇게 차갑다니, 안쓰러워라. 실은 미사키 씨를 만나고 싶었어요."

니코의 목소리를 듣자, 손바닥의 따스함을 느끼자, 점차 기분이 차분해졌다. 부슬부슬 이슬비가 떨어지고 있다. 니코는 우산을 어깨에 걸치고 있는데 자세히 보니 니코 뒤에 몇 명이 줄지어 있다. 모두 칠흑 같은 정장을 입고 있다.

니코가 갑자기 뺨에서 손을 뗐다. 동시에 나도 다른 사람의 시선이 부끄러워 냉정해졌다.

"미안해요. 일하는 중에……."

"아뇨, 그게 아니에요. 아닌 건 아닌데…… 어떻게 말해야 좋을까, 설명하기 힘드네요."

니코는 자연스럽게 우산을 내 쪽으로 기울여 젖지 않도록 했다.

"미사키 씨에게 전해줄 게 있어서 찾고 있었어요."

이 아름다운 남자가, 나 같은 사람을 위해, 이 추운데 일부러 와줬다.

하늘로 날아오를 듯 기쁘면서도 머릿속 어딘가에서 '이상해'라는 속삭임이 들렸다. 이상하다. 여기에 그가 있다니, 아무래도 이상하다.

"저…… 하지만 니코 씨, 제가 여기 사는 걸 어떻게……."

"말하지 않았나요? 제 직장도 이 근처에 있어요. 걷다 보면 만날 수 있지 않을까 싶어서."

니코의 미소에는 그늘이 없다. 잠시나마 '스토커'라는 단어를 떠올린 자신이 부끄러웠다. 무엇보다 나 같은 아줌마에게 니코 같은 멋진 남자가 집착할 리 없다.

니코 뒤에 늘어선 사람들도 살폈다. 입을 굳게 다물고 시선을 나와 맞추지 않고 있다. 빗속에서 기다리게 했으므로 조금쯤은 짜증이 났을 법도 한데 그렇지도 않아 보인다.

"일단 이걸 드릴게요. 이건 어디까지나 덤이니까요."

니코는 내게 검은 종이봉투를 건넸다. 받다가 땅에 떨어뜨릴 뻔했다. 너무 무겁다. 안을 보니 「특선 우오누마산(産) 고시히카리 오 킬로그램」이라고 적혀 있다.

"어떻게?"

니코가 고개를 갸웃거렸다.

"미사키 씨, '쌀을 사러 가야 해'라고 꽤 큰 소리로 중얼거렸어요. 마침 가지고 있어서 드리는 거예요. 아니시면 도로 가져갈게요……."

"저야 고마운 일인데 이렇게 비싼 걸……. 니코 씨에게 늘 신세를 지고 있고, 게다가 덤이라니…… 이보다 더 비싼? 좋은 걸 주겠다고요? 아니, 이런 거까지 받기에는……."

니코는 고개를 저었다.

"아뇨. 꼭 받아주세요. 오늘이 무슨 날인지, 아세요?"

무슨 날, 들어도 알 수 없었다. 내게 오늘은, 평소와 다름없이, 절망스러운 날이다.

내가 대답하지 못하는 모습을 보고 니코가 안타깝다는 듯 중얼거렸다.

"크리스마스이브예요."

그런가. 한 달도 전부터 마을은 크리스마스트리에 별과 산타 같은 장식품으로 가득했다. 그러나 내 마음에는 어떤 울림도 없었다. 크리스마스라고 해서 뭐? 이치카의 선물을 준비할 필요도 없다. 너무 매정한가? 하지만 어쩔 수 없다. 이치카는 전혀 좋아하는 게 없다. 여자애라면 누구나 좋아할 봉제 인형도 리본이 달린 신발도 애니메이션 굿즈도 큰 크리스마스 케이크조차도.

"미사키 씨, 괜찮으세요?"

"아! ……죄송해요. 아무것도 아니에요."

"그래요……? 그리고, 이제 저희의, 진짜, 선물입니다."

니코가 신호를 보내자 뒤에 서 있던 남자들 가운데 한층 덩치가 큰 사람이 캐리어를 건넸다.

이상할 게 하나도 없는 평범한 검정 천 캐리어였다. 하지만 아주 크다. 들어보려고 하는데 니코가 놀라며 말렸다.

"아주 무거워요. 끌지 않으면 허리 다쳐요."

살짝 니코를 올려다봐 그의 표정을 살폈다. 여전히 미소를 짓고 있다.

"이건 말이죠, 결산의 관이에요."

니코의 말이 귀를 통과해 나간다. 그의 입에서 나온 말은 언제나 달콤해 계속 기억에 남는다. 그런데 전혀 들어본 적 없는 말이 너무나 불길하게 들렸다.

"결산의…….."

"관요. 시신을 안치하는 관."

다시 니코의 얼굴을 바라봤다. 이번에는 몰래 살피는 게 아니라 똑바로 응시했다. 이런 말을 어떤 얼굴로 하는지 알고 싶었다.

관. 시신을 넣는?

죽은 사람을 넣기 위해 만든 상자.

아무리 봐도 이 캐리어는 그렇게 보이지 않았다. 문제는 이게 뭐냐가 아니다.

문제는 그 불길한 물건을 예사로 들고, 또 그 불길한 물건을 선물이라고 하는 니코다.

이건, 결산의 관, 무겁다고 했다.

"안이 궁금하세요? 대단하지는 않아요. 봐도 되지만 의미는 별로 없을 겁니다."

등줄기가 서늘해졌다.

니코의, 나이치고 당당한 태도. 이런 밤에 여러 명을 끌고 다니고, 게다가 죄다 시커먼 정장을 입고 있다.

무엇보다, 이, 불길한……

"설명해드릴까요?"

"설명요……?"

바보처럼 니코가 한 말을 따라 했다.

"네. 이건 결산의 관입니다. 이걸 하룻밤, 놔두세요. 어디든 상관없어요. 그냥 집 안 아무 데나 놔두세요."

니코의 눈동자를 응시했다. 아름다워 빨려 들어갈 것만 같다. 빨려 들어가고 싶다.

그러므로 어떻게 되든 상관없다. 나는 이미 알아차리고 있었다.

운송업. 확실히 운송업으로 분류되겠다.

거의 확신했다. 내용물은 불법 약물이다.

아침 정보 프로그램에서 봤다. 최근에는 딱 봐도 불량한 폭력조직만 불법 약물을 거래하는 게 아니라고. 얼핏 해가 없을 듯 보이는 대학생이나 유치원 선생 그리고 전업주부 사이에도 약물이 만연해 있고 그 가운데는 말단 구성원 같은 일까지 하는 사람도 있다고 했다.

심장 소리가 빨라졌다.

관이란 말은 틀림없이 그들의 은어일 것이다. 선물도 필시.

완벽하다는 말에 적합한 아름다운 형태의 눈. 그 안에 우주가 있는 듯하다. 코도 높고 입술 모양도 예쁜데 저마다 주장하지는 않아 눈이 돋보인다.

"알았어. 맡을게요."

받아들였다. 그의 아름다움에 조종된 게 아니다. 마음은 너무나 차분하다.

니코는 처음부터 나를 이용하려고 접근했다. 내게는 이게 가장 받아들이기 쉬운 답이다.

섭섭한 마음이 없다면 거짓말이겠지. 진흙탕 같은 가정을 버리고 니코와 어딘가 멀리 도망치는 망상을 한 게 한두 번이 아니다.

그러나 나 역시 말도 안 되는 상상임을 안다. 니코처럼 매력적인 사람과 내가 어울릴 리 없다. 이미 부푼 마음 따위는 없다.

니코로부터 위안을 얻었다. 그는 내 집에 있는, 가족이라는 존재가 주지 않는 것을 줬다. 그에 대한 보답일 뿐이다. 범죄를 돕는 일 정도는 아무것도 아니다. 너무나 쉬운 일이다.

"소중히, 놔두세요."

가로등보다 눈부신 미소를 지으며 니코가 말했다.

"그럼, 다음에 봐요."

니코는 휙 몸을 돌려 사라졌다. 일정한 간격으로 늘어선 정장 집단이 그 뒤를 따랐다.

니코의 뒷모습에 가슴이 아파졌다. 카페를 나가는 니코를 떠올린다. 역시 처음부터 일을 돕게 하려고 별 볼 일 없는 피곤한 아줌마에게 말을 걸었음을 절감한다.

그러나 이미 마음먹었다. 니코에게 도움이 되자. 그것 외에는 할 수 있는 생각이 없었다.

캐리어 위에 쌀이 담긴 봉지를 얹고 끌기 시작했다. 바퀴가 매끄럽게 굴러 무게는 느껴지지 않았다.

맨션 엘리베이터를 탄 순간 집에 기미코가 있다는 사실을 퍼뜩 깨달았다. 내가 도망쳐 나왔으니 기미코는 틀림없이 화가 나 있을 것이다. 화가 난 정도가 아니라 분노로 들끓고 있을 가능성이 크다. 온통 니코를 생각하느라 새까맣게 까먹고 말았다. 그런 생각이 들자 조금 우습다는 생각이 들어 다소나

마 마음이 풀렸다. 내게 기미코는 쓰레기나 마찬가지이고 하찮은 존재다. 틀림없이 한 소리 할 테고 폭력을 가할 수도 있다. 하지만 틀림없이 아무것도 느끼지 못하리라. 폭력으로 나온다면 오히려 내가 한 방 먹여 쓰러뜨리면 그만이다. 내가 더 젊고 힘도 세니까.

"저 왔어요."

그렇게 말했으나 대답이 없다. 틀림없이 쿵쾅쿵쾅 발소리를 울리며 잔소리를 늘어놓으려고 나올 줄 알았는데.

입을 헹구고 손을 닦은 다음 거실로 왔는데도 기미코는 보이지 않았다.

"저 왔어요!"

목소리를 더 높였는데도 대답이 없다. 대답은커녕 인기척도 없다.

생각해보니 이미 시간이 이렇게 늦었는데 남편이 귀가하지 않은 것도 이상하다.

잠시 생각한 후 한 결론에 도달했다.

아마도 둘이 상의했을 것이다. 무리도 아니다. 나와 기미코는 이제 관계를 회복할 여지가 없다. 게다가 남편과도. 그도 알고 있다면 하루라도 빨리 깨지는 게 좋겠다는 생각마저 들었다.

둘이 어딘가 다른 데 있다면 오히려 잘됐다. 오늘은 피곤하고 몸도 차다. 이런 상태에서 성가신 잔소리를 더 들어야 한다면 견딜 수 없을 것이다.

볼 사람이 없다는 사실을 깨닫고 캐리어를 현관에서 질질 끌고 와 내 방으로 옮겼다. 바닥은 나중에 닦으면 된다.

캐리어를 눕혔는데 생각보다 큰 소리가 났다. 아래층 주민이 민원을 넣지 않을지 걱정이다. 조금 전에 니코가 무겁다고 했는데 방심했다.

텔레비전에서만 본 하얀 분말이 든 무언가를 떠올렸다. 이 안에 내가 상상한 내용물이 들어 있다면 수백억 엔 정도의 단위일까. 몇 그램이면 만 엔 이상이라고 했다. 일개 주부에게 그런 걸 맡길까.

그렇다면 물리적으로 더 위험한 물건일지 모른다. 일테면 총이나.

보고 싶다는 욕구가 샘솟았다.

니코는 봐도 의미는 없을 거라고 했으나 보지 말라고는 하지 않았다.

게다가 이미 맡은 이상 이 일에 관여하기 시작했다. 보든 안보든 마찬가지다. 그렇다면 봐두는 게 좋겠다.

지문이 묻지 않도록 비닐장갑을 꼈다.

그리고 조심스럽게 지퍼를 열었다.

돌이었다.

아무리 봐도 돌이다. 검고 크고 모서리가 갈린 돌. 아무런 일도 일어나지 않았다.

안심하면서도 실망했다. 약물도 총도 아니다.

"데데이."

돌아보니 이치카가 있다.

당연히 남편과 기미코가 데려간 줄 알았다. 아니, 잘 생각해 보면 그럴 리 없다. 둘 다 이치카를 증오할 테니까.

그것조차 생각하지 못한 자신이 한심해 웃고 말았다. 나는 정말로 이치카와 소원하구나. 사랑하지 않는구나.

"데데이 테이비 무네라."

이치카는 요시유키를 닮은 커다랗고 동그란 눈으로 돌을 응시하고 있다.

"무슨 말인지 모르겠다고."

"무네라."

"만지지 마."

이치카가 조그만 검지를 뻗어 돌을 만지려 하는 듯해 손을 뿌리쳤다. 니코에게 받은 소중한 물건이므로 이 애가 만지게 두고 싶지 않다.

이치카는 울지도 떼를 쓰지도 않고 그저 돌을 가리키며 "무네라."라는 말을 되풀이했다.

"네 세계에서는 돌을 '무네라'라고 하는구나."

이 애는 정말 아무에게도 사랑받지 못했다.

아무도 이 애를 원하지 않는다. 불쌍한데 나조차 이 애를 사랑하지 않는다.

정말 태어나지 않았으면 좋았다고 중얼거려도 이치카는 반응하지 않는다. 가만히 일어나 익숙지 않은 걸음걸이로 가버렸다. 틀림없이 또 그림을 그릴 것이다.

다시 돌을 본다. 너무나 평범한 돌인데 상당히 크다. 게다가 자세히 보니 너무 잘 손질돼 있다. 자연적으로 깎인 게 아니라 인간이 깎은 듯 보인다. 지장보살 같은 조각처럼 보이지는 않으나 그런 느낌이 든다.

온갖 생각이 머리를 스친다.

맡은 물건에 이렇다 할 위법성은 없다. 정말 순수한 선물일까. 그렇다면 도대체 이게 뭐지?

장아찌 돌이라고 하기에는 형태가 너무 특이하다.

도대체 뭘 깎은 거지? 어떤 걸로도 보이는데 반대로 아무것도 아닌 듯도 하다.

데굴데굴 굴려 눕혀본다.

그때 번뜩였다. 이건, 고양이다.

귀와 꼬리는 없으나 틀림없다. 고양이가 몸을 말고 자는 모습과 똑같다.

정체를 알자 마음이 조금 풀린다.

그 검은 옷의 집단이 고양이 모양의 돌을 모시고 다녔다고 생각하니 귀엽기까지 했다.

"결산의, 관이라고?"

소리를 내어본다. 이 불길한 이름도 잘못 들었을 수 있다. 그저 캐리어에 든 고양이 모양 돌이다.

기어이 웃고 말았다. 그는 너무나 아름다우나 선물하는 센스는 형편없는 모양이다.

그보다 그는 "다음에 봐요."라고 했다. 그게 너무나 기뻤다. '다음'이 있다는 사실에 안심한다. '다음'에 또 볼 수 있다.

마음이 풀리자 졸음이 쏟아졌다. 감기는 눈꺼풀에 저항하지 않고 돌아온 모습 그대로 잠들었다.

누군가 뺨을 가볍게 두드려 눈을 떴다.

이치카다. 내 가슴에 올라와 있다.

벌떡 일어나서야 깨달았다. 몇 시라도 상관없다. 오늘은 토요일이니까.

실은 더 자고 싶었으나 이치카도 배가 고플 것이다. 어쩌면 어제저녁부터 못 먹었을지 모른다. 이치카가 굶어 죽기를 바라지는 않는다. 그 정도로 끔찍한 사람은 아니다.

"바로 밥해줄게."

"후에리쿠스."

"응, 그래. 얼른 만들게."

이치카가 일어나려는 내 옷을 잡아당겼다. 뭔가를 가리키고 있다.

"왜 그래? 넘어지니까 하지 마."

"후에리쿠스."

도대체 무슨 일인가 싶어 이치카가 가리키는 곳을 봤다.

"아니, 왜?"

기미코가 있었다. 캐리어 안에 기미코가 들어 있다.

기미코는 눈을 감고 가슴에 팔을 얌전히 포개 얹었다. 캐리어에 기미코가 들어간 게 아니라 캐리어가 기미코를 감싼 느낌이다.

기미코는 움직이지 않았다.

"어머니."

불러도 응답이 없다.

이치카가 기미코를 콕콕 찌르고 있다.

"후에리쿠스."

기미코는 일어나지 않았다. 일어날 리 없다.

저 낯빛을 이미 알고 있다.

할머니가 돌아가셨을 때와 같은 색깔이다.

기미코는 죽었다.

"어떻게?"

어제는 돌이었는데. 크고 검은 돌이었다. 분명 그랬다. 차갑고 딱딱했다.

기미코는 시신이 되어서도 추했다. 흐물흐물해진 육체와 영혼. 이건 틀림없다.

"비루보나스."

이치카는 기미코의 시신을 두드렸다. 수없이 두드렸다.

"올케. 고마웠어."

사쿠라코가 붉게 부은 눈을 적시며 말했다.

"십 년상까지 엄마를 위해 바쳤다며?"

나는 애매하게 고개를 끄덕였다.

"엄마는 좀, 좀…… 까다로운 면이 있어서 올케에게 엄격하게 대했을 수도……."

"아뇨. 아니에요."

"엄마도 아버지가 돌아가시기 전에는 저렇지 않았어. 지금이니까 말하는데 가정폭력이 있어서……. 그런 일이 반복되니까 점점 성격이 나빠졌어……. 아버지가 죽고 해방되니까 자기 시대가 왔다고 생각했는지 바로 기고만장해졌어. 하지만 나는 아무래도 엄마니까, 좋은 기억도 있으니까……. 내가

56

돌봤어야 하는데⋯⋯. 다 변명처럼 들리겠지."

사쿠라코는 묻지도 않았는데 쉴 새 없이 떠들었다. "그렇지 않아요." "힘드셨겠네요."라는 말이라도 듣고 싶은 걸까. 사쿠라코를 포함해 형제 모두가 책임을 내던지고 장남의 며느리에게 자기 어머니를 맡겼다는 사실은 사라지지 않는데.

내가 물끄러미 바라보자 사쿠라코는 머쓱해졌는지 말을 중단하고 시선을 피했다.

"⋯⋯어쨌든 고마워. 엄마는 마지막에 올케와 지내 행복했을 거야."

"그러셨을까요?" 내가 말했다.

"그럼, 물론이지." 그녀가 대답했다.

그게 어떻게 자연사가 됐는지는 알 수 없다.

검고 커다란 캐리어에 맞춤으로 들어간 노인의 시신. 내가 캐리어를 끌고 온 모습이 CCTV에 찍혔을 텐데 기미코는 심장 발작으로 잠자듯 죽은 게 됐다.

그날, 기미코의 시신 앞에서 넋을 놓고 있는데 남편이 돌아왔다.

"아, 죽었네." 그는 짧게 말하고 기미코의 주치의에게 전화를 걸었다.

남편은 이후에도 해야 할 일을 담담하게 처리했다. 서류 절차와 친척 연락도 모두 남편이 했다.

지금도 상주로 부지런히 움직이고 있다. 문상객을 맞고 있는 그는 평소의 돼지 같은 모습과는 너무나 달랐다.

"어머! 이치카네."

사쿠라코가 목소리를 높였다.

이치카가 엄청난 속도로 달려 밖으로 나가려 하고 있다.

죄송하다고 인사하며 이치카를 뒤쫓는다. 남편은 달라졌는데 이치카는 변함이 없다. 평범함과는 거리가 멀다.

인파를 헤치고 이치카를 쫓았다. 팔을 잡았다 싶었는데 누군가와 부딪혔다.

"죄송해요."

"아뇨, 괜찮습니다. 어린애가 있으면 힘들죠."

익숙한 목소리에 고개를 들었다.

"니코 씨……."

니코가 있다.

"어떻게 여기 있어요? 그건 뭐였어요? 어떻게 나를."

"사모님, 실례지만."

니코는 눈썹을 잔뜩 늘어뜨리고 곤란하다는 듯 미소를 지었다.

"다른 사람과 착각하신 게 아닐까요?"

그 미소에는 어떤 거짓도 없어 보였다. 정말 곤란한 표정이다.

하지만 착각일 리 없다. 검은 테 안경을 끼고 있으나 틀림없이 니코다. 눈동자에 별이 반짝이는 사람은 니코밖에 없다.

그날 밤, 만났을 때를 떠올렸다. 온몸에 시커먼, 오늘과 마찬가지다. 그러므로 틀림없이 니코의 진짜 일은 장의사 직원인가. 여기에 있으니 틀림없다. 그래도 상관없다. 왜 나를 모르는 척하지?

게다가 문제의 캐리어, 결산의 관 말이다. 어떻게 하룻밤에 돌이 기미코의 시신으로 변했나.

온갖 의문을 머릿속에 떠올리고 있었다.

"어머! 정말 잘생겼네. 구네 씨라고 하나?"

기미코의 언니라는 노파가 갑자기 끼어들었다. 눈치껏 명찰을 발견하고 니코의 몸을 이리저리 더듬는다.

한바탕 니코의 용모를 칭찬한 다음 힐끔 내게 시선을 던졌다.

"남편은 한참 일하는데 마누라는 다른 남자에게 한눈이나 팔다니, 우리 동네였으면 쫓겨날 일이지."

음습하고 교묘한 악의를 담은 말투. 기미코가 살아 돌아오기라도 한 듯해 소름이 돋았다.

"아뇨, 그게 아닙니다. 제가 아이를 좋아해서 놀아주고 있었습니다."

기미코의 언니는 이치카와 니코를 번갈아 보며 의미심장한 미소를 지었다.

"이 애는 말이야……."

"죄송한데 저쪽에서 부르시는데요?"

니코가 가리킨 쪽에 기모노를 입은 노인이 몇 명 있었다. 기미코의 언니를 보며 손짓하고 있다.

"아이, 진짜!"

기미코의 언니는 짜증을 내며 사라졌다.

이치카는 어느새 니코의 손을 잡고 있다. 엄마와도 대화하지 못하면서 잘생긴 남자가 있으면 이런 태도를 보인다는 말인가. 어린 주제에, 제대로 말도 못하는 주제에 여자라고 나대는 게 꼴사납다.

"비루보나스!"

이치카는 니코를 똑바로 바라보며 기쁜 듯 말했다.

"죄송해요. 이 애는 좀."

"그래. 지금은 그래."

니코는 내 말을 끝까지 듣지 않고 이치카를 향해 미소를 지었다.

"이 애 말을 알아들어요?"

니코는 아무 말도 하지 않았다.

"사모님, 실례지만 이제 일하러 가보겠습니다."

니코는 휙 몸을 돌렸다. 바로 그때 확신했다. 이 사람은 틀림없이 니코다. 사람을 잘못 본 게 아니다. 니코는 언제나 나를 놔두고 가버린다. 내가 얼마나 실망스러운지 모르고. 나는 포기하고 사라지는 니코에게 고개를 숙였다.

"최선을 다하는 사람에게는 좋은 일이 생긴다고 했죠."

고개를 들었다.

이미 니코는 없었다.

온갖 훌륭한 은혜와 모든 완전한 선물은
위로부터 오는 것입니다.
하늘의 빛을 만드신 아버지께로부터
내려오는 것입니다.
◆ 야고보의 편지 1장 17절 ◆

선택의 상자

　인생의 중요한 선택을 완전히 잘못한 결과, 지금 내가 있는
게 아닐까.

　그런 말을 문득 내뱉으면 동료 마에다는 언제까지 그런 어
린애 같은 소리를 할 거냐며 우리도 곧 서른이라고 대답한다.

　그 정도쯤은 잘 안다. 내뱉은 유조 자신이 제일 잘 안다.

　마에다는 말이 지나쳤다고 생각했는지 부인과 아이가 안
됐다고 덧붙이고는 그대로 반년 전 독립한 오기누마 선배 이
야기로 화제를 바꾼다.

　오기누마의 인상은 '미움받는 체육 교사'였다. 한마디로 열
정이 너무 넘쳐 학생들이 따르지 않는 사람 같다는 말이다.

　그가 최고를 다하자, 최대야, 우리 계발처럼 일반적인 말들
을 조금씩 비틀어 쓰는 말들과 커다란 목소리가 싫었다. 유조
만 싫어한 게 아니다. 마에다와 동료들도 그를 따르지 않았다.

　일을 잘한다는 인상도 없다. 오히려 상사의 잔소리를 듣는

광경을 자주 봤다.

그런 사람이라 회사를 관두겠다는 말을 꺼냈을 때 아무도 말리지 않았다.

"생각했으면 곧바로 행동!"

그는 그렇게 말하고 사표를 내던지고는 사무실 한가운데서 그만두겠다고 선언했다.

"창업할 겁니다!"

그때 가미오 부장이 뭐라고 했는지 유조는 기억하지 못한다.

"아, 그래? 잘해보게."

그런 말이었던 것 같다. 어쨌든 오기누마는 인수인계를 철저히 하고 그만뒀으므로 문제는 없다. 회식 자리에서 어차피 밍길 거다, 울면서 돌아오겠다고 하면 어떻게 하냐는 말이 두세 번 나왔을 뿐 반년이 지난 지금은 아무도 기억하지 못할 것이다. 유조도 마에다의 입에서 그 이름이 나오기 전까지는 완전히 잊고 있었다.

"그런데 말이야, 엄청나게 성공했대."

저도 모르게 무슨 소리냐고 되물었더니 마에다는 스마트폰 화면을 얼굴에 갖다 댔다.

"자, 봐."

MUS라는 파란 로고 마크. 무슨 액세서리를 파는 인터넷 상점 같다. 화면을 내리니 유튜브에서 자주 본 인플루언서 사진이 나왔다.

"이걸, 오기누마 씨가?"

마에다가 고개를 끄덕였다.

"엄청 나. TV까지는 아닌데 인터넷에서는 광고가 꽤 나와. 유튜브에서도. 창업하고 석 달밖에 안 지났는데."

유조는 화면으로 눈길을 돌렸다.

편리한 사이트, 유명인의 광고, 액세서리 디자인도 세련돼 보인다.

아무래도 오기누마와 연결되지 않았다.

"부럽다!"

마에다는 이제 자리로 돌아가야겠다며 스마트폰을 유조의 손에서 가져갔다.

"어떻게 한 걸까?"

"뭐?"

"아니, 우리가 다 아는 오기누마 씨잖아. 어떻게 이런 일을……."

"그야 돈이겠지. 그리고 운."

마에다는 생각하지도 않고 바로 내뱉었다.

"오기누마 씨의 본가, 실은 시골의 땅 부자라 엄청난 자산가래. 본가가 든든했던 거야. 원래부터 금수저였던 거지."

마에다는 우리는 일이나 하자고 투덜대며 자기 책상으로 돌아갔다.

금수저.

그런 말로 정리하는 게 마음에 들지 않았다.

마음에 들지 않는다기보다 그런 식으로 말해버리면 유조나 마에다처럼 금수저로 태어나지 못한, 그러니까 가정환경이 유복하지 않고 운도 그다지 좋지 않은 사람들은 평생 성공할 수 없다는 소리가 되고 만다.

물론 오기누마가 본가의 돈과 운으로 성공을 거머쥐었을 수도 있다. 하지만 그래도 계기는 있었을 것이다.

유조는 회사를 때려치우고 스스로 사업에 나설 만한 인물은 아니다. 아버지 인맥이었다고 해도 이 회사에 입사하게 됐을 때 기뻤고, 그리 대우가 좋은 직장은 아니라도 평생 일할 수 있기를 바랐을 성노다.

성공하고 싶다는 적극적인 생각조차 없다. 유조는 '성공'이 굴러들어오기를 매일 꿈꾸고 있다. 그러므로 자기처럼 별다른 재능도 없는 오기누마의 성공이 궁금했다. 오기누마에게 어떻게 '성공'이 굴러들어왔을까.

와이셔츠 주머니에서 스마트폰을 꺼내 연락처 목록을 살펴보니 오기누마의 이름이 아직 남아 있었다.

주저하지 않고 전화를 걸었다.

오기누마에게 전화를 걸자마자 사람을 우울하게 만드는 그 커다란 목소리가 들리더니 연락해줘서 고맙다는 말이 여러 차례 들려왔다. 아무래도 퇴직 후 개인적으로 연락한 사람은 유조가 처음인 모양이다.

보통 성공하면 옛 지인이 온갖 구실을 붙여 연락하기 마련인데 그런 일이 없다는 건 역시 오기누마에게는 인간적 매력이 없다는 소리다.

유조는 두 번, 오기누마가 사는 현의 이자카야에서 그를 만나 이야기를 나눴다. 여전히 이상한 단어를 썼고 말이 길었으며 요령도 부족했다. 요약하자면 사사이 도지라는 사람의 세미나를 통해 창업 방법을 배웠다는 것이다. 사사이는 연수 컨설턴트라는 직함으로 도쿄 도내를 포함해 전국적으로 여러 차례 세미나를 열고 있었다.

"그 사람 덕분에 변했어!"

유조는 오기누마의 열띤 주장에 건성으로 맞장구쳤다. 아무래도 그를 전적으로 신뢰할 수 없었다.

그러나 오기누마가 사사이의 세미나에 참석했다는 점, 현재 사업에 성공한 사실, 이 두 가지만은 현실이다.

유조는 오기누마에게 감사 인사를 건네고 바로 사사이가

개최하는 세미나에 신청했다. 참가 비용은 오만 엔. 월급이 그리 많지 않은 유조로서는 큰 투자였다. 그러나 참가해야 알 것 같았다.

결과적으로, 유조는 다음에도, 그다음에도, 또 그다음에도 사사이의 세미나에 참석했다.

사사이와 사사이가 성공시킨 유명인의 말을 들었는데 그들의 말은 강력했고 성공한 사람으로서 설득력이 있었다. 유조는 전부터 관심이 있던 음식점을 열어보고 싶은 마음이 생겼다.

하지만 강연자들의 이야기는 성공 경험과 창업에 대한 동기부여 일 뿐 성공 비결은 아니다. 비결을 알려면 세미나 뒤에 개최되는 친목회에 참석해 명함을 교환하고 개인적 친분을 쌓을 수밖에 없다.

그게 너무 힘들었다.

대규모 세미나가 아니더라도 친목회가 시작되면 강연자 주위에 사람들이 와르르 몰려든다.

유조는 억압적인 아버지 밑에서 기죽어 자랐다. 그래서 키도 크고 근육질이면서도 늘 쭈뼛거리는지 모른다. 그런 성격 탓에 남녀 가리지 않고 늘 쉽게 그를 얕본다. 무엇보다 자기 생각을 주장하는 게 힘들다. 의견은 있는데 그럴 때마다 아버지 말이 뇌리에 떠올랐다.

"너 같은 쓰레기는 뭘 해도 마찬가지야. 얌전하게 다른 사람

말 들어!"

그렇지 않다고 생각하려 했으나 아버지 말이 맞다고 받아들이는 자신이 있다. 실제로 제대로 한 일이 하나도 없다. 혹여 선택할 일이 생겨도, 그게 아무리 사소한 거라도, 그는 반드시 잘못 선택했다. 예컨대 슈퍼마켓에서 계산하려고 줄을 서면 쭉쭉 줄어드는 옆줄을 바라보며 한없이 기다려야 했다. 만사가 그랬다.

그래서 다른 사람 말을 따르고 주위를 살피며 지냈을 뿐이다.

그렇게 사니 좀처럼 주체적으로 움직일 수 없었다.

유조는 성공한 사람과 친해지기는커녕 아직 명함조차 교환하지 못했다. 옆에 앉은 수강자와 명함을 교환하기만 해도 다행이다. 그러나 세미나 수강자는 유조처럼 소극적인 사람이 대부분이라 아무리 명함을 교환해도 괜찮은 인맥을 쌓기는 힘들다.

이번에도, 어차피 마찬가지구나.

오늘 강연자는 미야타 아무개라는 전직 축구 선수인데 은퇴하고 연 라면 가게가 성업 중이다. 유조는 한때 배구에 몰두한 적이 있어서 스포츠맨답게 열정 넘치는 연설에 큰 감명을 받았다. 게다가 음식점 창업은 그의 목표이기도 하다.

"여러분의 과거는 쓰레기입니다!"

미야타가 내뱉은 '쓰레기'라는 말에 가슴이 소란해졌다.

"당신의 편견과 가치관은 당신의 과거에서 온 겁니다! 편견과 고루한 가치관을 버리고 당신 스스로 업데이트하려면 쓰레기를 버려야만 합니다!"

과거는 쓰레기. 그렇다. 미야타가, 옳다.

쓰레기라는 단어에서 아버지의 말을 따랐던 자신의 한심함이 떠올랐다.

유조는 분명, 지금까지 내내 쓰레기였다. 그러나 어떤 계기만 있으면 더 나은 뭔가가 될 수 있다. 그런 마음은 늘 있었다. 계기만 생기면 과거의 나를 버릴 수 있는데 그 계기를 도통 잡을 수 없었다.

미야타는 유명인이라 수강자도 평소보다 훨씬 많았다. 수많은 인파를 바라보며 한숨을 쉬었다. 명함 교환은커녕 얼굴이 보일 거리까지 다가가지도 못하겠다.

후, 옆에서 한숨이 들려왔다. 어쩌면 유조와 마찬가지로 미야타에게 도무지 다가갈 수 없어 슬퍼하는 사람일 수도 있다. 동료의식을 느끼며 눈길을 옆으로 돌렸다.

유조는 다시 한숨을 내뱉고야 말았다. 이번에는 피로와 실망 때문이 아니라 감탄에.

주위와는 명확하게 이질적인 아름다운 청년이 앉아 있었다.

얼굴이 정말 잘생겼다. 그러나 잘생긴 얼굴뿐이라면 그보다 잘생긴 사람은 얼마든지 있을 것이다. 그는 시부야 스크램

블 교차로에 있어도 금방 발견할 수 있을 것이다. 사람에게 오라가 있다는 말은 이럴 때 쓸 것이다.

주위 사람이 다 미야타에게 모여 있느라 그를 전혀 주목하지 않는 게 기묘하게 느껴질 정도였다.

"당신도 미야타 씨에게 관심이……."

유조가 자발적으로 말을 건 자체가 기적이었다. 평소라면 절대 하지 않을 짓이다.

내뱉고 보니 참 한심한 질문이라는 생각이 들었다.

세미나에 참석했으니 당연히 미야타나 사사이처럼 자기 업적을 밝히는 사람에게 관심이 있겠지.

"춥네요."

아름다운 청년은 유조의 질문을 무시하고 그렇게 중얼거렸다.

너무 많은 사람에 정신이 팔려 알아차리지 못했는데 확실히 이 회장은 난방이 거의 돼 있지 않았다. 바깥과 거의 같은 온도라 하얀 입김이 나올 것 같다.

아름다운 청년은 앞을 응시하며 말했다.

"미야타나 사사이라는 사람에게는 전혀 관심이 없어요."

"네?"

저도 모르게 목소리가 커지고 말았다.

"추워서 사람들이 모인 줄 알았는데 전혀 아니었네요."

아름다운 청년은 천천히 고개를 유조에게 돌리고 입가를

올렸다.

"다 똑같아요."

"똑같아……?"

"그래요. 당신도 몇 번 참석했으니 아시겠지요. 모두 똑같은 말만 해요. 다 똑같아요."

"그렇지는…… 않지 않나요?"

이렇게 다른 사람 의견에 반론하는 행위도 평소의 유조라면 절대 하지 않을 일이다.

그래도 반론하지 않으면 지금까지의 경험과 무엇보다 쏟아부은 돈이 소용없는 짓이었음을 인정하는 꼴이다. 필사적으로 말을 계속했다.

"매번 성공한 다양한 사람이 오고…… 저마다 다른 경험을 했고…… 그리고."

"하하하!" 아름다운 청년이 웃었다. 튀어나온 송곳니가 보였다.

"이름이 어떻게 되세요?"

"바바 유조입니다."

유조는 반론하기는 했으나 눈앞의 청년이 불쾌하지는 않았다. 오히려 아름다운 용모와 당당한 태도에 어떤 훌륭한 공적이 있는 사람이 아닌가 하는 기대와 호감이 들었다.

"유조 씨, 몇 번이나 이 강연회에 오셨어요?"

"그게…… 열 번은 안 되는데."

"그래요? 그러면 십만 엔은 넘겼네요. 그 돈을 어떻게 생각하세요? 경험? 자기 투자?"

아름다운 청년은 이름도 대지 않고 척척 질문을 던졌다. 그런데도 이상하게 화가 나지 않았다. 하지만 그가 무슨 말을 하는지 이해할수록 부끄러워 얼굴이 뜨거워졌다.

맞다. 이런 짓은 경험도 자기 투자도 아니다.

십만 엔이 문제가 아니다. 교통비까지 포함하면 삼십일만 엔이다.

삼십일만 엔을 도랑에 버렸다.

아름다운 청년이 대놓고 지적하지 않았는데도 바로 이해했다.

문득 회장이 조용해졌다.

사사이가 회장 가운데 준비된 간이 무대에 섰다. 아마도 모임 종료를 알리는 인사를 할 모양이다.

"제……."

사사이가 입을 연 순간이었다.

시야 끝에 뭔가 검은 게 보였다.

그것은 시간 관리를 담당하는 여직원을 밀어버리고 맹렬하게 사사이에게 달려들었다.

스피커를 통해 머리가 깨지는 듯한 불쾌한 소리가 들렸다. 조금 늦게 마이크가 바닥에 쓰러졌다.

"사사이, 죽어!"

넝마 같은 옷을 입은 남자였다.

멀어서 얼굴까지는 보이지 않으나 더럽고 추하게 일그러져 있다는 건 알 수 있다.

남성은 사사이에게 막무가내로 주먹을 휘둘렀다. 하지만 그 주먹이 사사이에게 닿는 일은 없다. 달려온 건장한 체격의 경비원 둘이 그를 제압했기 때문이다.

제압된 남자는 아우성쳤다.

"네 탓에 인생이 박살 났어! '성공'이라고? 다른 사람과 다르다고? 나도, 내 가족도, 내 말 때문에!"

세미나에 참가한 여성이 엄청난 비명을 질렀다. 그것을 시작으로 회장이 술렁이기 시작했다.

남자의 입이 계속 움직였으나 무슨 말을 하는지 하나도 들리지 않았다.

"아직 이른데."

아름다운 청년은 술렁이는 회장 속에서 냉정하게 중얼거렸다.

"거울 보기는 조금 뒤가 좋을 텐데."

"무슨 소리죠?"

유조가 되물었는데도 아름다운 청년은 앞만 바라볼 뿐 대답하지 않았다. 그의 말은 미묘한 불안감을 일으켰다. 의미를 알 수 없어서인지 아니면 다른 이유 때문인지는 모르겠다.

한동안 술렁이던 회장 분위기가 드디어 가라앉았다. 그 순간 일단 모습을 감췄던 사사이가 다시 나타났다.

"여러분, 죄송합니다. 가끔 조금 전 같은, 안티라고 하나요? 그런 사람이 나타납니다."

얼굴이나 목소리에 전혀 동요가 없다.

"아마 앞으로 성공할 여러분에게도 안티가 많이 생길 겁니다. 하지만 안티가 있다는 말은."

사사이가 잠시 뜸을 들이더니 주먹을 높이 휘둘렀다.

"우리 의견이 대중에 전해졌다는 말입니다! 찬성하는 사람만 있다면 골목대장에 불과하죠. 수많은 사람에게 의견이 닿아야 비로소 성공했다는 증거입니다!"

여기저기서 박수가 터져 나왔다. 박수는 파도처럼 회장 전체로 퍼졌다. 유조도 따라 손뼉을 쳤다.

"그러면 중단됐던 말씀을 드리겠습니다. 제……."

다음 순간, 아름다운 청년이 유조의 귓가에 입을 대고 속삭였다.

"컨설팅에는 딱 하나 누구에게도 지지 않을 강점이 있습니다. 그건 고문 계약이 오래 유지된다는 거죠. 한 회사 평균 십 년입니다."

깜짝 놀라 몸을 뒤로 젖혔다.

"컨설팅에는 딱 하나 누구에게도 지지 않을 강점이 있습니다. 그건 고문 계약이 오래 유지된다는 거죠. 한 회사 평균 십 년입니다. 가장 오래 관여한 회사는 이십 년 정도인가."

사사이의 말에 회장 곳곳에서 오호, 하고 감탄의 소리가 나왔다.

아름다운 청년도 회장의 목소리에 동조하며 오호 소리를 냈다.

유조는 그에게서 눈을 뗄 수 없었다.

"어떻게……?"

어떻게 한마디도 틀리지 않고 사사이의 발언을 예측할 수 있었을까. 제대로 사고할 수 없어 말이 잘 나오지 않았다.

아름다운 청년은 잉어처럼 입만 뻐끔대고 있는 유조를 가민히 응시하며 짧게 말했다.

"어차피 똑같은 소리만 하니까요."

"아까는 이름도 대지 않고 죄송했습니다."

아름다운 청년은 명함을 내밀었다.

구네 니코라이, 주식회사 구네판매, 골동품 거래. 전화번호와 함께 그렇게만 적힌 간략한 명함이었다.

유조는 니코라이라는 이름을 보고 그에게는 백인 피가 섞여 있을지 모르겠다며 묘하게 납득했다. 높은 코와 복잡한 색깔의 홍채는 이른바 '혼혈'의 특징일 수 있다. 그러나 그가 아름답다는 사실, 비범한 분위기를 풍기고 있다는 데 그런 요소는 그리 관계가 없어 보였다.

'구네'판매라는 기업 이름으로 보건대 아마 그는 대표이거나 경영자의 친족이다. 자세히 보니 유조보다 젊을 텐데 그의 당당한 태도는 거기서 오는 걸까 싶어 이상하게 이해가 갔다.

"아닙니다. 저야말로……."

유조는 조심스레 명함을 내밀었고 구네가 받았다.

구네는 정성껏 명함을 넣고 유조를 향해 미소를 지었다.

아니, 미소 지은 게 아니다. 원래 입가가 올라간 표정이다.

볼수록 매력적이고 동성이라도 흠칫 놀랄 정도로 섹시하다.

유조는 살짝 눈길을 피하고 주문한 카페오레를 한 모금 마셨다.

역시, 이 카페에서 이처럼 범상치 않은 인물을 자기만 주목하는 게 기묘했다.

"저…… 물어보고 싶은 게 많은데요."

"네. 제가 대답할 수 있는 거라면 뭐든."

"고맙습니다. 저…… 일단, 구네 씨는…… 그 사람들, 세미나 강사 같은 사람들은 모두 똑같은 말을 하니까 들어봤자 소용없다, 그런 느낌으로 말하신 듯한데요."

"그렇게까지 말하지는 않았는데요. 하지만 뭐, 그러네요."

구네는 컵 받침을 이리저리 만지면서 말했다.

"그런데 왜 세미나에 참석했어요?"

"곤란에 처한 분을 도우면 좋겠다고 생각해서요."

간발의 차이도 없이 대답이 돌아왔다.

"그게 도대체 무슨……."

"이런 세미나에 여러 번 참석하신 분은 뭔가 하고 싶은, 이루고 싶은 마음이 강할 겁니다. 하지만 한 걸음 내딛지 못한달까, 그런 분들이죠. 그런 분들을 돕고 싶어서요."

"도와요……?"

"쓰레기의 양분이 되는 상황에서 말이죠."

아름다운 성내에서 나온 말에 경악했나.

쓰레기.

또 쓰레기 얘기가 나왔다.

구네는 유조의 얼굴을 힐끔 살피더니 계속 이야기했다.

"쓰레기잖아요. 얼렁뚱땅 자기들의 실체를 얼버무리고, 유명인의 음식점이 성공한 건 유명인이라서죠. 그런데 그걸 어떻게 말하던가요? 사람들을 모으기 쉬운 가게 이름을 지으라는 둥, 인맥은 근육이라는 둥 말도 안 되는 소리죠. 사사이가 바로 쓰레기입니다. 프로젝트 사용 방법이나 사람들이 많이 모이는 요일 같은 소리나 하고. 컨설턴트라고 하는데 직함을 세미나 개최 전문이라고 바꿔야 하지 않겠어요?"

유조는 그런 질문을 받아도 대답할 말이 없었다. 모두 다 설득력 있다고 믿던 말이다.

"제일 한심한 건 '여러분의 과거는 쓰레기'라는 말이에요. 과거가 없으면 지금도 있을 수 없죠."

너무나 깊은 상처를 받았다. 동시에 구원받은 느낌도 들었다.

구네가 하는 말은 다 옳다. 더불어 세미나 주최자와 연설자를 질책하는 것처럼도, 유조를 포함한 세미나 수강자를 질책하는 것처럼도 들렸다.

뭔가 하고 싶을 뿐 그게 뭔지도 모르고 스스로 노력할 마음도 없다. 구체적인 노력은 하나도 안 하면서 성공한 사람의 이야기를 듣고 추체험하며 경험이라고 우긴다. 다 사실이다. 유조는 정말 그런 사람이었다.

"실제로…… 뭐라고 해야 할까요, 저는 쓰레기 같은 사람이에요. 그래서 과거가 쓰레기라고 하면 바로 이해될 때가 많아요."

"무슨 말씀이세요!"

구네는 살짝 고개를 기울였다.

"당신은 쓰레기가 아닙니다. 쓰레기란 그저 빼앗기만 하는 존재를 가리킵니다."

쓰레기가 아니라고, 구네는 말했다.

쓰레기는 세미나 관계자와 아버지 같은 존재를 가리키는

것이지 유조처럼 약한 사람은 쓰레기가 아니다. 그저 양분일 뿐이다. 착취당할 뿐이다.

정신을 차리니 테이블 위에 툭툭 눈물이 떨어지고 있었다.

"울지 마세요."

구네는 안주머니에서 고급 손수건을 꺼내 친절하게 유조의 눈가를 닦아줬다.

"분해요. 저런 사기꾼들에게 삼십만 엔 넘게 바쳤다니."

너무 분하다고 말하려 했으나 말이 돼 나오지 않았다.

"괜찮습니다. 저는 유조 씨 같은 분을 위해 존재하니까요."

구네는 유조가 진정하기를 기다렸다가 서류 가방에서 작은 나무 상자를 꺼냈다.

"쪽매붙임 세공…… 인가요?"

"하하하. 비슷하기는 하네요."

복잡한 나뭇결이 있는 상자는 구네의 손에 쏙 들어갈 정도로 작다.

"이건, 선택의 상자입니다."

"선택의 상자……?"

유조가 앵무새처럼 되뇌어 말하니 구네는 그렇다고 고개를 끄덕였다.

"이 상자를 가지고 잠들면 꿈을 꿉니다. 꿈에 인생의 갈림길이 나옵니다. 총 세 번, 제대로 선택하면 당신의 인생은 완전히 바뀝니다. 틀림없이 좋은 방향으로."

"자, 잠깐만요!"

구네는 고개를 갸웃하며 유조를 바라봤다.

"왜요?"

"갑자기 무슨 소립니까? 무슨 소린지 모르겠어요. 선택의 상자라니……, 꿈이라니……. 인생이 바뀐다고요? 도대체 무슨 소립니까? 믿을 수가 없잖아요."

구네의 이야기는 너무나 비현실적이어서 도무지 믿을 수 없었다. 그러나 구네의 표정에는 누군가를 속이려는 악의가 보이지 않는다.

오히려 믿지 못하는 유조를 이상하게 여기는 듯하다. 뭘 받지도 않았는데 유조는 이미 구네에게 마음을 거의 허락하고 말았다.

유조는 이상한 자기 마음에 저항이라도 하려고 필사적으로 떠들었다.

"세미나 사람들이 말하는 당신도 할 수 있다거나 바뀔 수 있다거나, 그런 말과 같잖아요. 아니 그보다 더 수상해요. 아, 알겠네요. 구네 씨, 당신은 날 속이려는 거죠? 심령 비즈니스인가요? 정말 대단하시네요. 이렇게 잘생긴 얼굴을 가진 사람이 나 같은 사람에게 말을 다 걸고…… 카페에 오자고 해서 안 그래도 이상하다고 생각했어요!"

유조는 자리에서 일어나려고 했다.

"뭔가 착각하신 모양이네요."

구네는 손수건으로 눈물을 닦을 때와 마찬가지로 다정하게 유조의 뺨을 쓰다듬었다.

"설명이 너무 갑작스러워서 이해가 어려웠나 보네요. 죄송해요."

오늘 만난 남자가 뺨을 쓰다듬고 있다. 이상한 상황인데 왠지 마음이 편안하다. 안기고 싶어질 정도인데 이 감정이 어디서 오는지 도무지 알 수 없다.

쓰레기가 아니라는 말을 들어서일까. 구네는 유조를 구원할 사람 같다는 느낌이 들었다.

차가운 손가락이 뺨에 닿자마자 마음이 편해신다.

유조는 일단 다시 의자에 앉았다.

"우선 말씀드리겠는데 심령 비즈니스는 아닙니다. 왜냐면 돈을 안 받으니까요."

구네는 유조의 뺨에서 손을 떼고 긴 손가락으로 상자 모서리를 만졌다. 무엇이 들어 있는지 달그락달그락 소리가 났다.

"저는 분명 오래된 물건을 다루는 사람이고 구네판매는 골동품을 취급하고 있죠. 그러나 이건 사고파는 물건이 아닙니다. 제 개인적인 물건인데 당신에게 드리는 겁니다."

유조가 말을 꺼내려는데 막고 물었다.

"이제 좀 진정되세요?"

빨간색인 듯 회색인 듯 파란색인 듯 한 번도 본 적 없는 색깔의 눈이다. 유조보다 훨씬 키가 작고 가녀린데 그 눈을 보고 있으면 너무나도 거대한 존재와 대치하고 있는 느낌이 든다.

세미나 관계자의 강력한 발언에 압도되거나 아버지의 기에 눌려 있을 때와는 전혀 다른 기분이다. 커다란 무언가에 감싸인 듯한 안심하는 마음에 가깝다.

유조는 홀린 듯한 표정으로 구네의 두 눈을 응시했다.

"진정하신 듯하니 다시 설명할게요. 이 상자를 가지고 잠드세요. 그러면 당신은 꿈속에서 인생의 갈림길에 직면할 겁니다. 세 번이에요. 세 번, 옳은 선택을 하면 당신 인생은 바뀔 겁니다."

구네는 검지를 세웠다.

"주의 사항이 있습니다. 한번 선택하면 돌이킬 수 없습니다. 그리고 그 선택과 그 전의 인생, 즉 지금이죠. 지금 유조 씨가 산 이 인생을 돌아보는 것도 그만두는 게 좋겠죠. 선택 앞에 미래가 있으니까…… 선택한 결과를 버려야 하는 걸 생각하면 옳은 선택은 상당히 어려울 겁니다."

구네는 의자에 걸쳐놓은 재킷을 입고 자리에서 일어났다.

서류 가방을 들고 그대로 유조에게 등을 돌렸다.

정말 하고 싶은 말만 하고 간단 말인가.

선택의 상자

구네의 말을 더 듣고 싶다. 이야기를 듣지 않더라도 그저 함께 있고 싶다.

"저, 구네 씨……."

"물론 사용할지 말지는 유조 씨 자유입니다. 하지만 기억하세요. 선택하지 않으면 아무것도 바뀌지 않습니다."

'선택의 상자'는 지금 장식품이 돼 있다.

유조는 구네의 묘한 분위기에 휘말려 이유도 없이 구원받은 느낌이 들어 얌전히 상자를 받아 왔다. 그러나 돌아와 냉정을 되찾으니 그야말로 바보 같은 소리라는 생각이 들었다.

현실 세계에는 기적도 마법도 없다.

구네는 보기에는 멋지고 아름다우나 완전히 머리가 돌았거나 말도 안 되는 걸 믿는 사람을 보고 좋아하는 악취미의 인간이거나 둘 중 하나다.

일단 구네의 명함에 적힌 전화번호로 전화를 걸어 직접 항의하려 했는데 관두기로 했다. 유조는 그런 데 쓸 체력이 남아 있지 않았다.

"나, 왔어."

어차피 대답은 없을 텐데도 유조는 조그만 목소리로 인사하고 구두를 벗었다.

복도에는 다양한 물건이 놓여 있다. 놓여 있다기보다 그저 어질러져 있을 뿐이다.

유조는 벗은 양말을 세탁 바구니에 던져 놓고 손만 대충 씻고 침실로 갔다. 원래 소식하는 편이고 저녁이 준비돼 있어도 그다지 먹고 싶지 않다. 아내 가린이 만든 요리는 항상 기름진 고기와 채소를 조미료와 함께 볶은 게 전부라 유조는 이제 지긋지긋하다.

"어머! 빨리 왔네."

침실문을 열자마자 목소리가 날아왔다.

가린이 한 살 된 아들 마나토를 안고 서 있다.

가린은 유조가 수없이 저지른 잘못된 선택 중 하나다.

어두컴컴한 데서 봐도 가린의 입가 주름이 두드러졌다. 피부도 안 좋아 여기저기 기미가 가득하다.

꿈처럼 아름다운 구네를 본 다음이라 그런지 가린의 추함이 끔찍하고 싫다.

가린이 아직 이십 대라고 아무도 생각하지 못할 것이다.

그러고 보니 화장한 모습을 본 게 도대체 언제였는지 생각도 나지 않는다. 원래 외모가 아름다운 여자는 아니었으나 그래도 가린을 귀엽다고 생각했을 때가 있었다. 직장 근처 카페에서 열심히 일하는 모습에 호감을 품었던 터라 그녀가 다가

오는 걸 받아들였다. 사귀기 시작할 무렵에는, 아니, 결혼하고
도 한동안은 만날 무렵과 마찬가지로 발랄하고 잘 배려하고
애교 많은 여자였다.

언제부터 이렇게 됐을까.

"미안해. 그래도 연락은 했잖아."

"그랬지. '오늘 늦어.' 그게 다였지."

퉁퉁 부은 쌍꺼풀 눈으로 노려보고 있다.

유조는 자기도 모르게 눈길을 돌렸다. 하나도 귀엽지 않다.
추하다.

지금은 이미, 같은 자리에 눕는 것도 불쾌하다. 마나토를 낳
고 난 뒤로는 가린에게서 곰팡내 혹은 먼지 냄새가 났다.

"그래서 오늘은 어떤 사람의 무슨 애기를 들있어?"

"오늘은…… 아키타현에서 식당을 운영하는 사람이……."

"됐어!"

가린은 쾅 소리를 내며 문을 닫았다.

"이봐. 그렇게 큰 소리를 내면……."

"난 상관없어. 당신이 어디서 뭘 하든 상관 안 해. 하지만 이
게 뭐야?"

가린은 유조의 눈앞에 종이를 들이밀었다.

카드 이용 명세서였다.

"너, 맘대로."

"맘대로 행동하는 사람이 누구인데?"

명세서를 바닥에 내팽개쳤다.

"당신, 알기나 해? 지금까지 얼마나 썼는지? 정말 웃기지도 않아."

"내 돈이야. 어디다 쓰든 무슨 상관이야?"

"당신 돈이 아냐. 가족 돈이지."

가린의 목소리가 떨렸다. 입가에 끈끈한 미소가 붙어 있다. 가린이 큰 소리를 내며 고함을 치는 일은 없다. 하지만 감정이 격앙되면 혐오를 담은 미소를 짓고 조곤조곤 따진다.

"아키토는 내년이면 초등학교에 들어간다고, 알기는 해?"

"알아……."

"아는 사람이 이래? 그렇다면 정말 머리가 나쁜 거네."

가린이 유조에게 얼굴을 들이밀자 다시 곰팡내가 그의 코를 찔렀다.

"당신, 결혼할 때 당당하게 말했지. 절대로 고생시키지 않을 테니 가정을 지켜달라고. 어릴 때 어머니가 옆에 없으면 아이가 불쌍하다고. 지금은 애 하나를 키우는 데 최소 삼천만 엔이 든다고. 우리는 둘이니까 육천만 엔이야. 고생 안 시킨다며?"

"시, 실제로 고생한 적 없잖아."

"흥! 그렇게 생각해?"

가린은 보란 듯 한숨을 내쉬고 소리가 날 정도로 침대에 털썩 앉았다.

"사실이 그렇잖아. 실제로…… 나는 밖에서 일하고……."

"당신이 밖에서 일하는 동안 나는 집에서 그냥 논다고 생가
해?"

"그런 말이 아니잖아!"

기어이 말이 거칠게 나오고 말았다. 유조는 눈앞의 추한 여
자를 때리고 싶은 충동을 억누르고 말했다.

"가족을 위해 수입을 늘리면 좋을 것 같아서 여러모로 공부
했어. 나도 늘 집이 어질러져 있고 반찬이 늘 고기채소볶음이
라도 불평 한마디 안 했어. 피차 불만이 있겠지만."

"웃기고 있네."

틱한 음성. 가린에게서 짐승의 호흡과 같은 소리가 들렸다.
조금 늦게 눈에서 굵은 눈물이 뚝 떨어졌다.

"웃겨. 정말 웃겨. 이상한 부업보다 그냥 식기 세척기를 사
달라고. 쉬는 날에 같이 장 보러 가달라고. 아키토와 마나토는
귀여워. 정말 귀여워. 나, 나 말이야…… 알기나 해? 미용실에
반년 넘게 못 갔다고."

가린은 길게 기른 머리를 하나로 묶고 있다. 유조는 솔직히
이 머리가 손질한 건지 아닌지 모른다. 알고 싶지도 않다.

"고기채소볶음이 왜 매일 나올까? 시간도 돈도 없어. 당신
이 같이 장 보러 가줬으면 좀 더 먼 슈퍼마켓까지 가서 싼 생

선이나 채소도 샀겠지. 그렇지만 당신 못 하지? 당신은 우리를 위해 공부해야 하니까? 나는 그저 감사하며 고맙습니다, 행복하다고만 해야 하는 거지?"

엉엉 울기 시작했다. 가린의 울음소리에 마나토가 깨고 말았다.

"일단 냉정해지자. 서로 마음을 가라앉히자고. 오늘 나는."

"됐어. 당신 체격으로 소파는 안 되겠지. 내가 소파에서 잘게."

가린은 마나토의 머리를 쓰다듬으면서 일어났다.

"실패였어. 당신과 결혼한 게 잘못이었어. 다시 처음부터 시작하고 싶어."

가린은 유조에게 눈길 한번 주지 않고 그대로 침실을 나가버렸다.

웃기고 있네. 웃기고 있네. 웃기고 있네.

유조도 마음속으로 수없이 같은 말을 되뇌었다. 실패라고 생각하는 사람은 바로 나야.

아주 작은 호의로 교제를 시작해 이 년이나 사귀었으니 책임지라고 해서 결혼한 결과, 곰팡내나 풍기는 볼품없는 여자와 그 여자가 낳은 아이를 돌보고 있다.

이런 생활을 평범한 행복으로 여기는 사람도 있을 것이다. 그저 열심히 회사원 생활을 견디고 아내와 자식과 사는 인생을. 하지만 유조는 달랐다.

이런 걸 원하지 않았다. 이럴 리 없다.

모든 선택을 잘못한 결과 이렇게 되고 말았다.

　선택하지 않으면 아무것도 바뀌지 않습니다.

구네의 말이 떠올랐다.

유조는 침대 조명 옆에 놓인 상자를 움켜쥐었다.

유조는 쿵 소리가 크게 나서 눈을 떴다.

"여보, 그만해요. 한 번만 봐줘요."

이번에는 퍽, 둔탁한 소리가 났다.

아, 맞다. 잠에서 깬 게 아니다.

어머니 기미코가 벽에 부딪혀 몸을 웅크리고 있다.

"네가 잘못 가르쳐서 이 모양이야!"

어머니 앞에 아버지 요시유키가 무서운 얼굴로 버티고 서
있다.

"공놀이로 먹고살 수 있겠어? 못 하겠지? 너도 두고두고 감
사하게 될 거야⋯⋯. 할 말이라도 있어? 내가 틀린 말 했어?"

아버지가 고개를 휙 돌려 유조를 봤다.

"너 때문에 이 꼴인데 어머니에게 미안하지도 않아?"

몸이 굳었다. 열다섯 살의 유조였다. 배구 선수로 높은 평가를 받아 유명 고등학교의 스카우트 제의를 받았다. 하지만 아버지는 스포츠는 한심하다, 제대로 공부해 어엿한 사회인이 되는 거야말로 옳은 일이라며 반대했다. "네가 잘못 가르쳐서 이런 소리가 나온 거야."라며 어머니에게 호통치며 손찌검했다. 바로 그때다. 유조는 지금 열다섯의 몸으로 여기에 있다.

구네의 말은 사실이었다.

"야, 쓰레기!"

아버지는 유조의 뺨을 발끝으로 툭 찔렀다. 어머니는 쓰러져 눈물을 흘리고 있다.

늘 이랬다.

이 집에는 아버지와 장남 유이치 외에는 인권이 없다. 행동은 물론 발언조차 제한됐고 조금이라도 거스르면 폭력이 기다리고 있었다.

'쓰레기'라는 소리를 들으며 자랐다.

유조가 평범한 성인 남성보다 머리 하나가 더 큰 체격을 지녔는데도 자기주장을 못 하고 내성적인 성격인 이유는 아버지 때문이다. 어릴 때부터 자기 의견을 전부 무시당하며 살아서 어차피 말해봤자 소용없다는 생각이 박혔다. 쓰레기라는 말을 들어도 그 말이 옳다고 믿을 만큼 아버지에 대한 복종에

익숙했다.

　총 세 번, 제대로 선택하면 당신의 인생은 완전히 바뀝니다. 틀림없이 좋은 방향으로.

　구네의 말이 떠올랐다.

　아버지는 발로 유조의 뺨을 수없이 찔렀다. 뒤에서는 어머니가 고통에 신음하고 있다. 유이치와 유지는 잠자코 음식을 씹고 있다.

　틀렸어.

　이런 환경은 틀렸어.

　유조는 쓰레기가 아니다.

　폭력을 가하고 공포로 집안을 지배하는 이 남자는 뭔가.

　가족이 이런 일을 당하고 있는데 잠자코 밥을 먹는 사람들은 뭔가.

　쓰레기는 그들이다.

　유조는 자리에서 일어났다.

　"너, 뭔데?"

　지금 유조의 몸은 성장 중이라 얄팍하다. 그러나 키만큼은 아버지보다 훨씬 커서 내려다보는 자세가 된다. 그래서 아버지는 유조가 일어섰을 뿐인데 동요해 일부러 더 험악한 표정을 짓고 있다.

"어머니, 그만 때려."

목소리가 떨리고 있다. 하지만 혀가 움직였고 굳었던 몸이 풀렸다.

"너, 부모한테……."

선택하지 않으면 아무것도 변하지 않는다고 구네는 말했다. 맞는 말이다.

이대로 아무것도 하지 않으면 아버지의 말을 듣고 기숙사제 고교에 진학한다. 소심한 태도에 괴롭힘을 당하는 바람에 그럭저럭 괜찮았던 성적마저 곤두박질쳐 원서에 이름만 쓰면 들어가는 사립대학에 진학해 결국은 아버지 인맥으로 입사한 것이다.

유조는 받아들였다. 오히려 아버지 말을 들어서 쓰레기 같은 자신이라도 취직할 수 있었고 결혼도 할 수 있었다고 착각했다. 스스로 선택하면 어차피 잘못됐을 거라고. 아버지에게 복종하면 더 잘못될 일은 없을 거라고.

아니다. 유조는 선택해본 적도 없다.

그저 흘러왔을 뿐이다.

"옳은 선택을 하는 거야."

유조는 잠꼬대처럼 중얼거렸다.

골프채가 휜 골프 클럽이 눈에 들어왔다.

가장 기분 나쁠 때, 아버지는 이걸 이용해 바닥이나 벽을 후려친다.

유조는 골프 클럽으로 손을 뻗었다.

"야, 유조!"

누가 어깨를 흔들어 깨웠다.

"이제 일어났네. 수업 다 끝났어."

근육질에 동그란 얼굴의 남자가 바로 앞에 서 있다. 누구였더라.

"심수* 수업이었는데 괜찮아? 야, 분명히 말해누는데 여러 번 깨웠다."

시기사와. 맞다, 시기사와다. 대학 동급생.

유조는 지금, 스무 살이다.

꼬박 오 년이라는 시간이 흘렀다. 아니, 원래 유조로 보면 돌아간 걸까? 모르겠다.

탁류와 같은 기억이 흘러든다.

유조는 그때 아버지를 향해 골프 클럽을 휘둘렀다. 맞지는 않았으나 효과는 충분해 이후 아버지는 유조를 비롯한 가족

* 생체 내부 환경의 항상성을 교란할 가능성이 있는 요소를 가리킴

을 폭력으로 지배하지 않았다.

유조는 배구 추천으로 다른 현의 고등학교에 진학했다.

배구로 유명한 고등학교라 두드러진 활약을 보이지 못했으나 즐거운 날들을 보냈다.

그런데 고등학교 이 학년 때 부주의 운전 차에 치여 골절상을 당했다. 일상생활에는 지장이 없으나 격렬한 운동은 불가능하다고 해서 배구는 포기했다.

유조도 배구에 미련은 없었다. 계속해도 최고 수준의 선수가 될 정도의 재능은 없음을 일찌감치 깨달았기 때문이다.

그 후 각오를 다지고 공부에 매진한 결과 도쿄 의과 전문대학 스포츠과학과에 입학했다. 의학부보다야 성적은 낮으나 이전 생의 유조는 엄두도 못 낼 성적의 학부였다.

유조는 지도자로서 스포츠에 참여하겠다는 목표로 충실하게 지냈다.

"나중에 강의 필기 좀 보여줘."

그렇게 말하자 시기사와는 식권 한 장이라며 웃었다.

선택은 세 번.

아무래도 첫 번째 선택은 잘한 듯했다.

나머지 두 번.

이제부터는 이전 인생에서는 전혀 경험하지 못한 선택의 갈림길이다. 옳은 쪽을 선택해야 한다.

시기사와와 함께 복도로 나왔을 때 시야 끝에 반짝이는 걸 본 듯했다.

"왜 그래?"

"아냐⋯⋯."

저도 모르게 그쪽으로 빨려 들어갈 듯한 느낌이 들어 괜스레 마음이 시끄러워졌다.

"잠깐 볼일이 있어. 먼저 가."

식권은 내일 주겠다고 하니 시기사와는 웃으며 받아들였다.

시기사와가 떠나고 나니 복도에는 아무도 없었다. 다시 주시했는데 아무래도 복도 끝 소화기 옆이 빛나고 있는 듯했다.

다가가 주워보니 귀걸이였다.

"예쁘네."

그런 말이 절로 흘러나왔다. 유조는 장식품의 좋고 나쁨을 구별하지 못한다. 그래도 눈길을 빼앗길 만큼 아름다운 다이아몬드가 받침에 끼워져 있다는 것 정도는 알 수 있었다.

한참 햇빛에 대보고 있는데 타박타박 서두르는 발소리가 들려왔다.

"어쩌지, 어쩌지, 어떻게 하지?"

여자 목소리였다. 순간 기둥 뒤로 몸을 숨겼다.

목소리 주인의 그림자가 보였다.

슬쩍 살펴본 순간 유조는 그녀에게 눈길을 빼앗겼다.

눈이 번쩍 뜨일 만큼 미인이다.

날씬하고 긴 다리, 윤기가 흐르는 검은 긴 머리. 반들반들 빛나는 피부가 옅은 화장을 돋보이게 했다.

"어쩌지."

그 말을 반복할 때마다 꽃사슴 같은 커다란 눈동자가 불안하게 흔들린다. 달달 떨리는 입술도 신선한 과일 같다.

시호 마이코.

멀리서도 빼어난 미녀라는 사실은 알고 있었는데 가까이서 보니 같은 인류 같지 않다.

작년 도쿄 의학 전문대학의 미인대회 우승자. 그러나 그런 싸구려 호칭은 그녀에게 어울리지 않는다. 그녀는 유조가 본 그 누구보다 아름답다.

옷도 유행하는 걸 따르지 않아 굳이 말하자면 평범한데 그게 더 그녀가 곱게 자랐다는 사실을 상기시킨다. 시호 마이코는 도내에 있는 시호병원의 원장 딸로, 말 그대로 부잣집 아가씨다.

학업 성적도 우수해 의학부 이 학년 중 상위권이라고 들었다.

원래는 학부부터 모든 게 다른 유조와는 관련이 없는 인물이다.

"어쩌지……."

유조는 직감적으로 알아차렸다.

선택의 상자

이게 아마도, 두 번째 선택일 것이다.

그녀는 조금 전부터 "어쩌지."라는 말을 반복하며 복도를 구석구석 뒤지고 있다.

지금 내가 가지고 있는 다이아몬드 귀걸이. 조합해보면 답이 나온다.

그녀는 이걸 찾고 있다.

그녀에게 말을 건다.

그게 두 번째, 옳은 선택이다.

"저, 이, 이거."

갑작스럽게 눈앞에 튀어나온 유조를 보고 마이코는 순간 미간을 찌푸렸다.

그러나 곧 미소를 지었다. 마치 꽃이 피는 것처럼 보였다.

"어머, 주워줬어? 고마워……. 정말 고마워. 할머니 유품이라 정말 소중한 거거든."

뭔가 타는 냄새가 나 불을 끈다.

소스 냄새다. 그리고 채소와 고기. 야키소바를 만들고 있다.

이제는 안다.

유조는 또 옳은 선택을 한 것이다.

유조는 귀걸이 일로 마이코와 가까워졌다. 단순한 친구에서 연인이 되기까지 오랜 시간이 걸리지 않았다.

무엇보다 그녀도 유조에게 호감을 품고 있었다는 말을 들었을 때는 너무나 기뻤다.

유조는 미남이라 할 수는 없으나 눈꼬리가 처져 다정한 인상을 지닌 데다 일본 남자치고는 체격이 좋아 여성들이 선호하는 편이다. 그 사실을 깨달은 것도 옳은 선택을 내렸기 때문이다. 어쨌든 현재의 유조에게는 소심한 구석을 전혀 찾아볼 수 없다. 그러므로 자기보다 훨씬 미녀인 마이코와 함께 있어도 위축되지 않는다.

마이코가 결혼하자고 했을 때 유조는 이 키와 체격으로 자신을 낳아준 부모에게 감사했다. 그녀 취향에 맞는 외모가 아니었다면 마이코 같은 여자가 자신과 결혼을 생각하지는 않았을 테니까.

'꽃마차'를 탄 남자 신데렐라 신세였으나 세상 사람들이 상상하는 대로 유유자적 편안한 길만 걸은 건 아니다. 자라온 환경이 너무 달라 큰 구멍이 생기고 말았다고 유조는 두고두고 생각했다.

일단, 마이코 부모의 반대가 거셌다.

시호 가문은 거슬러 올라가면 번(藩)*의 담당 의사를 했을

* 에도 시대 다이묘가 지배하던 지역

선택의 상자

정도로 대대로 의사 가계인지라 외동딸 마이코는 소중한 후계자였다. 그러므로 당연히 사위도 의사여야 하고 이미 후보도 여럿 있었다.

그런데 의사가 아니고 체격 외에는 딱히 볼 것도 없는 유조 같은 남자가 나타났으니 쉽게 받아들이지 못한 것도 당연하다.

가문, 학력, 용모, 경제력, 교우 관계, 취미까지 전부, 상류계급에 어울리는 우아한 표현으로 비판을 받았다.

유조의 어머니도 문제였다. 어머니 기미코는 마이코를 마음에 들어 하지 않았다.

옷이 너무 수수하다거나 그릇을 엎었다는 둥 사소한 꼬투리를 잡아 잔소리를 늘어놓았다. 유조도 아들의 약혼자에게 이런 태도를 보이는 여성이 적지 않다는 사실은 알고 있었으나 막상 자기 어머니가 유치한 심술을 부리는 모습을 보고 있자니 신경이 곤두섰다.

수없이 같은 일이 되풀이되는 바람에 유조도 아주 진저리가 나서 이쯤 그만두자고 생각하기 시작했을 때였다.

마이코가 임신한 것이다.

유조는 늘 피임했으므로 이 일이 우연인지 마이코가 의도한 일인지는 알 수 없다.

어쨌든 유조와 마이코는 결혼하기로 했다.

유조는 전문 운동 트레이너로 일했는데 결혼하면 그만둬달라는 부탁을 받았다. 마이코는 의사로서, 경영자로서 엄청난 업무량을 처리하고 있다.

유조가 의사였다면 직업으로 마이코를 도왔을 것이다.

그러나 유조는 그럴 수 없다.

유조는 마이코의 생활을 돕기 위해 전업주부가 됐다.

그렇다고 해서 유조가 집안일을 다 맡은 것도 아니다. 실질적으로 그가 하는 일은 쓰레기 버리기와 자기가 먹을 음식을 만드는 것뿐이다.

일단 마이코는 아침부터 밤까지 바빠 느긋하게 식사할 시간이 없으므로 그녀의 식사는 만들 필요가 없다. 그녀는 외식으로 적당히 끼니를 때웠다.

결혼 전에 생긴 유이토와 이 년 뒤에 태어난 다쿠토의 양육도 전혀 손대지 못했다.

대놓고 말하지는 않으나 시호 가문은 유조 같은 남자에게 '후계자 양육'을 맡기는 건 무리라고 판단한 듯하다.

아들들은 시호가 저택에서 거의 지내서 부모인 유조나 마이코와 대면하는 일은 거의 없다.

가끔 집에 와도 유조를 '아저씨'라고 부른다. 그들에게 '아버지'는 장인이고 '어머니'는 장모였다.

사람들이 보기에, 아니, 유조 본인이 보기에도 이런 가족 형태는 이상했다. 그러나 마이코도, 마이코의 부모도, 전혀 이상하게 생각하지 않았다. 마이코는 오히려 기뻐했다.

"유조는 언제나 멋져."

그렇게 말하며 마치 학창 시절의 교제 기간으로 돌아간 듯 애교를 부렸다. 마이코는 유조를 언제나 멋지다, 즉 외모가 변하지 않는다며 좋아했다. 이는 '사랑에 눈먼' 상태에서 오는 괜한 소리가 아니라 실제로 그랬다. 현재, 유조는 이전 인생과 거의 같은 나이가 됐으나 그때보다 열 살은 젊어 보인다. 마이코 역시 학창 시절과 비교해 미모가 전혀 떨어지지 않았다.

마이코가 그 점을 자랑스럽게 여긴 반면, 유조는 살짝 울적하기도 하고 한심하기도 했다. 자신들은 젊어 보이는 게 아니라 부모의 책임을 버려 유치해 보이는 게 아닐까 하는 생각에 이따금 불안해졌다.

그러나 이런 문제를 고려하더라도 유조는 행복하다고 할 수 있다.

도심 단독 주택에서 미녀 아내와 연인처럼 산다. 아이를 기르는 고생도, 책임도 없다.

아내는 밖에서 일하며, 유조가 아무리 열심히 일해도 손에 넣지 못할 거액을 벌어온다.

유조는 그동안 일도, 집안일도 하지 않고 그저 놀기만 하면 된다.

마이코가 없는 그 긴 시간은 분명 따분하다. 제일 먼저 유조는 체육관에 다니기 시작했다. 젊다는 평가를 받는 이유는 적당히 단련하고 있기 때문이다.

유조는 그곳에서 시간을 보낼 새로운 방법을 찾았다.

그곳에 오는 젊은 여성에게 말을 건다. 싫은 티를 내는 여성은 없다. 여성들은 다정해 보이는 그의 외모에 안심하는 듯하다. 유조는 스포츠 강사 자격증을 가지고 있어서 체력 단련에 조언도 할 수 있다. 그렇게 체육관에서 교류하는 관계에서 영화를 보거나 함께 식사하는 사적인 사이로 발전한다. 남녀 관계로 발전하는 건 실로 간단하다.

어떤 여자라도 외모는 마이코에 범접하지 못한다. 외모만이 아니라 내면도.

유조가 기혼자임을 알고 자는 거라 정조 관념이 없는 헤픈 여자가 많다. 정신적으로 불안정하고 히스테릭한 여자뿐이다.

그러나 그런 여자들과의 교제는 외모나 내면이 완벽한 아내에게서는 느끼지 못하는 다른 매력이 있다.

다양한 여자와 어울리다 귀가하면 조금 있다가 마이코가 귀가한다. 유조의 매일은 이런 일상의 반복이다.

자신은 부자가 기르는 개와 같다고 생각한다.

"정말, 유조가 있어줘서 좋아."

마이코의 옆얼굴을 바라보며 생각한다. 개와 같은 게 아니라 그냥 개구나.

어떤 책임도 없이 인간의 호의를 탐하고 그 인간의 돈으로 산다.

훨씬 전, 이른바 '전생'에서의 아버지 말이 뇌리를 스쳤다.

개나 고양이와 다름없어. 그러니까 때려서 가르쳐야 알아듣지!

어머니를 때릴 때였나, 아니면 유조를 때릴 때 했던 말이었나. 그것도 아니면 다른 누군가에게 던진 말인지는 기억나지 않는다.

그저 생각이 났을 뿐이다.

정말 개가 되고 말았구나. 하지만 불만도 후회도 없다.

그날 유조는 미사토 지에리의 집에 갔다가 역 주변을 어슬렁거렸다.

"유조. 이 근처 자주 와?"

지에리는 유조가 교제하는 여자 중에서 외모가 괜찮은 편이다. 하얀 목이 길고 가늘어 부러뜨리고 싶은 욕망을 일으키는 요염함이 있다.

얼굴은 달걀에 눈코를 붙인 듯 결코 완벽한 미인은 아니다. 그러나 그녀가 오래전 고급 브랜드에서 일했고 항상 상위 매출을 달성했다는 말은 거짓이 아닐 것이다.

"지에리 씨와 만날 때만 오죠."

"그래?"

지에리는 상체를 일으키고 나른하게 머리를 묶었다.

"역 옆 계단을 내려가 조금 더 가면 '사쿠레'라는 케이크 가게가 있어. 제철 과일타르트가 정말 맛있어. 사 가면 미녀 부인이 좋아하지 않을까?"

유조는 애매하게 고개를 끄덕였다.

마이코는 틀림없이 좋아할 것이다. 소리를 지르며 안길 것이다. 그러나 마이코의 가장 큰 기쁨은 이런 관계를 끝내는 것이겠지. 그런 생각이 들자 전혀 없던 죄책감이 가슴을 찌르고 달걀 같은 지에리의 얼굴이 가증스럽게 보였다.

"알려줘서 고마워. 그렇게 할게. 늘 지에리 씨 선택은 틀리지 않으니까."

그렇게 대답하니 지에리는 가뜩이나 가는 눈을 더 가늘게 뜨고 웃었다.

다른 여자와 이런 관계에 빠져 있다는 사실을 알면 마이코가 슬퍼하리란 것 정도는 충분히 안다.

하지만 개들의 교미는 인간과는 관계가 없다. 유조도 지에리도 개이므로 인간인 마이코와는 관계가 없다.

유조는 지에리와 두세 마디 더 나누고 옷을 갖춰 입고 그녀의 집을 나왔다.

그리고 그녀가 말한 대로 역을 일단 지나쳐 계단을 내려갔다. 전봇대에 '사쿠레 이백 미터 앞'이라는 안내판이 있었다. 유조는 안내대로 직진했다.

지에리의 집도 근대적이고 아름다운 양식이었는데 이 근처는 대체로 비슷하다. 세련된 디자인이라 조금 둘러보자는 마음이 생겼다.

본가가 생각났다.

아버지가 평생 일해 지은 집이란 건 안다. 그러나 아버지의 오만함과 완고함이 그대로 형태를 이룬 듯한 고풍스러운 일본 가옥이다. 유조는 본가 건물 자체를 좋아하지 않았다.

중학교 때 아버지에게 반항한 뒤로 아버지는 유조 일에 간섭하지 않았다. 이후 어머니나 다른 형제들에게도 폭력을 가하지 않은 듯하다. 대외적으로 과묵하고 온화한 사람으로 평가된다는 말을 어머니에게 듣고는 깜짝 놀란 기억이 있다.

집을 가장 빨리 나간 누나 사쿠라코는 얌전해진 아버지와는 어울릴 만하다는 말까지 했고 친정에 올 때는 단둘이 밥도 먹는단다. 사쿠라코는 형제 중에 제일 공부를 잘했다. 여자는 공부시켜봤자 소용없다는 아버지 말에 대학을 포기했는데도 그런 일은 잊은 모양이다.

어쩌면 오만하고 완고하고, 모든 사람을 깔보며 폭력을 가하는 아버지를 기억하는 사람은 유조뿐일지 모른다. 거친 아버지의 모습은 '전생'의 기억이고 지금 인생은 아닐 수도 있다. 그래도 유조는 본가와 아버지를 이따금 떠올리면 불쾌해졌다.

아름다운 집들을 보고 있는데 갑자기 쇳소리가 귀를 찔렀다.

목소리가 나는 쪽으로 고개를 돌렸는데 길 반대편에 버스 정류장이 있었다.

"그만해요!"

"나를 무시했지, 응!"

"안 그랬어요!"

몸집이 자그마한 여자가 아름다운 거리와는 어울리지 않는 더러운 옷차림의 남자에게 욕을 먹고 있다. 남자는 우산까지 휘두르며 여자를 위협하고 있었다. 얼굴을 찡그리고 있는 듯 보이는 모습이 추해 보였다. 우산을 휘두를 때마다 악취가 여기까지 날아올 것 같다.

여자가 구조를 요청하듯 주위를 둘러봤다. 그 얼굴을 보자마자 유조는 숨이 멎을 뻔했다.

가린이었다.

전생에서 유조의 아내였을 때는 아이를 기르고 구질구질하기 이를 데 없는 주부였다. 이번 세상에서는 머리 스타일을 깔끔하게 다듬고 화장도 해서 유조가 좋아했던 건강한 귀여움이 느껴졌다.

마른 소리가 나며 우산이 가린의 팔을 내리쳤다.

"으악!"

"아파? 어디서 피해자 행세를 해!"

"누가 좀 도와주세요!"

가린은 두 팔을 들어 얼굴로 날아오는 우산으로부터 필사적으로 몸을 보호했다. 자세히 보니 배가 불러 있다.

"너, 행복해 보이네. 행복한 얼굴로 당당하게 걷고 있어. 나한테는 아무것도 없는데 행복하다고 자랑해? 성공했다고?"

"무슨 소리야? 그만 좀 해!"

"성공, 성공, 성공, 성공, 성공했냐고? 내가 없어서? 그래서 너 자랑스럽냐? 얼른 대답해!"

우산이 가린의 몸에 닿을 때마다 임부복의 꽃무늬가 커졌다 작아졌다.

전부 잊고 있던 아키토와 마나토의 얼굴이 떠올랐다. 아니, 잊을 리 없다. 유조는 마이코 사이에서 생긴 두 아이보다 그 애들을 훨씬 생생하게 기억하고 있다.

병원에서 처음 품에 안았을 때 정말 기뻤다. 나 이외의 누군가를 이토록 소중하게 생각할 수 있다는 사실에 감동했다.

제대로 아이를 양육했다고 말할 자신은 없다. 대부분은 가린에게 맡겼다. 하지만 쉬는 날에는 유원지에 가고 공원에서 함께 달렸고 벽의 낙서를 지웠던 추억은 있다. 둘 다 소중했다.

저 부푼 배에는 물론 아키토도 마나토도 있을 리 없다. 아무리 그래도.

가린의 얼굴은 눈물과 콧물로 엉망이다.

"도와주세요!"

가린의 왼편에 서 있던 뚱뚱한 남자는 힐끔힐끔 시선을 던지며 그 자리를 떠나려 했다. 버스정류장 바로 앞까지 아이를 데리고 온 품위 있는 여성은 가린의 목소리를 들었는지 직전에 가려던 길을 바꿨다.

도와달라는 말을 계속하는 가린의 목소리는 완전히 무시당했다. 아무도 그녀를 도와주지 않는다.

남자는 두 번, 세 번 연속으로 우산으로 가린을 가격했다.

다리가 지면을 박차고 뛰어나가려 했다.

그 순간이었다.

한 번 선택하면 돌이킬 수 없습니다.

발걸음이 흠칫 멈췄다.

틀림없어. 이게 세 번째 선택이야.

깨닫자마자 소름이 돋았다. 그리고 앞뒤 없이 행동하려는 자신이 한심했다.

눈앞에서 맞고 있는 여자가 가린이라 하더라도 지금의 유조와 무슨 관계가 있나.

가린과 두 아들이 있는 인생. 평범한 인생. 아무것도 없는 걸 넘어 아버지와 온갖 사람들에게 착취당하는 인생. 선택조차 할 수 없는 쓰레기의 양분.

유조는 그런 인생이 싫어서 선택의 상자를 이용했다.

"그만해!"

더 큰 비명이 들려왔다.

저 여자는 나와 관계없는 여자다.

그렇게 자신을 설득했다.

이 죄책감도, 정도, 다 가짜다.

저 여자의 인생과 교류할 일은 없다.

없다. 아무것도, 없다.

선택하고 버린 것이다. 버려야 하는 것이다.

고개를 든다.

가린과 눈이 마주쳤다.

"도와줘요!"

유조는 몸을 돌려 정신없이 달렸다.

정신을 차리니 집 앞이었다.

어디를 어떻게 달려 집까지 왔는지 기억이 없다.

지에리의 집을 나섰을 때는 아직 낮이었는데 주위는 이미 어두컴컴했다.

현관문을 열려다 깨달았다. 불이 켜져 있다.

조심스레 문을 열었다.

"어서 와!"

복도 끝에서 마이코가 달려와 품에 안겼다.

"응……."

유조는 어색한 미소를 지었다.

"뭐야? 오랜만에 일찍 왔는데 안 좋아?"

"좋아. 아주 좋아. 하지만 있을 줄 몰라서 놀랐어."

"그렇지!" 마이코는 환하게 웃었다.

지금 당장 자신의 체취를 확인하고 싶다. 지에리의 집에서 샤워한 상태 그대로다. 보디젤 냄새 같은 아주 사소한 부분에서 여자는 감을 잡기도 한다.

"오늘 어디 갔었어? 땀투성이야."

"시기사와라고 기억해? 대학 때 친구야. 녀석이 마침 근처에 왔다고 해서 함께 식사했어."

유조는 땀 냄새에 묻혔다는 사실에 안도하며 술술 거짓말을 늘어놓았다.

"시기사와? 흠……." 마이코는 '시기사와'라는 이름을 기억하지 못하는지 심드렁하게 읊조리더니 목욕하라고 했다.

"오랜만에 저녁을 차리려고 했는데."

"당신도 피곤하잖아? 내가 할 테니까 무리하지 마."

"됐어. 내가 만들고 싶어."

그러고 보니 교제하던 무렵 마이코는 자주 직접 요리해줬다. 무슨 요리든 프로의 솜씨처럼 훌륭했다. 정말 뭐든 잘하는 여자라고 생각했던 기억이 있다.

"당신 요리는 최고지. 기대되네."

그렇게 말하니 마이코의 얼굴이 꽃이 핀 듯 환해졌다.

"중식과 일식 중 뭐가 좋아?"

"중식."

"알았어. 내가 준비하는 동안 샤워해."

유조는 부엌으로 가는 마이코를 지켜본 뒤 욕실로 향했다.

이 향기가 좋다고 강력하게 주장해 산 강한 장미 향 보디젤로 온몸을 열심히 닦는다. 이제는 자신에게는 장미 냄새밖에 나지 않을 것이다.

탈의실로 부엌의 냄새가 흘러들어온다. 참기름 냄새다.

식욕이 자극된다.

머리를 대충 말리고 식탁에 앉았다.

식탁에는 마파두부와 슈마이, 유린기 같은 다양한 중국 음식이 놓여 있다.

"와! 맛있겠다!"

떠오른 생각이 그대로 입을 거쳐 나왔다.

"열심히 만들었으니까 많이 먹어."

유조는 입안 가득 밥을 넣고 씹으면서 텔레비전으로 눈길을 돌렸다. 저녁 뉴스가 방송되고 있다.

— 오늘 정오 무렵, 스기나미구 길거리에서……

흠칫 몸이 반응했다.

뉴스에 나온 영상은 조금 전 자신이 목격한 풍경이다. 지에리의 자택 옆이다.

"무서운 세상이야."

"아……."

입술이 떨려 목소리가 제대로 나오지 않았다.

내용은 유조가 본 그대로다.

스물일곱 살 여성이 삼십 대 남성에게 폭력을 당해 병원에 실려 갔으나 사망. 남성은 지난달 이혼했고 저당 잡힌 집도 빚을 갚지 못해 잃었다는 내용이 나오고 있다.

자막에는 크게 '후지무라 가린'이라고 떠 있다.

"왜 그래?"

뺨에 차가운 게 닿아 깜짝 놀라 몸을 떨었다.

마이코가 젓가락을 든 손으로 유조의 뺨을 톡 찌르고 있다.

"아는 사람이야?"

다시 화면으로 눈길을 돌렸다.

영상은 이미 국회의원의 불법 자금을 보도하는 뉴스로 넘어갔다.

"몰라. 그냥 안됐다 싶어서."

"맞아……."

마이코는 커다란 눈을 촉촉하게 적시며 말했다.

정말 아름다운 얼굴이다.

유조는 새삼 그렇게 생각했다.

불가사의하게도 조금 전까지 느끼던 후회 같은 게 사라졌다. 오히려 기뻤다.

가린은 죽었다. 이로써 과거는 다 사라졌다. 아니, 원래부터 없었다. 어쨌든 유조는 지금, 아름다운 아내와 함께 맛있는 요리를 먹고 있다.

화장하지 않은 가린의 늙어버린 얼굴. 곰팡내 나는 체취. 매일 들어야 하는 잔소리.

실패였어. 당신과 결혼한 게 잘못이었어. 다시 처음부터 시작하고 싶어.

잘 봐.

유조는 다시 시작했다. 지저분한 남자에게 비참하게 살해당한 가린과 나는 다르다.

이제 과거로 돌아가지 않아도 된다.

그는 세 번 모두 옳은 선택을 했다고 확신했다.

다행이라는 감정을 만끽하며 숟가락으로 중국식 수프를 퍼

입으로 가져갔다.

"당신 요리는 정말 맛있어."

"당신, 누구한테 말하는 거죠?"

눈앞에, 모르는 남자가 있다.

"당신……."

반짝이는 눈동자 안에 별이 빛나는 듯 보였다.

구네 니코라이.

맞다. 그런 이름이었다.

상냥하면서도 소름 끼칠 정도의 색기를 갖춘 남자.

숟가락을 떨어뜨릴 뻔했다.

그런데 아무것도 들고 있지 않았다.

식탁을 가득 채운 중국 음식도, 세련된 식탁도, 눈앞에 있던 누구보다 아름다운 여자도.

아무것도 없다.

"왜?"

신음 같은 소리가 흘러나왔다.

"왜라뇨?"

구네는 한숨 섞인 목소리로 말했다.

"틀림없이 설명했을 텐데요. 당신은 해내지 못했어요. 바뀌지 못했어요. 그뿐입니다."

"다 올바르게 선택했잖아!"

유조는 벌떡 일어나 구네의 멱살을 잡았다.

"아버지 일도, 마이코에게 말을 건 것도…… 가린 일까지! 난 틀리지 않았어! 옳은 선택을 세 번 했다고!"

구네는 낯빛 하나 바꾸지 않고 그의 손을 뿌리쳤다. 가녀린 체격에 비해 힘이 세서 유조는 반동으로 다시 자리에 털썩 앉아야 했다.

"적당히 좀 하세요. 도대체 무슨 소리를 하시는 겁니까?"

구네는 냉랭한 미모로 유조를 바라봤다.

"일단 제 얘기를 잘못 이해하지 않아서 다행이네요. 유조 씨. 제일 첫 번째는 당신 진로였죠? 당신은 아버님에게 반항했어요. 정답입니다. 아무 일도 하지 않았다면 당신은 원래 인생을 똑같이 살며 평생 아버님의 지배를 받았겠죠."

구네는 테이블을 손가락으로 두드렸다.

"두 번째는 시호 마이코와 만난 일입니다. 이 또한 정답입니다. 당신은 미모, 경제력, 모든 걸 가진 여성을 아내로 맞았습니다. 그때 말을 걸지 않았다면 당신은……, 아, 상관없는 얘기겠네요."

콩콩, 식탁 두드리는 소리만이 들렸다. 이 방이 밝은지 어두운지조차 모르겠다. 창문도 없다. 그저 구네의 얼굴만 또렷하게 보인다.

"세 번째입니다."

"가린을 구했어야 했나?"

유조는 필사적으로 말을 짜냈다.

"가린을 돕는 게 인간적으로 옳은 일이었다는 말이야? 하지만 구네 씨, 당신이 말했잖아? 선택하고 버린 건 생각하지 말라고. 그래서 나는!"

후, 공기 빠지는 듯한 소리가 났다.

"생각하지 않는 게 좋다고 말했죠. 후후."

그 소리가 점점 커졌다.

"하하하하하."

구네가 웃고 있다.

튀어나온 송곳니가 보인다. 폭소 중이다.

"아니, 왜……."

구네는 눈물까지 흘리면서 말했다.

"죄송해요. 실례했네요. 하지만 너무 우스워서요. 저는 아직 인간을 잘 이해하지 못해요. 유조 씨, 그런 건 선택이 될 수 없어요."

"무슨, 소리……?"

"약한 여성이 폭력을 당하고 있으면 어떻게 해야 할까요? 해야 할 일은 당연하죠. 나쁜 사람은 돕지 않는다. 나쁜 사람이 아니면 돕는다. 당연한 건 선택할 수 없어요. 세 번째 선택은 말이죠……."

구네는 죄송하다고 말하고 다시 크게 웃었다.

"세 번째 선택은 중식과 일식 중 당신이 중식을 선택한 겁니다."

"뭐?"

도대체 무슨 소리지? 그런 게 무슨 관계가 있지?

"충분히 설명한 듯한데 아무래도 제 착각이었나 보네요. 선택한 다음에 이런 대화를 해봤자 아무 의미도 없지만요. 저는 당신이 참 사랑스러워요. 알고자 하는 당신 마음이 사랑스러운 것 같네요. 하지 않은 선택을 말해드리죠. 일식을 선택했다면 당신은 영원히 아름다운 아내와 그녀의 재산으로 반려동물처럼 살았을 겁니다. 하지만 중식을 선택했죠. 시호 마이코는 원래 순수하고 아름다운 사람이에요. 당신을 진심으로 사랑하죠. 당신의 단정치 못한 생활을 알아차리지도 못하고 당신 변명을 의심하지도 않아요. 하지만 중식을 선택함으로써 부인 마음에 작은 씨앗이 자리를 잡습니다. '친구와 밥을 먹었는데 왜 기름진 음식을 원하지?' 그런 작은 의문에서 '그러고 보니 아까 뉴스가 나왔을 때 넋을 놓고 있었지?' '그것만이 아니라 오늘은 좀 이상했어.' '내가 집에 빨리 온 게 싫은가?' '혹시 낮에는 늘 이렇게 외출하나?' 그녀는 계속 고민하다가 친구에게 상의합니다. 맞아요. 씨앗에 싹이 트는 거죠. 친구 이름은 도다 아키코 씨. 우수한 여성의 친구도 우수하기 마련이죠. 도다 씨는 가정 문제 전문 변호사입니다. 네, 맞습니다. 그렇게 모든 게 밝혀집니다. 꽃이 피는 거죠. 마이코 씨는 알아버리고 맙니다. '왜 이런 하찮은 남자와 결혼하고 말았을까?' 이것은 마이코 씨의 감각입니다. 저는 유조 씨를 하찮다고 생각하지 않아요. 전부 인간의 감정 문제죠. 그러나 마이코 씨는 아주 많이 슬프고 화가 나서 당신과의 관계를 청산하려 합니다. 당신은 아름다운 아내와 아이들, 가족과의 끈을 잃습니다. 당신은 그걸 선택한 겁니다."

그런 건, 선택하지 않았어. 말도 안 돼.

"아뇨. 선택했습니다. 제 제안은 유조 씨가 선택해 바뀌는 거였습니다. 그러나 이래서는 바뀔 수가 없죠. 그래서 원래대로 돌아왔습니다. 처음부터 없었던 일로."

그런 하찮은, 일로.

유조는 대놓고 호통을 칠 생각이었다.

그러나 한마디도 하지 못했다.

자기 입이 어디 있는지조차 알 수 없었다.

"하찮은 일일까요?"

구네는 식탁 두드리기를 중단하고 검지를 똑바로 세웠다.

"그런데 말입니다, 이런 하찮은 선택이 쌓여 인생을 만든답니다."

구네는 크게 손을 벌렸다가 마주쳤다.

선택의 상자

짝, 소리가 크게 났다.

～～～

"잠시만요. 죄송합니다. 지금, 한숨을 쉬셨나요?"

유조는 깜짝 놀라 파이프 의자에서 자세를 바로 잡았다.

미야타에게 모여든 사람들을 멀거니 바라보다가 앉은 채 잠든 모양이다. 머리가 어질어질하다.

긴 꿈이었다. 아직 회장에 사람이 있는 걸로 보아 십 분도 지나지 않았을 텐데.

유조는 꿈속에서 불가사의한 남자와 만나 선택하라는 말을 들었고 결국 실패해 많은 걸 잃었다. 어떤 남자였고 무엇을 선택하고 무엇을 잃었는지 구체적인 일은 기억나지 않는다. 그저 깊은 상실감만이 가슴에 응어리처럼 남아 있다. 기분이 너무 안 좋다.

관자놀이를 누르면서 소리가 난 쪽으로 고개를 돌리니 통통한 중년 남자가 환하게 웃으며 말했다.

"한숨을 쉬면 복이 날아가요. 그리고 미야타 씨에게 명함을 주지 않아도 돼요?"

"아, 네. 당신은……."

"죄송해요. 저는 이런 사람입니다."

유조가 받은 명함에는 굵은 글씨로「창업 컨설턴트 쓰쿠시 다케로」라고 적혀 있다.

"쓰쿠시 씨……."

"네. 맞습니다. 적힌 대로 당신에게 최선을 다하겠습니다! 창업을 생각 중이시죠? 그래서 여기 와서 공부하시는 거죠? 대단하십니다. 자기 투자를 게을리하지 않는 사람은 틀림없이 성공합니다. 당신은 키도 크고 상당히 준수합니다. 음식점은 어떨까요?"

정신없이 쏟아내는 말에 당황했으나 칭찬이라 기분 나쁘지는 않다.

다시 명함을 보니 연락처 부분에 '사사이지도관'이라고 적혀 있다.

"아, 이제 아셨군요? 맞습니다. 저는 사사이 도지 선생님 밑에서 일하는 사람입니다."

쓰쿠시가 숱이 없는 정수리 부분을 긁적거렸다.

"사사이 선생님이 노하우를 잘 알려주시는 바람에 저도 모르게 자신이 붙어서……."

"바바 유조입니다."

"……바바 씨를 기억합니다. 회장에서 가장 눈이 반짝인달까. 그런데 피곤하셨나 봐요……. 죄송해요. 괜히 이상한 권유처럼 됐네요."

쓰쿠시는 쑥스러운 듯 입을 가렸다.

확실히 경박한 분위기는 있으나 선해 보이는 불그레한 얼굴에 호감이 갔다. 거짓말할 사람처럼 보이지 않았다.

"쓰쿠시 씨, 저……."

유조가 자세한 설명을 물어보려 하는데 마이크 두드리는 소리가 났다.

사사이가 회장 중앙에 준비된 간이 무대 위에 올라섰다. 아마도 모임을 끝내는 인사를 할 모양이다.

"사사이 선생님 말씀이 끝나면 꼭 둘이 얘기하죠. 일단 여기에 이름 적어놔도 될까요?"

쓰쿠시는 가방에서 종이를 꺼내 유조를 보며 웃었다. 유조도 웃으며 고개를 끄덕였다.

사사이가 회장을 둘러보며 입을 열었다.

"컨설팅에는 딱 하나 누구에게도 지지 않을 강점이 있습니다. 그건 고문 계약이 오래 유지된다는 거죠. 한 회사 평균 십 년입니다. 가장 오래 관여한 회사는 이십 년 정도인가."

사사이의 말에 회장 곳곳에서 오호, 하고 감탄의 소리가 나왔다.

사사이의 말에는 설득력이 있다. 상대의 상황을 잘 파악하고 효과적인 조언을 해주니까 계약이 그토록 오래 유지되겠지.

"여러분은 미야타 씨의 얘기를 듣고 '굉장하구나!'라거나

'미야타 씨라 가능한 일이었어'라고 생각할 수 있습니다. 하지만 핵심은 할지, 말지의 선택뿐입니다. 미야타 씨나 여러분은 같은 조건입니다."

사사이는 크게 손을 펼쳤다가 짝, 손뼉을 쳤다.

"할 겁니까? 아니면 관두실 겁니까? 선택은 지금입니다!"

유조는 쓰쿠시를 봤다. 그의 눈이 빛나고 있다.

그래. 하자.

하는 수밖에 없다.

유조는 깨달았다. 이야기를 듣고만 있어서는 안 된다.

유조는 쓰쿠시와 정식으로 계약을 맺고 컨설팅을 의뢰했다. 쓰쿠시는 유조의 생각과 똑같이 말했다. 일단 용기가 필요하다. 자금이니 계획 같은 문제를 하나하나 결정하다가 대부분은 포기하고 만다.

"솔직히 사사이 선생님을 찾아와 이야기를 듣는 분들도 대체로 마찬가지입니다. 하고 싶다, 할 마음이 있다, 준비하고 있다고 말하면서 도통 첫걸음을 떼지 못해요. 유조 씨. 저는 생각합니다. 그런 사람들은, 설사 억만장자라도 아무것도 시작하지 못해요."

유조는 진심으로 동의했다. 자기가 하고 싶은 말이 바로 그거였다. 동료도, 과거의 자신도 착각하고 있었다.

오기누마는 본가의 재력으로 성공한 게 아니다. 한 걸음 내

디뎠기에 성공한 것이다.

"일단 시작하는 겁니다. 서비스를 제공하고 손님을 기쁘게 하는 걸 목표로. 결과는 알아서 따라올 겁니다."

유조는 쓰쿠시가 소개한 인도 요리 전문점이 있었던 자리를 빌려 카페를 열었다. 간판 요리는 나폴리 피자였다. 나폴리에 가본 적도 피자를 만들어본 적도 없었으나 빌린 가게에 화덕이 있었기 때문이다. 책이나 동영상으로 공부해 그럭저럭 만들 수 있게 됐다.

가린은 반대하며 한때는 친정으로 돌아가겠다, 이혼하겠다고 난리를 쳤으나 쓰쿠시를 한번 만나고 와서는 긍정적인 태도를 보였다. 여동생에게 부탁해 아이 둘을 맡기고 가게에 나오겠노라고 하는 가린이 좋았다. 발랄한 표정을 본 듯했다.

가게는 크게 성공했다고까지는 할 수 없으나 점심과 밤 아홉 시 무렵에는 그럭저럭 손님이 찾아왔다.

"유조 씨, 축하해요."

어느 날, 쓰쿠시는 웃으면서 태블릿 화면을 유조에게 보여 줬다.

"모두가 유조 씨의 경험을 원해요! 성공한 사람이니까요."

쓰쿠시는 미소를 지었다. 화면에 표시된 기획서에는 사사이가 개최하는 세미나의 강연자로 유조가 선택돼 있었다.

"아빠 대단하지?" 가린은 유조보다 더 기뻐하며 아이들에게 말했다.

그날은 둘이 맛있지도 맛없지도 않은 피자에 치즈를 잔뜩 올려 구워, 잘 먹겠습니다, 맛있네, 라는 말을 나누며 먹었다.

유조는 알아차리지 못했다.

쓰쿠시는 컨설팅과 핫리딩*을 교묘하게 활용해 유조의 마음을 동하게 만들어 컨설팅 기간을 늘리고 있을 뿐이었다. 유조는 원래 귀가 얇은 데다 세미나 강연자가 됐다는 성공 경험까지 더해져 점점 돈을 많이 썼다.

유조는 알아차리지 못했다.

유조가 강연자로 무대에 섰을 때 그의 말을 진지하게 듣는 사람은 아무도 없었다. 유조 역시 아키타현에서 식당을 운영하는 부부가 강연했을 때 그들의 말을 진지하게 듣지 않았다. 목표는 사사이를 비롯한 진짜 성공한 사람과 명함을 교환하는 거였다. 자신이 그랬으면서도 알아차리지 못했다.

사사이에게는 유조 같은 인간들이 모여든다.

대단한 일을 하고 싶다.

그러나 자기에게 능력이 없다는 자각이 있고 최대한 노력은 하고 싶지 않다.

그래도 길거리의 돌멩이로 인생을 마감하고 싶지 않다.

다른 사람의 영향을 쉽게 받는다.

---

* 정보를 통해 상대의 마음을 알아내는 심리적 기법

예컨대 복권을 사면서 꼭 당첨되리라 생각하고 눈앞의 이익에 금방 넘어가는 사람. 어떤 일을 시작할 때 장애물이 높고 역경이 많으면 그저 시작하기만 해도 성공했다고 착각하는 사람.

사사이는 적지 않은 이전 세미나 참가자로부터, 또 컨설팅을 의뢰한 사람들로부터 살해당할 정도로 원한을 사고 있었다. 실제로 몇 번이나 살해당할 뻔했다. 유조도 분명 봤다. 축구 선수가 등단했던 그 회장에서.

유조는 알아차리지 못했다.

그때 사사이를 죽이려고 난입했던 부랑자. 그, 추하고, 모든 걸 잃은 남자.

그게 유조의 미래 모습이었다.

> 주님이신 너의 하느님을 떠보지 마라.
> ◆ 마태복음 4장 7절 ◆

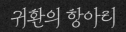

귀환의 항아리

"아오시마 씨, 경찰이라는데요?"

출근하자마자 회사 동료 김 씨가 말을 걸어왔을 때 "어, 나쁜 짓, 한 적 없는데."라는 식으로 대답했다.

그때는, 물론 지금도 마찬가지지만, 나는 내 생각만 했다. 그저 이제까지 저지른 사소한 나쁜 짓을 떠올리며 이건가, 저건가 하며 걱정했다.

설마 유야 일일 줄이야. 정말 꿈에도 생각하지 못했다.

병원에 달려가서도 내가 할 수 있는 하나도 없었다. 간호사의 설명은 하나도 머리에 들어오지 않았다. 딱 하나 머리에 남은 말을 반추했다. 그 말은 기억하지 못하나 희망 같은, 그러니까 괜찮을 거라는 말 같은 거였다.

한 시간쯤 뒤에 남편이 땀을 뻘뻘 흘리며 왔다는 것만 기억난다.

수술실에서 창백한 얼굴의 의사가 나왔을 때 이미 결과를 알았던 듯하다.

유감스럽게도, 수술은 마쳤습니다만. 생명 유지 장치를 떼면, 유야는.

병원에 열 시 조금 넘어 도착했는데 그때는 날이 바뀌기 직전이었으니까 의사 선생님이 열 시간 이상 수고를 해주셨구나, 하고 생각했다.

"유야. 고생했어."

남편이 말했다. 맞는 말이다. 유야도 열 시간 이상 애를 쓴 것이다.

"고생했으니까…… 이제…….”

남편의 얼굴이 구겨졌다. 나는 아무 말도 못했다. 울지도 못했다.

이후 노도와 같은 시간이 흘렀고 일 년 뒤 한창 재판이 진행 중일 때가 돼서야 무슨 일이 일어났었는지 정확하게 파악했다.

가해자는 삼십 대 여자였다. 여자가 운전하는 차는 보육원 문을 부수고 그대로 정원으로 들이닥쳤다. 문 옆에 있던 유야와 다른 두 아이 그리고 선생님 한 분이 사고를 당했다. 유야 말고는 다 생명에 지장은 없었다.

여자는 그날 늦잠을 자는 바람에 급히 서둘렀다고 한다. 그래서 액셀과 브레이크를 착각했고 급히 핸들을 꺾었다고.

여자에게는 가족이 있었다. 남편과 세 아이. 그랬다. 아이가 세 명이나 있었다.

"제대로 죗값을 받는 게 가장 좋은 공양이 될 것 같습니다."

여자는 똑바로 서서 당당하게 말했다.

✖형시켜달라고 나는 소리쳤다. 시야 끝에 걱정스럽게 지켜보는 여자의 가족이 보였다.

✖형시켜주세요. 극형에 처해주세요.

눈물과 콧물을 흘리며 목소리가 갈라질 정도로 소리치다가 퇴장당했다. 그때는 도무지 용납할 수 없었는데 잘 생각해보면 당연하다. 재판은 피해자의 마음을 보살피는 게 아니라 일어난 사건을 기계적으로 판단하고 판결하는 거니까.

징역 삼 년, 집행유예 오 년. 그것이 우리의 유일한 아이를 빼앗아 간 여자에게 내려진 사법부의 판단이다.

편지를 보낸 짓도 끔찍하다. 누구의 조언을 받았는지 아무 의미도 없는 사죄의 말을 늘어놓은 편지. 무엇보다 가족까지 끌고 사죄하러 온 행위만은 절대 용서할 수 없다. 죽여버리려고 집에 있는 가장 긴 식칼을 꺼냈는데 내가 행동에 옮기기 전에 남편이 호통을 쳐 쫓아버렸다.

그 여자는 살아서, 자기 아이를 키우고 있다.

내가 유야를 키울 일은, 평생 없다.

그 여자가 살아서 내게 갚아줄 건 하나도 없다. ✖는다고 해도 보상이 되지는 않는다.

유야를 돌려줘.

남편을 닮은 처진 눈썹과 나를 닮은 작은 입. 코는 누구를 닮았는지 아주 오똑했다. 부모 욕심일지 모르나 혹시 본인이 원하면 배우가 되길 바랐다.

아니다. 이제 그런 미래는 없다.

내 나이 서른아홉에 유야가 태어났다.

고등학교를 졸업하고 들어온 회사에서 일에 전념하다 보니 순식간에 결혼 적령기를 넘고 말았다. 그 일에 불만은 없다. 애당초 가족이란 존재에 불신을 품고 있었으니까.

철이 들었을 때부터 우리 집의 중심은 아버지와 장남 유이치였다. 아니, 중심이라기보다 그 둘만이 '인간'이고 나머지는 이른바 가축이었다.

동생 유조는 체격이 좋아 전국 대회에 나갈 정도로 유망한 배구 선수였는데 "공놀이로 먹고살 수 있겠어?"라는 아버지의 한마디에 기숙사제 고등학교에 들어가 결국은 대학 입시도 취직도 실패해 아버지 인맥으로 들어간 회사에서 무기력하게 일했다. 이후 카페를 창업했으나 자금 순환에 애를 먹고 있다. 그래도 유조는 남자라 그나마 낫다. 나는 여자라 대학 수험은 꿈도 꾸지 못했다.

초, 중, 고등학교 내내 성적이 좋았다. 그러나 아버지는 여자가 괜히 지식을 쌓으면 건방지기만 할 뿐 아무 의미가 없다고 했다.

✖는 게 낫다고 생각한 적도 있었으나 익숙해지면 포기도 되는 법이다. 고등학교 때부터 일찌감치 집을 나갈 준비를 시작했다. 최대한 많은 자격을 따서 고졸이 선택할 수 있는 최고 조건의 회사에 들어가고 집에서 최대한 먼 곳에 방을 빌렸다.

그렇게 살았는데 어쩌다 지역에서 개최한 독서 모임에 참가했다가 결혼까지 하게 됐다.

남편과는 우연히 같은 책을 집는 바람에 의기투합해 반년 사귀고 결혼했다. 그가 서른다섯, 내가 서른여섯 때였다.

피차 연애하기에는 나이가 너무 많았으나 그는 온화하고 다정했다. 결혼하고서야 처음으로 빨리 집에 가고 싶다는 가정의 따스함을 알았다. 적어도 나는, 그와의 사이에 아이가 생기기를 강하게 바랐다.

그러나 강하게 원한다고 해서 아이가 생기면 세상에 불임 여성은 없을 것이다. 여러 차례 병원에 다니며 치료를 받고 수없이 ✖고 싶다는 생각까지 한 끝에 마침내 배 속에 자리 잡은 존재가 유야였다.

남편과 마찬가지로 시댁 식구들은 다 다정해서 일부러 도쿄까지 와서 정신적으로나 경제적으로 우리를 도와줬다. 임신을 알렸을 때 자기 일인 양 기뻐해줬다.

아, 이 가족의 일원이 되길 정말 잘했다. 그때가 행복의 절정이었다.

"여보. 병원에 가보는 게 좋겠어."

남편은 그때와 전혀 다르지 않은 상냥한 말투로 내게 말했다.

"미안해. 당신이 이상하다고 말하는 건 아냐. 다만……."

남편의 목소리가 떨렸다.

정말 진심으로 미안했다. 다정한 이 사람에게 죄다 맡겨버리고 나 혼자 망가지고 말았다.

하지만 아무리 노력해도 더는 웃을 수 없다. 화조차 낼 수 없다. 그저 기분이 침울해져 ✖고만 싶다.

일을 관두고 근처 정신과에 다니기 시작했다.

내 편견과는 달리 「가부라기 마음 클리닉」은 아주 청결하고 조용한 공간이었다.

문진표를 작성하고 대기실 긴 의자에 앉아 눈을 감는다. 왠지 아버지가 떠오른다. ✖었으면 좋겠다. 내가 정신과에 다닌다고 하면 그는 나를 비난할 것이다. 부녀의 연을 끊겠다고 할지도 모른다. 아무렇지 않게 차별 발언을 일삼는 사람이니까…….

안 좋은 일이 생기면 아버지만 떠오른다. 내게 좋은 거 하나 주지 않고 편견과 공포를 심어준 아버지.

아버지를 생각해선 안 돼. 괜스레 머리가 아파지고 머리숱만 축난다. ✖고 싶다.

이름이 불려 크림색 슬라이드 문을 열고 들어갔다.

또래로 보이는 남자 의사가 컴퓨터를 노려보고 있다.

잘 부탁한다고 말을 걸자 그는 나를 보지도 않고 자리에 앉으라고 했다.

가부라기라는 의사는 간호사에게 받은 문진표를 위에서 아래로 조용히 훑어보며 말했다.

"자, 어떤 증상을 고치고 싶으신가요?"

"네?" 저도 모르게 되물으니 가부라기는 똑같은 말을 똑같은 말투로 되풀이했다.

"어떤 증상을 고치고 싶으신가요?"

"어떤 증상이라니……."

문진표에 나온 '증상'에 모두 해당한다.

불안, 쉽게 피곤함, 강한 긴장감, 불면, 식욕 부진, 사소한 일에 신경 쓰임 등등. 그래서 모든 칸에 동그라미를 쳤다.

가부라기는 당황하는 나를 보고 짜증스러운 듯 딸깍딸깍 볼펜 소리를 냈다.

"치료 목표를 묻고 있습니다."

"그런 걸 알……."

알 도리가 있겠느냐는 말을 꺼내기도 전 가부라기가 큰 한숨을 내뱉었다. 무례한 대응에 아연해 있는 나를 개의치 않고 이야기를 계속했다.

"환자분이 뭘 원하는지 모르면 접근할 방법도 알 수 없습니다."

"나쁜 생각만 나고 내내 잠도 못 자고…… 하지만 그보다 일단 얘기를…… 들어줬으면 해서."

"잠들지 못한다. 그렇군요."

가부라기는 컴퓨터를 보고 필요 이상으로 큰 소리로 타이핑했다.

곧 컴퓨터 오른편 프린터에서 종이가 출력됐다.

가부라기는 종이를 내게 건넸다.

"수면제 처방했습니다."

"네? 저……."

"저희는 따로 센터를 두고 거기에 상담사가 있습니다. 상담 예약은 접수대에서 하세요. 그럼 조심히 가세요."

더는 말을 꺼낼 수도 없어서 그냥 대기실로 돌아오고 말았다.

너무 힘들어서 남편과 주위 사람들에 폐를 끼치고 있다. 일상생활을 제대로 해내지 못하는 것도, 내가 정상이 아니라는 사실도 자각하고 있다.

그래서 여기에 왔는데.

온전히 전처럼 생활할 수 있다고 생각하지는 않으나 적어도 밤중에 벌떡 일어나 엉엉 우는 일은 없어지리라 기대했는데.

아니면 나는 내 생각보다 훨씬 이상한가.

내 이야기에는 주관이 들어갔을 것이다. 실은 정말 말도 안 되는 요구를 의사에게 한 것일까. 그래서 상대도 기분이 상해 저렇게 대응했나.

넋을 놓은 채 의자에 앉아 있는데 이름을 부르는 소리가 들렸다. 천천히 자리에서 일어나 계산을 마치고 돌아가지 않는 머리로 언제 예약할지를 생각했다.

십일월 중순이 돼서야 상담자를 만날 수 있었다. 좀처럼 일정이 맞지 않았고 처음 예약한 날은 기분이 너무 처져 집에서 나갈 수 없었다.

상담도 의무감으로 받을 뿐이다. 이야기를 듣는다고 문제가 해결될 리 없다. 다정하고 나를 부정하지 않는 사람이라면 이미 남편과 시부모가 있다. 상담자가 그들보다 나를 이해할 것 같지 않다.

그들을 떠올리니 또 머리에 ✖살 충동이 스쳤다. 이렇게 지지해주는 가족이 있는데 여전히 나는 이상한 상태로 있으니 죄송하다.

어제도 유야 꿈을 꾸고 한밤에 일어나 아들을 찾아 헤맸다. 남편은 새벽 세 시에 깼는데도 화를 내지 않았다.

"유야는 지금 천국에 있어." 남편은 내 손을 잡고 애절하게 말했다.

"아냐. 그럴 리 없어." 나는 아이처럼 고개를 저으며 새벽이 될 때까지 중얼거렸다.

어느새 잠들었는지 일어나 보니 남편은 이미 출근하고 없었다.

곰곰이 생각한다.

이미 머리가 이상해졌어. ✖는 편이 나아.

또 ✖살 충동이 내 발을 잡기 전에 유리 건물 안으로 들어가 엘리베이터를 타고 삼 층에 내렸다.

청결한 하얀 벽에 「가부라기 마음 클리닉」과 같은 동그란 하드 마크가 그려져 있고 「가부라기 상담 센터」라는 초록색 글자가 존재감을 드러내고 있었다.

"오래 기다리셨어요."

들어가자마자 목소리가 들렸다. 고개를 숙이고 있던 몸이 흠칫 떨렸다.

"아, 안녕하세요."

고개를 들고 그렇게까지밖에 말하지 못했다.

눈앞에 있는 남자의 눈동자가 너무나 아름다웠기 때문이다.

어떤 색이라 단정할 수 없는 복잡한 색의 홍채가 형광등 불빛을 반사해 마치 별 같다.

정말 한순간이었으나 괴로움을 잊고 눈앞의 남자에 넋을 놓고 말았다.

"아오시마 사쿠라코 씨……?"

그렇다는 대답조차 하지 못하고 고개만 까닥까닥 흔들었다.

"어서 오세요. 밖은 날씨가 좋죠? 기온은 낮아도 바람이 그리 강하지 않아서."

"아, 네……."

간신히 대답했으나 도무지 냉정을 되찾기 힘들다. 심장이 쿵쿵 뛰고 얼굴이 상기됐음을 스스로 느낄 수 있다.

그의 권유로 의자에 앉아서야 간신히 마음을 가라앉히고 제대로 대화할 수 있게 됐다.

"제가 상담을 맡은 구네입니다. 구네 니코라이라고 합니다. 구네 씨, 혹은 니코라이, 니코까지 편하신 대로 부르셔도 됩니다."

역사 교과서에서 러시아 황제 니콜라이 1세라는 이름을 본 적 있다. 그는 러시아계 혼혈일까. 얼굴은 단정했는데 이 정도로 잘생긴 사람은 전에도 몇 번 봤다. 그러나 눈동자가 정말 뽑아서 장식하고 싶을 정도로 아름답다. 이런 눈동자를 가진 사람은 꽃미남만 나오는 여성 애니메이션에서조차 본 적 없다. 색소가 옅다는 느낌과 또 다르게 반짝반짝 빛나고 있다.

"아, 아오시마 사쿠라코예요……."

"하하. 알고 있습니다."

구네가 입을 열자 뾰족한 송곳니가 보였다. 짐승의 이빨처럼 보이는데 그가 자아내는 분위기는 한없이 온화하다.

"일단 지금 제일 괴로운 점은?"

"아, 저요?"

지금 제일 괴로운 점이 뭐냐는 질문에 가부라기의 말이 떠올랐다.

치료 목적?

무슨 말을 하면 좋을까. 또 한심하게 생각할까. 또 폐를 끼치게 되면 어쩌지. 눈물이 솟구쳤다.

"괜찮습니다."

뺨에 매끄러운 감촉이 찾아왔다.

"괜찮아요. 천천히 말씀하세요."

매끈한 손가락이었다. 온기는 없다. 그래도 뺨을 쓰다듬는 그의 손길에 내 죄가 사면된 듯한 느낌이 들었다. 조금 전과는 완전히 다른 의미에서 눈물이 샘솟았다.

눈물이 떨어지지 않도록 고개를 드는데 구네와 눈이 마주쳤다.

구네는 공포스러울 만큼 아름다운 눈동자로 나를 조용히 응시하고 있었다.

"시간은 많으니까요."

구네는 유능한 상담자였다.

어둡고 맥락도 없으며 수없이 되풀이되는 내 이야기를 온전히 들어준다.

괜한 조언은 전혀 하지 않는다. 다른 상담자는 어떻게 하는지 잘 모른다. 어쩌면 이야기를 들어주는 일만으로는 의미가 없다거나 상담자로서 이상한 부류일 수도 있겠다.

하지만 가부라기가 처방한 약과 구네의 상담으로 내 상태는 현저히 좋아졌다.

정해진 시간에 일어나고 아침을 만들고 남편을 배웅한다. 고작 그것뿐이지만 얼마 전까지의 나는 할 수 없었던 일이다.

"저기, 다시 일해볼까 하는데."

구인 광고 사이트를 남편에게 보여줬다. 근처 홈 센터의 오프닝 스태프. 여기라면 경험이 없어도 할 수 있고 가게만 열고 오면 되니까 인간관계로 고민할 확률도 낮을 것이다.

"사실 요즘 당신, 확실히 좋아지기는 했어. 자주 웃고. 난 정말 기뻐."

남편은 부드러운 목소리로 말했다.

"상담 선생님 얘기도 자주 하더라. 그 선생님에게 정말 감사해. 조금 질투도 나고."

"무슨 소리야? 당연히 선생님과는 아무 관계도 아냐. 확실히 멋지기는 한데 그게 다야."

"그런데 말이야."

남편은 내 말을 잘랐다.

"아직 일하기는 이른 것 같아."

목구멍에서 후 소리가 났다.

"당신 어제 말했어."

손이 떨린다.

"같이 텔레비전을 보는데 '유야 책가방 색깔은 뭐로 하지?'라고…….'

"그만해!"

저도 모르게 큰 소리를 내고 말았나. 남편이 숨을 삼기는 게 보였다.

"미안해. 하지만."

더는 듣고 싶지 않다.

"앞으로는 일하겠다고 안 할게."

"아니. 내 말은 그게 아니야."

유야가 ✖었다는데 도무지 모르겠다.

"오늘 상담이야. 이만 갈게."

자리에서 일어나 옷걸이에서 코트를 빼내 그대로 뛰쳐나왔다. 사실 상담 예약 같은 건 없다.

구네는 유야에 관해 이야기할 때 한 번도 말을 섞지 않는다. ✖었는지, 살았는지, 그런 말을 한 번도. 그저 내 말을 들어줬다. 그리고.

거리 어디선가 크리스마스 캐럴이 들려왔다.

트리 장식도 없고 벨도 울리지 않는다. 크리스마스는 연인들을 위한 게 아니다. 크리스마스가 왔다고 슬픈 일이 사라지지도 않고 산타클로스도 없다.

"모두 나를 무시하고 있어."

신나게 걷는 가족들이 이쪽을 봤다. 커플의 요란한 웃음소리가 귀를 찌른다. 나를 무시하고 있어.

"무시하는 게 아닙니다."

목소리가 귀를 뚫고 뇌에 꽂힌다.

손목에 따뜻한 게 닿았다.

"당신을 무시하는 사람은 없어요."

고개를 든다.

너무나 눈부셔 절로 눈을 감았다. 눈이 멀 것만 같다.

"다들 축하하고 있을 뿐이죠."

구네가 내 손목을 부드럽게 잡고 미소를 짓고 있다.

"이제 좀 진정되셨어요?"

"네……. 감사합니다."

구네가 내준 따뜻하고 달콤한, 과일 향이 나는 차로 몸은 완전히 따뜻해졌다. 평소 사용하는 향 덕분일지 모르겠다.

"이거 맛있네요. 먹어본 적 없는 맛인데 어디서 사셨어요? 남편도 마셔보게 하고 싶네요."

"마음에 드셨다니 다행이네요. 제가 만들었어요. 괜찮으시면 돌아가실 때 원액을 덜어드릴게요."

구네는 긴 손가락으로 컵 손잡이를 만지고 있다.

구네의 아름다운 모습을 보고 있으면 수치심이 들끓는다. 히스테리를 일으켜 다정한 남편을 거부하다니.

구네의 나이를 물어본 적 없는데 아마 나보다 띠동갑 이상 아래일 것이다. 이십 대로도 보인다. 하지만 어쩌면 같은 세대일 수도 있겠다고 생각할 만큼 차분하다. 이렇게 젊고 아름다운 남성이 크리스마스이브에 좁은 방에서 중년 여성과 대화해야 하는 상황이 가엽다. 점점 더 미안한 마음이 들었다.

"괜찮아요."

구네는 입가를 한층 더 올리며 말했다.

심장 박동 소리가 빨라진다. 구네는 내 생각을 다 들여다보는 듯하다.

깔끔하게 다듬은 손톱이 아름다운 손가락 위에 정렬해 있다.

순간 구네는 내 머리에 손을 얹고 위아래로 움직였다.

"아오시마 씨는 착한 사람입니다."

자기보다 연하의 이성이 머리를 쓰다듬는다. 이상하고 불건전하고 말도 안 되는 일이다. 하지만 나는 그걸 자연스럽게 받아들이고 있다. 구네의 손은 마음을 편안하게 했다. 계속 쓰다듬어줬으면 하는 생각까지 들었다.

"착한 사람에게는 선물이 있답니다."

구네는 잠깐 기다리라고 말하고 방을 나갔다.

조금 전까지 구네의 손가락이 놓여 있던 부분을 손으로 더듬으며 스스로 머리를 쓰다듬어봤으나 아무런 느낌이 들지 않았다.

얼마 후 구네는 항아리를 안고 돌아왔다.

커다란 항아리였다.

구네의 키는 백팔십 센티미터 정도 돼 보였는데 항아리는 구네의 가슴까지 왔다.

"아, 이건?"

"선물이에요."

구네가 의자에 앉자 항아리는 딱 구네의 머리 위치였다.

"귀환의 항아리랍니다."

"귀환……?"

"귀환요. 돌아온다는 뜻이죠."

옅은 갈색의 무늬가 전혀 없는 항아리가 아름다운 청년 옆에 놓여 있다.

"이건……."

"이건 귀환의 항아리입니다. 이름 그대로 사람이 돌아오는 항아리죠."

구네는 주먹을 쥐고 콩콩 항아리를 두드렸다. 아무것도 들어 있지 않은지 쨍한 소리가 난다.

"유야는 세 살이었죠? 그렇다면 십오 킬로그램의 고기를 여기에 넣고 소금물에 재워두세요."

"네……?"

"괜찮습니다. 사람은 고기와 염분과 물로 이뤄져 있죠."

"구네 씨!"

벌떡 일어났다. 의자가 쓰러지며 큰 소리를 냈다.

구네는 여전히 미소를 지은 채 의자를 일으켜 세웠다.

"아오시마 씨, 왜 그러시죠?"

구네의 표정에는 변함이 없다. 입가가 올라가 있고 눈이 별처럼 빛나고 있다.

"유야를 다시 만나고 싶지 않나요?"

수없이 심호흡해 머리에 치솟은 피가 가라앉기를 기다렸다가 다시 의자에 앉았다.

"유야는 세 살 때…… 사고를 당했어요. 말을 신중하게 해주세요. 구네 씨에게는 감사하고 있어요. 하지만……."

"네. 그래서 유야 얘기를 한 겁니다. 유야가 돌아온다고요."

"웃기지 말아요!"

몸과 연동해 목소리의 떨림이 멈추지 않는다.

"유야는."

말해서는 안 된다.

"유야는, 사고로."

말하면 진실이 되고 만다. 나만은, 절대 말해서는 안 되는데.

"죽었어요."

죽었어요.

죽었다.

유야는 죽었다.

유야는, 사고로, 죽었다.

죽었다.

책가방은 필요하지 않다.

죽었다.

생일도 오지 않는다. 크리스마스도 오지 않는다.

유야는, 이미, 죽어버렸다.

"아오시마 씨는 안 죽었다고 믿지 않나요?"

"농담하지 마세요! 당신이 그걸!"

"농담이 아닙니다. 게다가 당신은 옳아요. 죽었는지 살았는지는 사람이 인식하기 나름입니다. 죽지 않았다. 옳아요. 옳고말고요."

구네는 미소를 지은 채, 아니 웃고 있지 않다. 처음부터 이런 얼굴이다. 나를 우습게 보거나 내 슬픔에 공감하는 일은 절대 없다.

"설명을 다시 시작해도 될까요? 꼭 지켜야 할 규칙이 있어서요."

그는 정말 거짓 없이 도구를 설명하고 있을 뿐이다.

나는 고개를 까딱 움직였다.

내 키와 거의 같은 높이의 항아리를 안고 비틀비틀 돌아온 나를 보고 남편은 눈을 부릅뜨고 놀랐다.

평소 내 행동에 토를 달지 않던 그도 더는 가만히 있을 수 없었던 듯 심각한 얼굴로 질문을 퍼붓기 시작했다.

상담 예약이 거짓이었음도 어렴풋이 알고 있었던 것 같은데 무엇보다 그 항아리가 뭐냐고.

숨겨봤자 소용없는 일이라 모든 걸 솔직히 털어놓았다.

구네와 만나 상담한 것. 그리고 선물이라며 이 항아리를 준 것. 그리고 항아리에 관한 설명까지.

남편은 잠자코 내 이야기를 들었다. 무슨 일에나 대뜸 부정하지 않고 일단 귀를 기울인다. 그리고 냉정하게 판단한 다음 발언한다. 이런 점을 좋아했다.

"그래서 이제부터 고기를 사러 갈 거야? 십오 킬로그램?"

후, 남편은 크게 숨을 내쉬고는 수없이 입을 열려다가 닫았다. 몇 번이나 그러다가 결심을 굳혔는지 굳게 팔짱을 끼고 간신히 목소리를 냈다.

"확인하겠는데 돈을 냈다거나 하지 않았지? 권유를 받았거나?"

남편이 무슨 말을 하는지는 똑똑히 알았다.

"그런 일 없었어."

내 말이 너무나 이상할 것이다. 나도 평소라면 절대 믿지 않았을 테고 아무에게도 말하지 않았을 것이다.

구네를 남편에게 보여주고 싶다. 그러면 당연히 믿을 텐데.

"괜찮을……까?"

남편은 그렇게 중얼거리고 소파에서 천천히 일어났다.

경찰에 신고할지 모른다. 하지만 그렇게 되면 유야가.

"여보. 정말 그런 일 없었다니까."

남편의 셔츠 자락을 잡았다. 목소리가 떨렸다.

구네 니코라이는 유야와 재회하게 해줄 유일한 희망인데.

"응. 그래서 차를 꺼내려고."

"어?"

남편은 다정하게 웃었다.

"사쿠라코. 십오 킬로그램이나 되는 고기를 혼자 사러 가려고? 아무리 당신이 뭐든 열심히 하는 사람이라도 혼자 그만한 무게를 나르는 건 무리야. 게다가 이 근처 가게에는 그만한 고기가 없을 수도 있어. 조금 멀리 나가야 할 텐데 업장용 슈퍼마켓에 가면 있을 거야."

"응……."

남편은 정말 신고하거나 구네와 항아리에 관해 집요하게 묻지 않고 차를 꺼내 왔다.

세 사람은 넉넉히 들어갈 커다란 카트에 냉동 돼지고기 덩어리를 던져 넣었다. 소비 기한이나 고기 질은 개의치 않았다. 구네는 어떤 고기여야 한다고 말하지 않았다.

일단 밥부터 먹자고 말하는 남편을 무시하고 돌아오자마자 항아리에 돼지고기를 던져 넣었다. 그리고 고기와 함께 업장용 슈퍼마켓에서 사 온 소금을 대량으로 뿌렸다.

부엌 수도꼭지와 호스를 연결해 고기가 완전히 잠길 정도로 물을 부었다.

유야가 돌아온다면 어디로 올까.

항아리 입구는 초등학생 정도가 간신히 통과할 수 있을 만한 넓이다. 아니면 모모타로*처럼 항아리를 깨고 나올까.

"뚜껑을 닫아야지."

뒤에서 남편의 손이 나와 항아리 뚜껑을 닫았다. 묵직한 소리가 났다.

* 복숭아에서 태어났다는 동화의 주인공

시계를 보니 이미 아홉 시가 넘어 있었다. 또 죽고 싶어진다. 남편은 돌아온 후 줄곧 배고프다고 했다. 유야는 내 보물이다. 그러나 남편 역시 내 보물이다. 그런데 나는 남편을 무시하고…….

"간단히 파스타나 해 먹을까?"

남편은 채소실에서 토마토 두 개를 꺼내며 말했다.

"너무 깊이 생각하지 마. 당신과 나 사이잖아."

애매하게 고개를 끄덕였다. 웃는 것도 우는 것도 아닌 형태로 입이 일그러졌다.

토마토와 케이퍼만 넣은 간단한 스파게티와 그리 맛있지 않은 선물 받은 와인, 그 선물과 함께 포장돼 있던 치즈 디저트를 먹었다.

가끔 남편의 모습을 살폈는데 평소와 다름없이 재밌었던 책이나 영화, 뉴스 얘기를 했다.

저녁이 매우 늦어졌으니 훨씬 이른 시간에 잠자리에 들 수 있겠다. 남편은 꽤 피곤했는지 눕자마자 잠들었다. 새근새근 남편의 숨소리가 들린다. 그 소리를 들으면 늘 차분해지고 잠들지 못하더라도 마음이 편안해진다.

그러나 오늘은 전혀 안 그렇다. 남편의 숨소리만이 아니라 시곗바늘 소리마저 거슬린다.

위험하다. 이런 일은 전에도 있었다. 그때는 충동적으로 처

귀환의 항아리

방받은 약을 대량 삼켰다가 목구멍에 억지로 손가락을 넣고 토해 병원 신세를 지는 일은 막았다. 하지만 어쨌든 이것은 자살 충동의 조짐이다.

엄지를 움켜쥐고 눈을 꼭 감는다.

죽고 싶다는 생각이 뇌리를 스치기 직전 힘껏 빨리 아침이 되라고 머릿속으로 외친다.

다른 일을 생각해보려 했으나 아무것도 떠오르지 않는다. 온몸이 차갑고 아프다.

쿵 소리가 들렸다. 들은 적 있는 환청이다. 문 열리는 소리.

수없이 유야가 돌아왔다고 생각했다. 자다 깬 유야가 무섭다며 부부 침실로 왔다고. 물론 있을 수 없는 일이다. 그런데도 수없이 기대하고 만다. 유야, 라고 부르고 만나.

남편이 깨지 않도록 살그머니 몸을 일으켜 침대에서 나왔다.

쿵.

또 소리가 났다.

온몸에 소름이 돋는다. 유야 타령이나 하고 있을 때가 아니다.

쿵. 쿵.

문을 여는 소리가 아니다. 딱딱한 뭔가가 딱딱한 것에 힘껏 부딪히는 소리다. 빈집 털이. 강도. 집에는 우리 둘 말고는 아무도 없다.

발소리를 내지 않도록 조심하며 침대로 돌아와 남편의 어깨를 흔들었다.

여보, 일어나. 문 너머에 있는 누군가가 듣지 못하도록 속삭였으나 남편은 계속 새근새근 숨소리를 내며 잠에 빠져 있을 뿐 일어날 기척이 없다.

한참 지나서야 경찰이라는 두 글자가 떠올랐다. 그 무렵에는 이미 소리는 사라지고 무시무시한 정적이 이어질 뿐이었다. 내내 죽고 싶던 내가 강도에 살해당하는 걸 두려워하다니 한심하다. 강도도 굳이 자는 사람을 죽일 리 없을 테니 남편이 살해당할 염려는 없다.

만일을 대비해 언제든 신고할 수 있게 스마트폰을 들고 현관으로 가봤으나 도어체인은 그대로 걸려 있다. 일부러 발소리를 크게 내봤으나 인기척은 없다.

결국은 내 환청이었구나.

"후후후."

숨죽인 웃음이 새어 나왔다. 웃음이 멈추지 않는다. 정말 머리가 이상해지고 말았구나.

오늘 행동을 다 되돌아봤다. 죄다 이상하다.

귀환의 항아리? 말도 안 돼. 사람이 소금과 물과 고기로 이뤄졌다고? 무슨 소리를 하는 건지. 인간은 돼지가 아니야. 구네라는 그 남자는 어쩔 셈일까. 정신 이상자일까, 사기꾼일까. 어쨌든 아직 젊은데 참 안됐다.

이제 그런 상담은 그만 받자.

이런 말도 안 되는 소리를 믿고 함께 행동해준 남편에게 미안했다.

이제 그만하자. 끝내자. 전부 관두자. 마침 좋은 기회고…….

쿵 소리가 들렸다. 조금 전과 마찬가지인데 훨씬 가깝다.

이제 다 괜찮아. 환청이라도 살해당해도. 오히려 살해당하고 싶다. 자살보다 훨씬 남편에게 폐가 안 될 테니까.

귀를 기울여 소리가 나는 곳을 찾는다. 부엌이다.

부엌을 확인하다가 뚝 웃음이 멈췄다.

항아리다. 그 항아리가, 귀환의 항아리가 쿵쿵 소리를 내고 있다. 의지를 지닌 듯 좌우로 흔들리고 있다.

"유, 야?"

항아리가 대답이라도 하듯 더 격렬하게 흔들렸다.

나는 뚜껑을 열었다.

"구네 씨."

구네 니코라이는 짙은 파란색 셔츠를 입고 있었다. 선명한 색이라 그의 새하얀 피부가 더 돋보인다.

불가사의한 색깔의 눈동자로 똑바로 눈길을 던져왔다.

고개를 떨궜다. 그 눈으로 바라보면 아무 말도 할 수 없을 것 같다.

"왜 그러시죠? 편하게 말씀하세요."

얼굴을 보지 않아도 안다. 아름다운 입술이 그림 같은 원을 그리고 있을 것이다.

"항아리, 말인데요."

"아, 귀환의 항아리요?"

"맞아요. 저…… 시키는 대로 했는데요."

"좋네요. 바로 행동에 옮기시다니 훌륭하네요."

저도 모르게 고맙다고 대답할 뻔해서 입술에 힘을 줬다. 그런 말을 하고 싶은 게 아니다.

"아무것도 없었어요."

그날 밤, 흔들리는 항아리를 열어보니 살짝 탁해진 물밖에 없었다. 바닥에 고깃덩어리가 얼핏 보였는데 그게 다였다.

"구네 씨. 솔직하게 말해주세요. 제게 거짓말했죠?"

말하려는데 구네가 나를 제지했다. 그의 이야기에는 이상한 설득력이 있어서 그냥 떠들게 놔두면 또 영문도 모른 채 그의 말을 믿고 시키는 대로 행동할 것이다.

"알았어요. 그 항아리에는 어떤 장치를 해놨어요. 덜컹덜컹 움직여 마치 안에 뭐가 있는 듯 보이게. 하지만 열어보면 아무것도 없죠. 정확히 말하면 넣을 때와 마찬가지로 고기가 물에 잠겨 있을 뿐이겠죠."

일단 말을 끊고 심호흡했다. 구네는 그동안 가만히 침묵을 지켰다.

"구네 씨가 악의로 거짓말한 게 아닌 건 알아요. 확실히 저는 이상하죠. 유야가……, 인정하지도 못하고 매일 찾아 헤매요. 요리도 삼 인분을 만들어요. 그래서 불쌍하다고 생각해 상냥한 거짓말을 한 거죠? 하지만 너무 잔인했어요. 희망을 품게 만들고. 유야가 정말 돌아올 리 없으니까요. 혹시 그런 치료법이 있다면 이제…… 그만할래요."

단숨에 말하고 다시 심호흡했다. 약효가 있나 보다. 오늘은 이상하게 마음이 흔들리지도 않고 말하다가 공황에 빠져 울부짖지도 않았다.

분명히 자기 의사를 전달했다는 만족감에 고개를 들었다.

"아까부터 무슨 말씀을 하시는 거죠?"

구네가 별처럼 반짝이는 눈동자로 나를 가만히 바라보고 있다. 목소리에는 억양이 전혀 없다.

고양됐던 기분이 단숨에 사그라든다.

"아오시마 씨. 제 얘기를 제대로 안 들으셨군요. 다시 설명해드릴게요."

구네는 긴 다리를 우아하게 바꿔 꼬았다.

"첫째, 항아리에 고기, 소금, 물을 넣는다. 둘째, 일곱 살이 될 때까지 기다린다. 셋째, 그때까지는 절대 항아리에서 꺼내지 않는다. 그 세 가지였어요."

가늘고 긴 손가락이 나의 푸석한 손가락과 얽힌다.

"그렇게 빨리 인간이 될 리 있겠어요?"

구네는 갓난아기를 어르듯 말했다. 부드러운 손가락이 내 중지 관절을 오르내린다.

"인간은 말입니다, 아버지와 비슷한 형상으로 여섯 번째 날에 만들어졌습니다. 아시죠?"

"알아요." 내 입이 절로 움직였다.

구네는 만족스럽게 고개를 끄덕였다.

"알고 있다니 기쁘군요. 유아는 돌아옵니다. 내 말은 곧 아버지의 말입니다."

구네의 말이 도대체 무슨 뜻인지 이해할 수 없다. 어떤 말도 내 의문을 불식하지 못했다. 그런데도 그와 직접 대화하면 그의 말이 거짓이 아니라고 생각하고 만다. 지금도 그는 당당한 태도로 의자에 몸을 묻고 긴 다리를 꼬고 자애로운 표정으로 내게 다정하게 말을 걸고 있다.

"모르는 게 있으면 언제든 상의하러 오세요."

결국은 고개를 끄덕이고 말았다.

구네는 흐뭇한 미소를 지었다.

눈동자가 아름답다.

～

계절이 한 바퀴 더 돌았다.

나는 여전히 「가부라기 마음 클리닉」에 다니고 있다. 여전히 가부라기의 대응은 차가워 모니터에서 고개를 돌리지도 않고 약을 처방한다. 그래도 확실히 내 상태는 좋아지고 있다. 약이 잘 맞았다.

상담도 계속하고 있다. 한 달에 몇 번씩 구네 니코라이와 대면하고 있다.

처음에는 항아리에 관해 온갖 질문을 퍼부었으나 곧 포기했다. 바라는 답은 얻지 못했고 이해하기 힘든 말에 고개만 끄덕여야 했기 때문이다.

항아리는 여전히 부엌에 놓여 있다. 이따금 소리를 내며 움직였으나 일일이 요란을 떨지 않게 됐다. 원래는 아무리 염장이라 해도 여름철이 되면 항아리에서 냄새가 나야 했다. 그런데 항아리에서는 정말 아무 냄새도 나지 않았고 벌레가 생기는 일도 없었다.

속으로는 구네의 말을 의심했다. 그런데 항아리의 상태가 오히려 구네의 말은 사실이고 유야는 반드시 돌아온다는 사실을 드러내는 게 아닐까.

얼마 전부터 일도 다시 시작했다.

물론 풀 타임도 아니고 그리 힘들지 않은 개별 지도 학원의 접수처 일이라 제대로 일하며 돈을 버는 건 아니다. 따라서 남편과 시댁의 도움을 받는 상황에 변함은 없다.

"아오시마 씨. 오늘은 퇴근하셔도 괜찮아요. 마지막에 올 다노나카 학생이 취소했거든요."

사무장인 고마쓰가 그렇게 말했다.

"아, 네. 감사합니다."

가볍게 고개를 숙였는데 고마쓰는 뭔가 생각난 듯 앗 소리를 냈다.

"맞다. 까먹었네. 이거 드릴게요."

그녀가 웃으며 새빨간 쇼핑 봉투를 건넸다.

"별거 아니에요. 그냥 크리스마스 선물 같은 거죠."

"고, 고맙습니다……. 죄송해요. 저는 아무것도 준비하지 못했는데……."

"아이, 괜찮아요. 다 돌리는 거니까요. 그리고 저, 앞으로 도움을 받아야 할지 몰라서요."

"도움…… 요?"

고마쓰는 그렇게 됐다고 맞장구를 치는데 말은 죄송하다면서도 입가는 풀어져 있다. 무슨 말을 할지 예상이 갔다.

"이 나이에 아이가 생겨서 창피해요. 그래서 출산 휴가를 가야 해요."

고마쓰는 나랑 동갑이다. 아이도 벌써 세 명이나 있는데.

축하한다고 말했다. 다음에 축하 자리를 만들어야 한다는 둥 의례적인 인사도 술술 나왔다. 웃었다고 믿고 싶다. 얼굴 근육이 굳어 찌릿찌릿 아팠다.

집에 돌아와 손을 씻고 바로 식사를 준비한다. 준비는 어제 저녁에 다 해놓아서 그렇게 할 일은 많지 않다. 밑간을 해둔 닭을 기름에 넣자 기름이 힘차게 튀어 올랐다.

요리를 좋아한다. 특히 튀김 요리를. 튀기는 동안에는 괜한 생각을 하지 않아도 되니까.

빨간 쇼핑 봉투는 역 근처 편의점에 버렸다. 고마쓰가 잘못한 건 하나도 없다. 나쁜 건 내 정신 상태. 이런 정신 상태로 정상인 같은 표정을 지으며 일하는 내가 문제다.

정신을 차리니 시커멓고 딱딱한 닭튀김이 완성돼 있다. 이런 걸 만들 생각이 아니었다.

한숨을 내쉬며 큰 접시에 닭을 하나씩 옮기고 있는데 휴대전화가 진동했다.

미안. 오늘은 늦어질 것 같아. 밥은 먹고 갈 테니까 안 차려도 돼.
언제나 고마워.

남편이었다.

어쩔 수 없다. 크리스마스이브와 회사 일은 관계가 없고 착한 남편이 다른 사람 일을 대신해 늦어지는 일은 늘 있다.

하지만 오늘만은 곁에 있어주길 바랐다.

오른손이 움직여 닭튀김을 잡았다. 번들거리는 기름이 느껴져 불쾌하고 델 정도로 뜨겁다. 기계적으로 입에 넣고 씹고 삼킨다.

허브 향이 코를 찌르고 아주 맛있다. 맛있는데 기분은 나쁘다. 계속 입에 넣는 동작을 멈출 수 없다. 와그작 소리가 머리에 울린다. 내 이가 연골을 부수고 으깨는 소리다. 맛있다. 김 씨가 알려준 요리법은 훌륭하구나. 맛있네. "아오시마 씨. 경찰이라는데요?" 나쁜 짓은 한 적 없는데. 아무것도 안 했는데. 나쁜 짓은 하나도. 아버지는 여자는 뭘 해도 쓸모없다고 했다. 어머니는 아무 말도 하지 못했다. 하지만 아이를 낳고 길렀다. 행복했다. 창백한 의사의 얼굴. 남편은 애썼으니까 이제 됐다고 했다. 그 여자는 살며 죗값을 치르겠다고 했다. 나쁜 짓은 아무것도 안 했는데. "아오시마 씨. 경찰이라는데요?" 나쁜 짓은 한 번도 한 적 없다. 치료 목적은? 목적 같은 것도 없다. 유야가 돌아오지 못한다면. "이건 귀환의 항아리입니다." 십오 킬로그램의 돼지고기. 책장을 사주고 싶다. "아오시마 씨. 경찰이라는데요?" 유야는 열 시간이나 애썼다. 나는 나쁜 짓을 한 적 없다. 유야. 돌아와. 유야. 유야. 유야. 유야. 돌아와. 제발.

귀환의 항아리

크리스마스니까. 유야.

"유야."

응. 대답하는 소리기 났다.

어차피 환청이다. 약을 먹어야 해. 컵에 물을 따른다.

응. 또 소리가 들렸다. 약을 먹는다.

소파에 누워 환청이 사라지기를 기다린다. 이제 괜찮아질 거다. 조금만 지나면 가벼운 권태감과 함께 환청이 사라지고 몸을 움직일 수 있게 된다.

가만히 있으면 정적이 거슬린다. 텔레비전을 켜고 싶은데 리모컨으로 손을 뻗는 일조차 거추장스럽다.

응. 소리가 계속 들린다. 사람이 죽으면 제일 먼저 잊는 게 목소리라고 한다. 귀여운 목소리. 삭은 아이의 목소리. 유야 다. 목소리조차 잊지 못했구나. 아무것도 잊을 수 없다. 앞으로 나아갈 수 없다.

이건 어떤 노래다. 뭐였더라. 내 환청이니까 내 뇌에서 시작된 노래다. 네 박자이고 밝은 동요 같은…….

"『덜렁이 산타클로스』네."

왜 바로 생각하지 못했을까. 그게 더 이상했다.

유야를 주려고 산 그림책, 소리 나는 그 책에서 흘러나오던 노래. 유야가 좋아해서 사고 이후에도 내내 틀어놓았던 노래 다. 어느새 사라진 걸 보니 남편이 버린 모양이다.

음음음, 음, 음, 멜로디가 머리에서 사라지지 않는다.

"유야."

알고 있으면서도 불러본다.

"유야."

"엄마."

아니야.

환청이 아니야.

"엄마."

몸이 떨린다. 유야의 목소리다.

"유, 야?"

"엄마. 산타 할아버지 노래."

이상하다. 이건 너무 이상하다.

유야가 대답하다니.

"딜렁이 산타클오스."

발음이 어설퍼 아직 리을 발음을 제대로 못 한다. 유야. 유야.

"유야!"

항아리로 달려가 뚜껑을 열었다.

구네는 방에 들어오는 나를 보자마자 평소와 다르다는 사실을 알아차린 듯했다.

반짝이는 눈동자를 더욱 번뜩이며 내게 눈길을 던졌다.

"아오시마 씨. 좋은 일이 있으셨나 보네요."

힘차게 고개를 끄덕였다.

"일단 앉으세요."

구네는 왼손을 앞으로 내밀어 앉으라고 권했다.

조금 부끄러운 느낌이 들어 가렵지도 않은 뺨을 긁었다. 구네가 내준 음료수를 한 모금 마시니 작년에 마셨던 것과 같이 과일과 향신료 비슷한 독특한 향이 코를 찔렀다.

"그래서요. 아오시마 씨. 무슨 일이 있으셨나요?"

"노래했어요."

목소리가 뒤집힌다.

"그 애가, 전에 제가 알려준 노래를, 노래해서…… 귀여운 목소리로……."

"그거 잘됐네요."

구네는 얼굴 앞으로 손을 들어 소녀처럼 살랑살랑 흔들었다.

"노래는 멋지죠. 목소리는 아버지에게 닿기 쉬우니까요."

여전히 불가사의한 말을 하는 사람이다. 왜 아버지가 나올까. 물어봤자 영문 모를 대답이 돌아오므로 이제 더는 묻지 않는다.

"그런데 구네 씨, 마음에 걸리는 게 있어서요."

"뭔가요?"

구네는 여성적인 포즈를 취한 채 고개를 기울였다. 아버지가 구네를 봤다면 여장 남자 같아 기분 나쁘다고 하지 않을까. 아니, 그럴 리 없다. 아버지는 구네처럼 아름다운 사람에게 약하다. 표면적으로만 사람을 보는 한심한 사람이다. 그런 점이……

또 아버지를 생각하고 말았다. 구네가 '아버지'라고 말해서다. 그의 말에는 자주 '아버지'가 등장한다.

정신을 가다듬고 말했다.

"입만 있었어요. 유야의 노래가 들려서 항아리를 들여다봤어요. 그랬더니 입만 뻐끔뻐끔 움직이더라고요. 그게 좀……. 솔직히 뭔지 몰라서."

단어를 신중히 고르면서 더듬더듬 그 상황의 기분을 말했다.

'귀환의 항아리'라는 이름을 듣고 나는 당연히 유야가 원래 상태로 돌아오리라고 예상했다. 구네의 말대로 항아리 안에서 한동안 지내야 할 뿐이지만.

유야가 있었던 것만은 사실이다. 그게 설령 입만이라도.

단어를 고르면서 당황했던 마음을 전하니, 구네는 한숨을 내쉬었다.

화가 난 걸까, 한심해하는 걸까. 어쨌든 부정적인 분위기는 느껴진다. 황급히 이야기를 이어나갔다.

"구네 씨를 의심하거나 원망하는 건 아니에요."

"화가 나지도 않았고 한심해하지도 않습니다."

구네는 또렷하게 대답하고 허공을 응시했다.

"그냥 생각 중입니다. 내 말을 이해하지 못했나, 아니면 기억이 일 년을 못 가나."

내가 운을 떼기도 전에 그가 말을 이었다.

"첫째, 항아리에 고기, 소금, 물을 넣는다. 둘째, 일곱 살이 될 때까지 기다린다. 셋째, 그때까지는 절대 항아리에서 꺼내지 않는다. 그 세 가지였어요."

구네는 내 얼굴을 정면으로 바라봤다. 소리를 지를 뻔했다. 이토록 아름다운 눈동자인데 가만히 들여다보면 미칠 것 같다. 소름 끼칠 정도의 불안함에 심장이 쿵쿵 날뛰었다.

구네의 입에서 뾰족한 송곳니가 드러났다.

"그렇게 빨리 인간이 될 리 있겠어요?"

일 년 전과 똑같이 그는 의미심장하게 말했다.

"인간은 말입니다, 아버지와 비슷한 형상으로 여섯 번째 날에 만들어졌습니다. 아시죠?"

이 말 역시 똑같다. 안다고 말하는 수밖에 없다. 뜻 모를 이야기.

한 가지 확실히 안 사실은 유야가 돌아온다기보다 만들어진다는 점이다.

"그렇다면 그건 유야가 아닐 수도 있겠네요."

"아오시마 씨."

구네의 긴 손가락이 내 뺨에 닿았다.

"비유입니다. 예를 든 거죠. 아시겠어요? 전차로 가든 비행기로 가든 오사카에 갈 수 있어요. 아오시마 씨는 비행기로 오사카에 간 사람에게 발이 땅에 닿지 않았으니까 오사카에 도착한 게 아니라고 할 건가요?"

"그건 아니죠……."

"그렇습니다. 마찬가지 말입니다."

구네는 짝 손뼉을 치고 말했다.

"그것보다 유야가 무슨 말을 했는지 들려주세요."

"아니, 그것보다, 라뇨……."

있는 힘껏 항의의 감정을 담으려 했으나 그저 목소리가 떨렸을 뿐이다.

"별일 아닙니다. 유야가 돌아오면 좋지 않나요?"

구네의 질문은 내 대답을 원하지 않는다.

"입이 생겼으니까 이제 대화는 될 겁니다. 무엇보다 저는 조그만 인간이 무슨 말을 하는지 전혀 모르겠지만요."

"아뇨. 이야기는……. 이름을 부르니까 엄마라고 대답하기는 했어요."

"그래요? 더 많이 얘기해보세요. 유야도 기뻐할 테니까요."

구네는 눈꼬리를 내리고 또 보고해달라고 말했다.

항아리가 처음 쾅 소리를 낸 날이 십 년 전이나 이십 년 전쯤 아주 오래전처럼 느껴진다.

하지만 실제로는 그리 긴 시간이 흐르지 않았을 것이다. 여전히 나는 주위 도움으로 간신히 살아가고 있다.

완벽한 의존 상태에서는 벗어난 듯하다. 학원 접수처 일을 관두고 지금은 회계 사무소에서 일한다. 일주일에 세 번만 출근하는데 남편에게만 가계를 맡기지 않는다는 것만으로 만족한다.

몇 달에 한 번 정도 병원에도 다닌다. 불면도 피곤함도 망상도 사라지고 약도 필요하지 않아서 이제 안 가도 될 것 같은데 정신 질환은 '관해*'는 있으나 '완치'는 어렵다고 한다.

유야는 최근 들어 점점 귀여워지고 있다.

입만 생겼을 때는 노래하고 엄마라고 부르는 정도였는데 구네의 조언대로 말을 많이 걸었더니 정말 많은 이야기를 해 줬다.

"엄마. 그거 뭐야?"

유야는 눈이 생기고 나서부터는 보이는 사물을 눈으로 좇으며 물었다. 나는 다양한 방법으로 유아에게 보여줬다. 예상

---

* remission, 寬解, 일시적 혹은 영속적으로 자타각적 증상이 감소한 상태

대로 유야의 어휘는 놀라운 속도로 늘었다. 평범한 애들도 두세 살이 되면 급격히 종알대며 말이 는다. 유야도 그랬다. 아니, 그랬던 게 아니다. 지금, 그러고 있다. 이런 일들이 유야의 실재를 증명하는 듯해 너무나 기뻤다. 유야는 평범한 아이다. 그저 항아리 안에 있을 뿐이다.

한 가지 불만은 유야의 모습이다.

항아리에 든 물이 탁해 바닥 쪽은 잘 보이지 않는다. 그래서 몸이 얼마나 생겼는지 알 수 없다. 얼굴만 보일 뿐이다.

입이 생기고 일 년쯤 지나 코와 눈의 일부분이 생겼다. 피부로 덮여 있어서 조직이나 혈관이 노출된 그로테스크한 외모는 아니다. 그래도 캄캄한 데 얼굴 부분만 떠 있는 모양새라 안쓰럽다.

남편도 그 점은 조금 마음에 걸리는지 표정이 보이면 좋겠다고 했다.

"구네 씨, 유야는 밥도 먹을 수 있나요?"

"가능하죠."

구네는 늘 내주는 단 음료수를 나무 머그컵에 따르면서 말했다.

"입으로 할 수 있는 일은 다 가능합니다."

"그래서 말인데요."

구네의 뒷모습을 보며 말했다.

"음식이나 음료수를 주면…… 어떨까요."

흠, 한숨이 들려왔다.

구네가 돌아봤다.

다시 그 눈동자에 사로잡히고 만다. 무슨 일에든 고개를 끄덕이는 인형이 되고 만다. 다 아는데도 몸이 꼼짝도 하지 않는다.

구네는 예상과 달리 머그컵을 책상에 내려놓고 자리에 앉았을 뿐이다. 항아리 이외의 잡담을 할 때는 아주 평범해 보인다.

"문제는 없어요. 그러나 필요한 일은 아닙니다."

"평범한 아이는 먹고 마시며 몸을 만들잖아요."

"평범한 아이?"

굳이 그 단어를 되뇌어서 놀림을 당한 느낌이 들었다. 유야는 평범한 아이다. 항아리 안에 있을 뿐이다.

"유야는 평범한 아이잖아요."

"저는 도무지 그 '평범함'이란 게 뭔지 모르겠습니다. 유야는 이미 존재하므로 아오시마 씨가 무슨 일을 한다고 해서 달라질 건 없습니다."

구네는 역시 내 반응이나 내 생각에는 전혀 관심이 없는 듯하다.

이 대화를 나눈 날 이후로 상담하러 가지 않았다.

물어도 대답해주지 않으므로 말해봤자 소용없다. 그는 그저, 규칙을 지키라고 할 뿐이다. 규칙은 이미 다 알고 있다.

구네는 "필요 없다."라고 했을 뿐, "하면 안 된다."라고 하지는 않았다. 그러므로 음식을 주는 게 규칙 위반은 아니라는 소리겠지.

그래서 하루에 한 번, 유야에게 음식을 줬다. 물론 남편과 상의해 식사 종류를 결정했다. 다행히 알레르기는 없는 듯 푸른 채소 외에는 뭐든 잘 먹었다.

효과는 놀라웠다.

음식을 주고부터 유야는 눈에 띄게 성장했다. 외모 변화는 극적이어서 바로 얼굴이 완성되고 머리카락이 자라기 시작했으며 항아리 속에서 손발을 움직였다. 살짝살짝 보이는 작은 손가락이 사랑스러웠다.

외모뿐만 아니라 내면도 마찬가지다.

순식간에 히라가나와 가타카나를 외우고 지금은 알파벳도 읽을 수 있다.

이제는 혀 짧은 소리를 내지도 않는다. 복잡한 대화도 가능하다. 가끔 농담해 나를 웃기기도 한다.

내게 말대답까지 하게 된 유야를 보면 혀 짧은 소리를 하던 때를 그리워할 때도 있다. 하지만 그건 찰나일 뿐 당연히 유야의 성장은 기쁘다.

"유야 책가방 어떻게 하지?"

남편에게 물었더니 스마트폰을 보여줬다.

"책가방 말이야, 지금은 인터넷에서 꽤 싸게 살 수 있대."

"사실은 매장에 가서 사고 싶은데……. 유야는 무슨 색이 좋니?"

항아리를 향해 물으니 조금 있다가 빨간색이라고 대답했다.

"빨강이라. 우리 때는 여학생들만 썼는데 역시 시대가 변했네."

"잘 생각해보면 전투물 히어로의 리더 이미지는 대체로 빨강이야. 그러니 남자애들이 좋아해도 이상할 건 없지."

유야의 현재 외모는 초등학생처럼 보인다. 기분 탓인지 통통한 뺨에서 젖살이 빠져 성별을 분간할 정도가 됐다. 내가 예상한 중성적 미소년은 아니었으나 깔끔하게 정돈된 이목구비. 틀림없이 학교에 다니면 인기가 많을 것이다.

계절이 바뀌어 겨울이 됐다.

거리에는 변함없이 크리스마스 캐럴이 평화롭게 흐르고 있다. 그런데 지금은 짜증 나지 않는다. 요란법석을 떠는 사람들이 나를 무시한다는 망상도 하지 않는다.

병원에 가서 가부라기와 두세 마디 나눈다. 그도 지난 몇 년 사이 좀 나아졌다. 눈을 보고 대화하고 무시하는 태도도 사라졌다. 오늘은 진료실에서 나오려 하는데 "메리 크리스마스!"라고 해서 깜짝 놀랐다. 내가 메리 크리스마스라고 대답하자 그는 어색한 미소를 지으며 손을 흔들었다.

오전 중에 병원 진료를 끝낸 터라 시간을 의미 있게 쓰고 싶었다. 부엌 시계를 보니 아직 한 시가 되지 않았다. 남편이 돌아올 때까지 아직 시간이 많으니 천천히 요리 준비나 해야겠다.

사 온 돼지고기에 허브 밑간을 하고 있는데 달그락달그락 소리가 났다.

"유야! 요란 좀 떨지 마. 부르면 되잖아."

"어머니."

"엄마라고 안 불러?"

"엄마는 애나 부르지. 나 벌써 일곱 살이라고."

헉. 목구멍이 울렸다.

일곱 살.

"유야."

목소리가 떨렸다.

"왜요. 어머니."

"지금 몇 살이라고?"

"일곱 살이라니까. 생일도 잊었어?"

심장이 밖으로 튀어나오는 줄 알았다. 목소리를 내기는커녕 온몸이 덜덜 떨렸다.

드디어 그 순간이 온 것이다.

역시 내가 옳았다.

'귀환의 항아리'라는 이 항아리는 이름만 귀환일 뿐, 구네의 발언을 잘 이해하면 돌아온다기보다 인간의 몸을 만든다는 사실을 알 수 있다. 인간의 몸을 만든다. 즉 성장시키려면 영양이 필요하다. 물도 음식도 당연히 필요하다.

구네는 아무것도 안 해도 괜찮다고 했다. 구네의 말은 뜻 모를 이야기가 많으나 거짓말을 하지는 않는다. 실제로 아무것도 안 했어도 유야는 일곱 살이 됐을 것이다.

하지만 식사와 물을 주고 다양한 걸 보여주고 가족이 함께 대화했더니 이렇게 금방 자랐다.

분명 일곱 살이다. 무엇보다 유야는 이제 내게 응석을 부리지 않는다. 얄미운 소리도 하고 반항도 한다. 책에 적혀 있다. 두 살 무렵의 첫 번째 반항기와 사춘기의 두 번째 반항기 사이 일곱 살쯤에 이유 없이 부모에게 반항하는 시기가 있는데 '중간 반항기'라고 부른다고 했다.

일곱 살이다.

항아리에서 꺼낼 수 있다.

당장 마을로 뛰쳐나가 큰 소리로 소리치고 춤이라도 추고 싶다. 모든 세포가 전율한다.

유야를 내 품에 안을 수 있다.

기억 속의 유야는 차갑고 조그맣다. 지금까지 잊고 있던, 완전히 기억에서 사라졌던, 너무나 아픈 기억.

어린이용, 귤 상자만큼이나 조그만 관에 누운 유야.

그건 유야가 아니다. 절대 아니다.

진짜 유야는 따뜻하고 감자수프 같은 냄새가 나고 부드럽다.

"어머니, 왜 그래? 나 배고파."

유야가 나를 올려다보고 있다. 불쌍하게도 유야는 항아리 속에 있어서 늘 위를 올려다본다.

지금 당장 꺼내주겠다고 하려다가 마지막 순간에 멈췄다. 내 좋지 않은 버릇이다. 또 나만 생각했다.

유야가 돌아온 건 남편 덕분이다. 남편이 내 말을 믿고 도와 줬기 때문이다.

남편은 구네와 만난 적 없다. 그런데도 남편은 내 말을 믿었다.

항아리에 있는 유야와 함께 식사하고 말을 걸고 책을 읽어 줬다. 나를 버리지 않았다. 나와 유야를 위해 일해왔다.

사고 당시도, 아니, 언제나 남편은 내가 슬프지 않도록, 힘든 일을 당하지 않도록 노력했다.

남편도 유야가 돌아오는 모습을 당연히 보고 싶을 것이다. 그 순간을 나 혼자 독점하는 일은 남편에게 너무나 무례한 짓 이다.

"아버지가 돌아올 때까지 기다릴까? 맛있는 음식을 잔뜩 만 들게."

배고프다고 투덜대는 유야의 입에 햄을 한 조각 잘라 넣어 주고 오븐 스위치를 켰다.

귀환의 항아리

유야는 햄 두세 조각과 초콜릿 두 알을 먹고는 조용해졌다. 아마 당이 올라 잠들었을 것이다.

요리 준비를 일단 끝내고 빨래를 마쳤을 때 휴대전화가 진동했다.

지금 역이야. 필요한 거 있으면 전화해.

남편의 문자였다. 역에서는 천천히 걸어도 십 분 정도면 오니까 언제 현관 벨이 울려도 이상할 게 없다.

테이블에는 아보카도샐러드, 허브감자, 고등어토마토피자, 앤초비스파게티까지 자신도 용케 만들었다 싶을 만큼의 요리가 놓여 있다. 메인은 일류 호텔 레시피를 참고해 만든 로스트포크였다. 골고루 잘 구워져 색이 적당하고 맛있는 냄새가 났다.

대충 리본과 색종이로 테이블을 장식했다. 너무 들뜬 걸까. 그러나 이 정도는 괜찮겠지. 오늘은 아들 생일이니까.

항아리를 현관까지 끌고 간다. 유야는 지금 몇 킬로그램일까. 일곱 살 아이의 평균 몸무게는 얼마일까. 항아리 무게를 빼도 상당히 무거울 것 같다. 하지만 지금의 내게 무게는 아무것도 아니다.

마침 신발장 옆에 항아리를 놨을 때 땡동 벨이 울렸다. 인터폰까지 달려가 건물 입구 문을 연다.

얼굴이 뜨겁고 심장이 요동친다.

방안의 조명을 끈다.

띵동, 현관 벨이 울렸다. 문을 연다.

남편이 귀가 인사를 건네는 사이 조명을 켜고 항아리에서 유야를 안아 올렸다.

웩, 개구리가 우는 듯한 소리가 났다. 그게 무슨 소린지 바로 알아차리지 못했다.

현관에서 시큼한 냄새가 올라와 그제야 눈앞의 남편이 토했다는 걸 알았다.

이래서는 로스트포크 냄새는 다 날아갔겠다. 아이, 냄새! 모처럼 기념일인데. 시큼할 뿐만 아니라 썩은 냄새처럼 지독하다. 도대체 뭘 먹고 돌아왔기에 이런 냄새가 날까.

괜찮냐고 묻기도 전에 남편이 큰 소리를 내며 문을 열어젖혔다.

"무슨 짓이야!"

남편은 벌게진 눈으로 눈물을 흘리고 있다.

"당장, 그거, 닫아!"

조금 전까지의 흥분이 곧바로 사그라졌다. 내 눈에도 눈물이 맺혔다.

남편이 이처럼 내게 불같이 소리치는 일은 이제까지 한 번도 없었다. 내가 뒤를 안 보고 문을 닫아 남편 손이 끼어 골절됐을 때조차 괜찮다며 눈물을 글썽이면서도 웃었던 사람이다.

"당신, 왜 그래?"

"그건 내가 할 말이야!"

남편은 나를 내던지듯 밀치고 환기팬 스위치를 최대로 돌렸다.

"그거 빨리 닫으라고 했잖아!"

그거, 가 항아리임을 깨달았다. 그리고 절망적인 기분에 사로잡혔다.

"왜 기뻐하지 않아?"

기뻐하지 않다니 너무 이상해.

둘이 유야에게 수많은 말을 가르쳤다.

아무리 피곤해도 아이 특유의 집요한 역할 놀이나 왜라는 질문 공세에도 다 대답해줬다. 그렇게 좋아해놓고, 즐거웠는데 왜?

"유야가 돌아왔는데 안 기뻐?"

"……내내 참았는데……."

남편의 입 주위에 파 같은 고형물이 달라붙어 있다. 지독한 냄새가 코를 찔렀다.

"당신은 이상해. 완전히 돌았어."

"왜 그런 말을 해!"

저도 모르게 남편에게 손을 올렸다. 손을 떼는 바람에 퐁당 유야가 다시 항아리 속으로 돌아갔다.

내 오른손은 남편의 어깨에 닿았다가 힘없이 튕겼다. 자신의 무기력함이 너무 싫어 수없이 손을 휘둘렀다. 수없이, 수없이. 몇 번째인지 남편이 내 손목을 세게 잡았다.

"사쿠라코. 미안해. 망상을 들었을 때 부정해서는 안 된다, 그렇다고 긍정해서도 안 된다. 다른 이야기로 화제를 전환한다. 그렇게 들었어. 하지만 이제 더는 그래봤자……. 내가 더 빨리 얘기했어야 했어. 당신은 전혀 낫지 않았어. 낫기는커녕 심해졌지. 이상해. 당신은 이상해."

"이상하지 않아! 약도!"

"가부라기 선생님에게 다 들었어. 당신은 일을 좋아하니까, 조금씩이라도 일하면 증상이 개선될까 싶었는데. 그러지 않았어. 당신은 줄곧 망상 같은 이야기만 되풀이했어."

"망상이 아니야."

눈물과 콧물이 흐른다. 도대체 왜? 왜 그런 생각만 머리에 떠오른다.

"너무해. 진짜 너무해……."

혹시 바람을 피우나? 다른 여자가 생겨 내 정신 이상을 핑계 삼아 이혼하려는 건가?

계속 남편에게 의지해 살아왔다. 반대로 남편을 도왔다고 말하기는 어렵다. 그러므로 바람을 피웠다고 해도 어쩔 수 없을지도 모른다. 하지만 그래도 이런 잔인한 짓은 하지 마.

"구네 선생님과 말하면 알 거야. 망상이 아니야. 진짜라고!"

기어이 구네의 께름칙하나 저항할 수 없는 설득력에 의지하기로 했다. 구네가 남편을 설득해줬으면 좋겠다. 그러면 남편도 이렇게 말하지 않을 거다. 말하지 못할 것이다.

남편은 윽, 신음하고 눈물을 뚝뚝 흘렸다. 코트 소매로 거칠게 눈물을 닦고 심호흡했다.

여러 번 후, 후, 심호흡을 반복하고 내게 몸을 돌리고 말했다.

"구네 선생님이란 게 누구인데?"

"뭐……?"

남편 눈에서 떨어진 눈물이 현관 매트에 얼룩을 남겼다.

"가부라기 선생님에게 그런 상담자는 없다고 들었어. 당신 담당은 시라쿠라 선생님이라고. 이름을 착각했다고 생각했어. 그런데 가부라기 선생님과 함께 일하는 상담 선생님은 모두 여자래."

"무, 무슨 소린지 모르겠어. 그런 말로 나를 바보 취급하고 불륜 상대와!"

"사쿠라코. 제대로 설명해봐. ……누군데? 구네 선생님이라는 사람, 망상이라도 괜찮으니까······."

"망상이 아니라고! 다시는 망상이라고 말하지 마."

높은 단처럼 보이는 콧날. 살짝 여성적으로 보이는 얇은 턱. 언제나 위로 원을 그리고 있는 입술. 웃으면 짐승처럼 송곳니가 보인다. 그리고 무엇보다 별처럼 반짝이는 눈동자.

이게 다 내 망상일 리 없다.

게다가 무엇보다.

"구네 선생님이 있어서 유야가 돌아왔다고······."

다시 항아리에 손을 넣어 유야를 들어 올렸다.

"그러면, 이 유야는 뭔데?"

"여보······."

남편은 그렇게 말하고 다시 고개를 떨궜다. 구역질을 참는 행동을 하고 코를 막은 목소리로 말했다.

"당신은 그게 유야로 보여?"

남편은 괴물이라도 보는 눈으로 가리켰다. 너무해. 이상한 사람은 내가 아니라 남편이야. 나만 버리면 몰라도 유야까지.

남편에게 유야를 떠맡기려 하자 다시 개구리 우는 소리가 들렸다.

웩웩. 더러운 소리. 구토의 악취.

왜 토하냐고 항의하려는데 내 입이 시큼한 것으로 더러워져 있는 걸 깨달았다.

끈적끈적한 감촉. 손에 힘을 주어 닦아냈다.

내가 손에 든 것은.

그게 유야로 보여.

보이지 않는다. 내가 들고 있는 것은, 녹색으로 변색해 무시무시한 악취를 풍기는 고깃덩어리였다.

들어본 적도 없는 끔찍한 비명이 내 입에서 흘러나왔다.

도와달라고 소리쳤다. 아무도 도와줄 사람이 없음에도 도와달라고 외쳤다.

나를 안으려고 손을 뻗은 남편을 뿌리쳤다. 그대로 뛰쳐나갔다.

더러운 비명을 지르고 있는데 왠지 뇌는 냉정했고 발은 의지를 지니고 앞으로 나아갔다.

구네다.

구네 니코라이가 전부, 전부, 전부.

어떤 방법인지는 모르겠으나 나를 속였다.

"죽여버릴 거야."

죽여버릴 거다.

명확한 살의를 품은 것은 두 번째다. 그 끔찍한, 유야를 죽인 여자를 꼭 죽여야 한다고 생각했다. 하지만 그때보다 더 용서할 수 없다. 죽이고야 말 테다.

나를, 속이다니.

184

"속이지는 않았는데요?"

어둠 속에 빛나는 두 개의 점이 있다. 눈이 부시다. 눈이 멀 것만 같다. 눈을 감자 무릎이 덜덜 떨렸다. 온몸의 힘이 빠져서 있을 수조차 없다.

천천히 다가오고 있다. 발소리가 바로 앞에서 멈췄다.

고개를 드니 구네가 무릎을 굽히고 나를 내려다보고 있다.

"소, 속였어. 속였잖아?"

도로 바닥은 얼음처럼 차가웠다. 뺨이 경련을 일으켜 제대로 말이 나오지 않았다.

"나, 나는 믿었는데. 규칙도 다 지켰는데."

"안 지켰잖아요."

지면보다 더 차가운 손이 내 뺨에 닿아 열을 빼앗아 간다.

"속은 사람은 저죠. 당신은 규칙을 지키지 않았어요."

"지, 지켰어."

"첫째, 항아리에 고기, 소금, 물을 넣는다. 둘째, 일곱 살이 될 때까지 기다린다. 셋째, 그때까지는 절대 항아리에서 꺼내지 않는다. 그 세 가지뿐이었는데 당신은 첫 번째밖에 안 지켰어요."

몸 깊은 곳까지 얼어붙었다. 한없이 차가운 목소리가 내 귀를 찔렀다.

"일곱 살이라고, 유야가 일곱 살이라고 말했어."

"어리석은 여자군."

구네는 손가락을 조용히 세웠다. 왼손은 네 개, 오른손은 세 개였다.

"유야는 세 살이었어요. 일곱 살이 되려면 사 년이 걸리지요. 그런데 아직 이 년밖에 안 지났어요."

"유야가 일곱 살이라고 했다고!"

"일곱 살이 되려면 칠 년이 걸려요. 이 정도도 모르나요?"

수없이 되풀이했다. 유야가 일곱 살이라고 했다고. 정말 일곱 살이었다. 허세를 부리는 말투와 중간 반항기라는 점. 유야는 일곱 살이었다. 나는 어리석지 않다. 유야를 믿은 건 어리석은 일이 아니다. 유야는 일곱 살이었다.

"당신은 수없이 무의미한 말을 되풀이하네요. 사람은 고기로 만들어진다고 했을 때 당신은 큰 거부감을 드러냈어요. 그런데 어때요? 내 말이 맞았죠? 내 말은 아버지의 말씀입니다. 우리가 피리를 불어도 너희는 춤추지 않았고 우리가 곡을 하여도 가슴을 치지 않았다. 당신은 규칙을 지키지 않았어요. 지옥에서 온 흙으로 빚은 생물보다 어리석었다고요. 좋은 돼지*를 바치지 않았어요."

머리가 깨질 듯 아팠다.

구네의 말은 하나도 모르겠다. 그래도 그가 옳다는 사실만은 안다.

* 고대 이집트, 그리스, 로마 등에서 자주 사용된 희생 제물

186

나는 규칙을 깼다. 구네는 옳다. 착한 사람에게는 상이 내려지나 규칙을 깬 내게는…….

"사쿠라코!"

뒤에서 소리가 들려 돌아봤다.

남편은 구토물로 지저분한 코트를 입은 채 헐떡이며 서 있었다.

"잊지 말아요. 당신이 잊었더라도 나는 잊지 않아요. 당신은 규칙을 지키지 않았어요."

귀에 울렸다. 찌르는 듯한 추위에 뇌가 얼어붙는다.

"애야. 나 좀 볼래?"

나를 부르는 시어머니의 목소리에 "네."라고 대답하고 소파에서 일어났다.

조금 빠른 걸음으로 사무소로 갔더니 시어머니 뒤에 시아버지가 버티고 서 있다.

"내 참. 무슨 일이든 며느리에게 부탁하고. 이 정도는 혼자 할수 있잖아?"

"그야 며느리에게 묻는 게 빠르니까요. 수다 떠는 것도 즐겁고."

"그렇게 넘길 게 아니라고. 며느리에게 응석 좀 그만 부려요."

어처구니없다는 표정의 시아버지에게 웃으며 말했다.

"아버님. 저는 괜찮아요. 어머니와 얘기하는 게 정말 즐겁고 저도 할 수 있는 일이 있어서 좋아요."

"봐요! 그러니 당신은 잠자코 계셔." 시어머니가 의기양양하게 말하고 혼자 시원하게 웃었다.

한없이 평화롭고 편안한 공간이 여기에 있다.

그날 이후, 남편과 나는 도쿄를 떠나기로 했다.

"당신이 이상해진 건 당신 잘못이 아니야."

그런 위로를 받자 너무 미안해서 정말 죽고 싶어졌다. 무릎을 꿇고 이혼해달라고 먼저 말했다. 이렇게 착한 사람에게 손씨검이나 하고 바람까지 의심한 자신은 숙으면 그만이라고, 그건 지금도 그렇게 생각한다.

그는 이혼은 절대 할 수 없다고 했다.

"그런데 부탁이 하나 있어. 나랑 같이 고향으로 돌아가지 않을래? 얼마 전부터 말하려고 했는데 마침 기회가 돼서. 여동생 부부가 돕고는 있어. 그래도 부모님은 내가 해주길 바라는 듯해……. 동거가 싫으면 근처에 집을 빌리고 당신은 안 들여다봐도 돼."

시댁 식구들의 얼굴이 떠올랐다. 시부모님은 무슨 일에나 늘 도움을 주셨고 그러면서도 대놓고 참견하는 일 같은 건 하지 않으셨다. 시누이인 가나데는 유야 사고 때 본인도 아이가 있어 힘들었을 텐데도 늘 곁을 지켜줬다.

그런 착한 사람들 속으로 들어가는 걸 거절할 이유가 없었다.

"당신은…… 당신 가족은, 그래도 괜찮아?"

남편은 웃으며 말했다.

"물론이지. 그보다 내가 부탁하는 처지라니까."

결혼하고 줄곧 살았던 집이라 떠나는 게 조금 섭섭하기는 했다. 하지만 이 집에 계속 있으면 점점 이상해지리라는 확신도 있었다.

남편의 본가는 건축 판금 기업을 경영하는데 가족들이 일손을 돕고 있다.

정신적으로나 육체적으로나 위약한 내가 할 수 있는 일이 없다고 생각했는데 과거에 땄던 자격증을 높이 사 경리 일을 맡겨줬다.

"다녀오겠습니다!"

힘차게 손을 흔드는 소스케에게 잘 다녀오라며 손을 흔들었다.

소스케는 현재 초등학교 이 학년인데 조금 건방진 면이 있기는 해도 기본적으로는 상냥한 아이다. 내 생일에 꽃다발을 선물로 줬을 때는 너무 기뻐 울 뻔했다.

유야를 잊은 건 아니다. 그러나 유야가 살아 있다거나, 살아 돌아온다는 망상은 이제 하지 않는다. 유야는 이미 없다. 어디에도 없다.

소스케의 미소가, 유야의, 일곱 살 유야의 미소와 무척 닮았다고 생각할 때도 있다. 하지만 일곱 살의 유야라니, 있을 수 없는 일이다. 그건 내 망상이었고 세 살의 아들은 나이를 먹지 않는다.

"칼 좀 가져올래? 손님이 맛있는 바움쿠헨을 주셨단다."

함께 먹자고 웃으며 말하는 시어머니에게 고개를 숙이고 부엌에 가 가장 잘 갈린 칼을 꺼냈다. 떨어뜨리지 않으려고 두 손으로 잡고 사무소로 돌아온다.

행복하다. 거짓말처럼.

"이런 데로 오셨네요."

바깥 복도의, 창밖. 그가 서 있는 곳에만 해가 들지 않는다.

그, 가 소스케의 어깨에 손을 얹고 있다. 소스케는 웃고 있다.

"아오시마 씨. 어린애네요. 당신이 가지지 못한 아이요."

그, 의 입은 움직이지 않는다. 그래도 뇌에 언어가 전달된다.

소스케의 얼굴. 행복해 보인다. 어떤 의심도 없이 모두가 자기를 사랑한다고 믿는다.

"그러네. 왜 나만 참아야 하지? 이런 인생, 거짓말이야. 그냥 얼버무리고 사는 것일 뿐이야."

내 입에서 말이 흘러나왔다. 유야. 유야는 죽었는데 왜, 이 애는.

유리문을 열고 맨발로 밖에 나갔다.

"숙모……."

소스케는 그와의 대화를 중단하고 내게로 고개를 돌렸다. 불안한 목소리다.

여전히 미소를 짓고 있네, 너는. 살아 있네.

"아오시마 씨."

두 눈동자가 빛나고 있다. 나를 보고 있다. 나는,

주는 것이 받는 것보다 더 행복하다.
◆ 사도행전 20장 35절 ◆

귀환의 항아리

분노의 돌

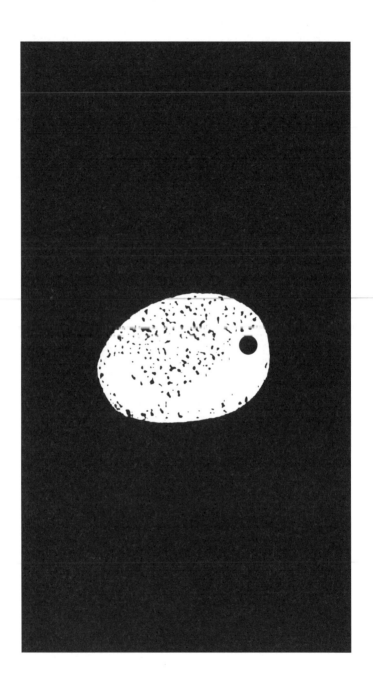

기미코는 줄곧, 여동생 히로코를 증오했다.

늘 벌벌 떨고 냄새나고 머리가 나쁘다. 그런 주제에 묘하게 교활하다.

어릴 때는 어딜 가도 괴롭힘을 당했다.

"너희들, 무슨 짓이야!"

그런 식으로 괴롭히는 애들을 쫓아버린 게 한두 번이 아니다. 그러나 솔직히 여동생만 아니었으면 자신도 여동생을 괴롭혔을 것이다.

쌍둥이인데도 기미코는 히로코와 반대로 공부도 운동도 잘했다. 반장이나 학생회장은 언제나 기미코의 몫이었다. 외모도 나쁘지 않았다. 다카라즈카* 남자 역할 같다는 칭찬을 받기도 하는 '귀엽다'라는 인상보다는 '멋있다'라는 말이 어울리는 얼굴을 내심 좋아했다.

* 여성들로만 구성된 뮤지컬 극단

대조적으로 히로코는 아무리 봐도 여성적 외모였다. 동그란 얼굴에 눈은 처졌고 조금 통통했다.

통통한 입술을 볼 때마다 쥐어뜯고 싶었다. 하는 짓마다 짜증이 났다.

사춘기가 되니 괴롭히는 애들로부터 지키고 공부까지 봐줘야 하는 게 또 다른 성가신 일이 됐다.

히로코의 주위에는 정말 한심한 녀석들이 몰려들었다. 그리고 멍청한 히로코는 그런 남자를 바로 좋아하고 울며 매달리고 돈 문제를 일으켰다. 몸만 내주면 히로코 같은 여자에게도 남자들이 달려든다는 사실이 영 탐탁지 않았다. 그래도 기미코는 몰려드는 남자들을 쫓아버렸다. 언니란 어쩔 수 없이 여동생을 놀봐야 하니까.

히로코는 그야말로 '여자'라는 의미에서, 그것도 나쁜 의미에서 대표였다.

집안일은 전혀 돕지 않고 방에도 옷이 잔뜩 어질러져 있다. 그런 주제에 찻상에는 조그만 꽃병을 놓고 늘 꽃을 꽂아놓는다.

"언니. 그거 나중에 좀 빌려줘."

유행하는 패션 잡지를 읽고 있으면 그런 식으로 말을 걸었다.

"싫어. 내 용돈으로 산 거야. 너도 네 돈으로 사."

"쩨쩨하게 굴지 좀 마. 내 용돈은 이미 썼다고……. 본다고 줄어드는 것도 아니고."

"썼다니, 너 어디다 썼는데?"

아버지는 기미코와 히로코에게 충분한 용돈을 줬다. 적어도 책이나 옷, 친구와 어울릴 때 드는 돈까지 고교생이 살 수 있는 정도는 다 살 정도의 돈을.

아버지는 교사였으나 본가가 부농이었다. 할아버지는 데이고쿠대학 농학부 출신으로 최신 과학 기술을 활용해 농사를 지어 대농장을 세우는 데 성공했다. 큰형이 뒤를 이을 계획이었는데 할아버지가 일찍 돌아가시는 바람에 유산이 굴러들어왔을 수도 있다.

"꽃."

"꽃?"

히로코는 동그란 눈을 초승달 모양으로 만들고 웃었다.

"내 방에 꽃을 꽂아놨잖아. 그 정도면 용돈으로 해결되는데 학교도 장식하면 좋을 것 같았어."

히로코는 꿈이라도 꾸는 듯한 눈빛으로 말했다.

"교실에 꽂으려면 한 송이로는 부족해. 매일 학교에 가면서 몇 송이씩 샀어."

"매일? 매일은 필요하지 않잖아. 일주일은 갈 텐데."

"언니. 무슨 소리야?"

히로코가 생긋 웃었다.

"매일 다른 꽃이 있는 게 예쁘지 않겠어?"

결국 그때 잡지를 빌려줬는지 아닌지는 기억나지 않는다. 기미코는 히로코의 가증스러운 미소와 당시 교제하던 남자애가 한 말만은 기억한다.

"히로코, 네 여동생이지? 요즘 매일 교실 꽃이 바뀌어서 잘 살펴보니 네 여동생이 매일 꽃을 가져오더라. 그런 부분, 참 좋지."

그 말을 듣는 순간 마음이 차갑게 식었다. 귀엽게 보이던 그 남자애의 덧니도 꼴사납게 보였다. 별생각 없이, 아니 오히려 '가족을 칭찬하면 좋아하겠지'라고 생각해 내뱉은 그의 말이 너무 싫어 일주일 안에 헤어지자고 했다.

히로코는 꽃을 좋아하는 상냥한 애가 아니다. "매일 다른 꽃이 있는 게 예쁘다."라는 말이 증명한다. 소중히 돌봐 오래 지켜보려는 마음이 애당초 없다. 히로코는 늘 자기 생각밖에 안 한다.

기미코는 그런 히로코가 싫었는데 정작 본인은 언니를 너무 좋아해 늘 따라다녔다. 아니, 좋아한다는 말은 어울리지 않는다. 아마도 근처에 있으면 언니가 뭐든 해 준다는 사실을 배워 아는 것이다. 머리가 나쁘면서도 이상할 정도로 그쪽으로는 영악하다.

옛날부터 그래선지, 아니면 그저 쌍둥이여서 그런지, 주위 사람들도 기미코와 히로코를 세트처럼 생각했다.

"기미코, 동생을 잘 돌봐야 해. 히로코는 덤벙대니까."

기미코가 똘똘하다는 이유만으로 부모님은 매일 잔소리했다. 안 그래도 매일 돌보고 있는데.

"히로코는 머리가 좀 부족한 부분이 있잖니. 늘 멍하니 있고 상대 말을 알아듣고는 있는지 모르겠고. 어쩌면 '미에루'일지도 모르겠어."

친할머니는 그런 말도 했다.

'미에루'란 친가 혈통 한 대에 한 명씩 나타나는 장애인을 가리킨다. 왜 '미에루'라고 부르는지는 모른다.

'미에루'는 의사소통이 되지 않는다. 희로애락의 감정은 있는데 혼자 생활할 수는 없다. 그래서 늘 본채와 떨어진 간소한 오두막 같은 별채에 산다.

기미코도 어릴 때 딱 한 번 '미에루'를 본 적 있다. 보면 안 된다고 했는데 어린아이란 무릇 보지 말라면 더 보고 싶은 법이다.

오두막 문틈으로 본 '미에루'는 넝마 같은 옷을 입고 있었으나 이목구비가 단정한 여자였고 바닥에 뭔가를 쓰고 있었다. 살짝 문을 열고 뭘 쓰나 들여다보려 했는데 평소에는 온후한 아버지가 꿀밤을 때렸다.

유소년기의 아픈 추억이다.

히로코는 분명 머리가 정말 나쁘기는 하나 '미에루'는 아니다. 자매의 정 같은 걸로 하는 얘기가 아니다. 그런데도 이상하게 화가 났다. 친가 친척들은 아버지의 온후함이 의아하게 느껴질 만큼 모이면 남들에게 숨은 뜻을 담은 야담만 늘어놓는다.

기미코는 자기 안에 그들의 유전자가 있다는 사실이 싫었다. 다른 사람의 장점보다 단점만 살핀다. 그러나 그런 생각을 드러내는 건 한심하다고 생각해서 마음에 꼭 봉인했다. 그래서인지 모르겠다. 언제나 늘, 히로코에게만 심하다 싶을 정도로 엄하게 말하고 만다.

"언니. 무서워."

기미코는 옳은 말만 하는데 히로코는 늘 그렇게 말하며 들으려 하지 않는다. 엄하게 말한다는 자각은 있어서 더는 세게 나갈 수 없었다.

틀림없이 자신은 친척들과 마찬가지로 입술을 일그러뜨리고 탁한 눈빛을 하고 있을 것이다. 히로코라는 존재 자체가 고통이었다. 기미코는 히로코와 함께 있으면 자신이 괴물이 될 듯한 기분이 들었다.

기미코는 대학교에 들어가면서 드디어 히로코에게서 해방됐다.

아버지는 교사라 그런지 비교적 교육열이 높았다. 기미코 위로도 아이코라고 언니가 하나 있었는데 세 자매를 전부 평등하게 키웠다.

그러나 공부에 관심이 있는 사람은 기미코뿐이었다. 언니는 고향의 지방 사립대학에 들어갔으나 재학 중에는 놀러만 다니다가 졸업하자마자 바로 그 지역 은행원과 결혼해 전업주부가 됐다. 히로코는 애초부터 대학에 갈 수 없었다. 고등학교 졸업조차 위험했으니까 당연했다.

기미코는 도쿄의 유명 사립대학에 우수한 성적으로 합격해 교사를 목표로 공부했다. 아버지의 영향도 있었다. 그러나 우수했기에 세상에는 자기보다 뛰어난 사람이 헤아릴 수 없을 만큼 많다는 사실도 알았다. 자신은 그런 사람들의 기틀이 되면 좋겠다고 생각했다.

아니, 솔직히 말하면 꿈을 품고 학업에 몰두하기보다 히로코가 없는 생활에 만족한 것일 수도 있다.

여성성을 무기로 남자를 끌어들이는 재주 외에는 아무 능력도 없는 히로코는 예상대로 어디에도 취직하지 못하고 본가에서 태평하게 살았다.

어머니가 전화로 히로코를 어떻게 했으면 좋겠느냐고 푸념할 때도 적당히 맞장구치며 참기만 했다.

제조 책임이라는 게 있다. 기미코가 책임질 일이 아니다.

기미코에게는 기미코의 인생이 있다.

기미코는 대학에서 바바 요시유키라는 남자와 만났다. 쌍꺼풀이 짙은 시대극 배우 같은 남자라 한눈에 반했다. 술자리에서 맞은편에 앉았는데 기미코에게 말을 걸어왔을 때는 완전히 날아오를 듯했다.

요시유키는 남자답다는 말을 체현한 존재였다. 호쾌하고 사람들을 잘 돌보고 사소한 곳까지는 신경 쓰지 않는다. 조금 둔한 구석은 있으나 그런 결점은 사소한 문제였다.

기미코는 아버지를 존경했으나 성실하기만 한 모습에 지루함을 느끼기도 했다. 요시유키는 달랐다. 관심이 생기면 전부 손에 넣었고 판단 기준은 즐겁냐, 아니냐일 뿐이다. 자동차 운전도 거칠고 교통 규칙도 자주 위반했다. 이상한 반전 단체에 가입하고 대마에 손을 대기도 했다. 요시유키는 나쁜 짓을 저지른다는 의식을 갖고 이렇게 행동하는 게 아니다. 그저 즐거워서 한다. 기미코는 그런 점에 정신없이 끌렸다.

"기미코는 다른 여자와 달라."

요시유키는 그런 말로 기미코를 칭찬했다.

"날 가지라는 식으로 행동하는 여자는 지루해."

요시유키의 옷에서 풍기는 달콤한 향기를 맡으면서 기미코는 미소 지었다.

언제나 사람들 중심에 있는 그에게 받는 칭찬이 너무 좋았다.

대학을 졸업하기 직전, 요시유키의 프러포즈를 받은 기미코는 기꺼이 받아들였고 둘은 부부가 됐다.

요시유키의 친가는 유복해 요코하마에 땅이 있었다. 요시유키는 그중 하나를 받아 고풍스러운 일본 가옥을 지었다.

"요즘은 예쁘기만 한 집들이 너무 많아. 일본인이라면 이런 집에 살아야지."

그렇다면 디스코장에 가거나 외제 차도 사지 말아야지. 기미코는 그렇게 생각했으나 기꺼이 동조했다. 기미코의 친정도 일본 가옥이라 이런 집이 제일 편했다.

기미코는 전차로 삼십 분쯤 걸리는 공립중학교에 취직해 영어를 가르쳤다.

교생 실습을 한 중학교와는 규모가 전혀 다른 큰 중학교라 불안했다. 텔레비전에서는 소년 범죄가 과격해지고 있다고 보도했다. 기미코 같은 신임 여교사는 불량소년들의 표적이 되기 십상이다.

그러나 전부 괜한 걱정이었다.

이 지역은 기본적으로 어느 정도 사회적 지위가 있는 사람들만 살아서 소수의 가난한 가정의 학생도 근면 성실했다. 가끔 문제가 있더라도 어쩌다 만화책을 슬쩍 훔쳤다거나 몰래 아버지 담배를 피웠다는 정도의 귀여운 일탈이었다.

직장 환경도 좋다고 해야 하나, 기미코는 한 동료 남성 교사에 호감이 갔다.

구네 니코라이는 일 년 선배로 기미코와 같은 영어 교사였다. 이름 그대로 외국인의 피가 섞여 있다. 원어민 같은 발음도 그의 부모 중 하나 덕분일 것이다.

눈이 번쩍 뜨일 정도의 아름다운 청년으로 항상 미소를 짓고 있다. 도무지 결점을 찾아볼 수 없었다.

물론 기미코가 그의 외모에 호감을 품은 건 아니다. 어디까지나 요시유키처럼 거친 남자가 취향인 그녀에게 구네는 그저 마네킹처럼 아름다울 뿐이다.

둘은 기미코의 환영회를 시작으로 친해졌다.

근처 이자카야에서 열린 환영회는 상당히 들뜬 분위기였다. 술자리가 들썩일 화제라면 남녀 관계의 저질 농담밖에 없다.

기미코는 상당히 술이 들어간 중년 남자 교사들에게 둘러싸여 이런 말을 들었다.

"바바 선생. 구네 선생을 어떻게 생각해?"

"어떻게……?"

"이런 잘생긴 남자와 사귀고 싶지 않아?"

"저, 결혼해서 사귀기는……."

"안다고. 바바 선생, 참 순진하네."

안경을 쓴 여교사가 킥킥대고 웃었다.

"구네 선생. 그렇게 잘생겼는데 왜 독신이야? 여자 친구도 없다니 이상해."

"혹시 그쪽이냐는 말이 많아."

배 나온 남자 교사가 손등을 반대쪽 뺨에 댔다.

"그건 병이지."

기미코는 애매하게 웃을 수밖에 없었다. 다들 웃고 있는데 친가 쪽 사람들처럼 악의가 느껴졌다. 하지만 신임이 참견해 봤자 건방지다고 할 테고 그로 인해 미움받는 게 무서웠다. 지방을 좋아하지는 않으나 본능적으로 도시 사람이 더 무서웠다.

"고를 수 없지요."

조용한 목소리였다. 그런데도 주위 소음을 뚫고 잘 들렸다. 모두가 저절로 입을 다물었다.

구네는 미소를 짓고 있었다. 그러나 그때 문득 그게 아닐 수도 있다는 생각이 들었다. 그는 항상 입가가 올라가 있어서 웃는 것처럼 보인다.

구네는 어디 있다가 왔는지, 이미 교사들 사이에 쏙 들어와 있었다. 다들 자연스럽게 구네가 들어올 자리를 마련한다. 구네는 긴 의자에서 마침 빈 가운데 자리에 앉았다.

"호, 호강이네……."

조금 있다가 중년의 남자 교사가 목소리를 짜내 말했다.

"핸섬 씨는 그런 말을 할 수 있어서 부러워."

"맞아요. 여러분과 지내는 시간은 호강이죠."

구네는 직접 맥주를 따라 단숨에 마셨다.

"저는 여러분이 정말 좋습니다."

구네는 두 손을 앞으로 내밀어 왼손으로 남자 교사를, 오른손으로 여자 교사를 쓰다듬었다. 비유가 아니라 정말 긴 손가락으로 뺨을 쓰다듬었다.

모두 너무 놀라 아무 말도 하지 못했다.

구네는 자리 분위기를 전혀 신경 쓰지 않고 말했다.

"여러분 가운데 한 사람을 고르는 건 어렵습니다. 모두 다 매력적이고 멋집니다."

그의 손가락이 닿은 두 사람뿐만 아니라 그 자리에 있던 모두가, 마침 병을 회수하러 온 점원까지도 넋을 놓고 말았다.

"자, 오늘은 그만 갈까?" 누군가가 조그만 목소리로 내뱉은 한마디에 모두 느릿느릿 집에 갈 준비를 하기 시작했다. 그동안 모두 구네를 힐끔힐끔 쳐다봤다.

기미코도 그중 하나였는데 다른 교사들이 눈길을 던지는 행동과는 전혀 다른 의미였다. 순수한 존경이었다.

설령 일 년을 더 근무했더라도 자신은 저런 행동은 하지 못할 것이다. 일단 말대답조차 불가능하다. 구네는 대놓고 불쾌함을 드러내거나 강한 말을 하지 않고 악의를 품은 그들의 입을 다물게 했다. 이후로 그를 놓고 이러쿵저러쿵하는 사람은 없었다. 온전히 수습된 것이다.

구네의 외모는 아주 빼어났으나 그것만이 이유는 아니다. 그 자리의 분위기를 지배한다고 할 수 있는 힘이 그에게 있었다. 기미코는 그런 힘을 가지고 싶었다.

그 사건 이후 기미코는 적극적으로 구네에게 말을 걸기 시작했다.

구네와 대화하고 행동을 참고해 그와 같은 강점을 손에 넣기를 간절히 바랐다.

물론 그처럼 행동할 수는 없었으나 허물없이 얘기하는 사이가 됐다. 아니, 사실은 기미코가 종알종알 떠들면 구네가 다정한 눈빛으로 들어줄 뿐이었다.

"우리 집은 사실 여동생이 바보라. 옛날부터…… 뭐랄까, 저만 의지해서 힘들어요."

기미코는 보통 직장에서는 간사이 사투리를 쓰지 않는다. 간사이 사투리는 구네와 교무실 혹은 지금처럼 옥상에서 대화할 때만 쓴다.

"기미코는 성실해서 저도 의지하고 있습니다."

구네는 선생이라는 호칭을 빼고 이름만 불렀다. 기미코가 그러라고 한 적 없다. 그러나 그렇게 대해주기를 바랐다. 그는 기미코가 원하는 바를 다 아는 듯했다.

"구네 선생님이 저를 의지하다니 말도 안 돼요. 제가 신세만 지고 있는데요. 저는 구네 선생님이 부탁하면 빚보증도 설 거예요. 그라지요."

"그라지요?"

생각 없이 내뱉은 사투리를 따라 해도 전혀 화가 나지 않았다. 오히려 오랜 친구 같아 기뻤다.

"왜 내가 하는 게 당연하다고 생각하는지 모르겠어요. 감사하라는 게 아니에요. 하지만 당연하게 생각하지는 말았으면 좋겠어요."

기미코가 거기까지 말하고 후, 한숨을 토하니 구네가 "이거요."라며 뭔가를 건넸다. 백화점에서만 본 베이커리의 구운 과자였다.

"이렇게 좋은 걸……."

"받아요. 힘들 때는 단 게 최고죠."

기미코는 과자를 먹으면서 구네가 유복한 집안 출신이 아닐까 생각했다.

단순히 과자가 아니라 말과 행동이 우아해 꼭 어느 나라의 왕자 같다.

기미코의 지인 중에는 혼혈 자체가 없다. 대학 동창 중에 할아버지가 아일랜드 선교사였던 남학생이 있었는데 구네처럼 백인 같은 외모도 아니었고 유복해 보이지도 않았다.

이야기를 들어주기만 할 뿐 구네는 자기 가족 이야기 같은 건 전혀 하지 않았다. 기미코가 입을 열기 전에 구네가 말했다.

"기미코는 뭐든 할 수 있어서 다들 기대고 말죠. 하지만 감사하지 않는 건 아닐 겁니다. 틀림없이 여동생분에게도 전해졌을 겁니다. 감사는 말로 해주면 좋겠지만요."

구네는 뾰족한 송곳니를 드러내며 미소 지었다.

"얼마 안 돼 여동생은 기미코의 고마움을 실감할 겁니다. 평생 고개를 못 들 겁니다. 무엇보다 형제자매는 사이좋게 지내야죠."

구네 니코라이 같다면. 기미코는 새삼 생각했다. 형제가 저런 사람이라면 이렇게 힘들지 않을 텐데.

여름방학이 끝났을 때쯤 전화가 왔다.

"히로코 일인데 말이다."

늘 하는 어머니의 불평이라고만 생각했다. 취직도 못 하고 시집도 못 가고 있다는 이야기일 것이다. 엄마도 힘들겠어. 고생해. 대충 말하고 평소대로 전화를 끊으려 했다.

"히로코가 말이다, 거기에 가고 싶단다."

"아, 그래요? 그렇지만 고향에서 취업 안 된 애가 요코하마에서 일을 찾을 수는 없잖아요."

"그렇지. 그래서 일을 찾을 때까지 언니네에 있고 싶다는데."

"네? 그건 당연히 안 되죠."

기미코는 바로 거절했다. 분노와 당혹스러움에 목소리가 떨렸다.

"어머니. 여기는 남편이 있다고요. 어떻게 히로코 같은 게?"

"같은 게라니. 그런 말 하지 마라. 여동생이잖니."

"여동생이라니……."

무슨 말을 하려 해도 입술이 떨려 말이 나오지 않았다.

"부탁히미. 아주 잠깐만이다. 나도 민폐 끼치지 말라고 단단
히 일러둘 테고."

"집에 있는 자체가 민폐라고."

"왜 그렇게 심하게 말하니? 네 여동생이잖니!"

"내가 심한 게 아니라……?"

어머니는 기미코가 어떻게 사는지는 묻지 않는다. 늘 자기
얘기만 한다.

얼마나 어머니가 고생했는지. 집안일을 전혀 도와주지 않
는 아버지. 히로코가 벌인 일을 혼자 처리한 일. 언니는 전화
조차 받지 않는 모양이다. 기미코가 시골을 버리고 도시로 나
가 교사 같은 일을 하는 걸 두고 내내 친척들이 구시렁댄다고.
어머니도 공부를 잘했는데 여자로서 의무를 다하려고 참아왔
다고. 가족에 어울리는 형태. 가족의 올바른 형태.

그러니까. 그러니까. 그러니까.

"너도 알잖니?"

어머니가 고양이 어르는 소리로 말했다.

"걱정 마라. 도시는 넓잖아. 곧 직장도 찾을 거다. '미에루'
도 아니고."

어머니는, 가족은, 다 이런 식이다.

최대한 침착하게 마음을 다잡고 말했다.

"그이에게 물어볼게."

어머니는 역시 너라며 요란을 떨었다.

끔찍했다. 무엇보다 끔찍한 일은 아무 말도 못 한 자신이다. 어머니의 말을 마음 어디선가 옳다고 생각했다.

가족이니까, 언니니까, 당연히 돌봐야 한다.

요시유키에게 물어보겠다는 말로 도망치기만 했다.

요시유키라면 단호하게 어머니의 청을 거절하리라 생각했다. 그런 사고방식은 낡고 잘못됐다며 거절할 줄 알았다.

"괜찮을 것 같은데?"

요시유키는 뜻밖의 대답을 했다.

"별채에 살면 되지 않을까? 조금 좁겠지만."

"아니. 하지만 거기는……."

별채는 아이 방으로 하자며 둘이 의논했던 곳이다. 옅은 초록색 벽지를 바르고 낮고 넓은 책상을 놓았고 서쪽에 커다란 창이 뚫려 있다.

그 방은.

"아이 방이라고 했잖아."

하하. 요시유키는 경쾌하게 웃었다.

"아직 안 태어났잖아?"

히로코는 두 주 뒤에 커다란 짐을 안고 나타났다.

둥근 컬러가 달린 분홍색 블라우스에 베이지색 치마를 입었다. 블라우스에서 나온 팔도, 치마 밑으로 뻗은 다리도 통통하니 꼴 보기 싫었다.

"형부. 신세 좀 지겠어요."

히로코는 어린아이처럼 힘차게 인사했다. 고개를 들 때 커다란 가슴이 흔들렸다.

히로코는 기미코에게 고맙다는 인사 한마디 없이 늘 함께 다니는 친구처럼 수다를 떨기 시작했다.

이 집 가장이고 혈연도 아닌데 받아준 형부에게 먼저 인사한 건 당연하다. 그러나 "언니도 고마워." 정도는 할 수 있지 않을까.

"와! 멋진 방이네요."

히로코는 벽을 이리저리 만지며 편안하다고 말했다.

"기미코, 히로코가 좋아하니 다행이네."

기미코는 입가에만 미소를 달았다. 요시유키가 그렇게 말하는 건 어쩔 수 없다. 처제에게 강하게 말할 수 없을 테고 애당초 사소한 일에는 신경 쓰지 않는 성격이라 개의치 않을 것이다. 입 주위 근육이 경련했다. 실은 당장이라도 히로코의 더러운 손을 벽지에서 떼어내고 싶었다. 여기는 기미코의 집이다. 기미코와 요시유키와 아이들의 집이다. 히로코를 위한 방은 어디에도 없다.

"그런데 좀 부족하네."

"뭐가 부족해? 오히려 과분한 것 같은데."

기미코가 얼어붙은 마음으로 되물었다.

"꽃이지. 당장 사 올게."

"여자네." 요시유키가 웃었다.

히로코는 결국 그날부터 별채에서 유유자적하게 살고 있다.

"사고 싶은 게 있는데."

아버지가 보내는 얼마 안 되는 돈이 오면 그렇게 말했다.

"쇼핑도 좋은데 너, 할 일을 찾아야지."

기미코가 말하면 히로코는 뺨을 부풀리며 말했다.

"언니는 진짜 무서워. 그런 말 좀 하지 마. 제대로 찾지 않으면 괜찮은 일은 못 찾아."

히로코는 일을 찾는다면서 기미코가 준 용돈을 들고 어딘가로 나갔다. 그리고 이삼일 뒤에 불쑥 돌아왔다. 그런 일이 여러 차례 이어졌다.

한번은 뒤를 밟아봤다. 히로코는 가장 가까운 역에서 두 정거장 더 간 역에서 남자와 만났다. 남자가 허리에 손을 두르자마자 헤프게 몸을 비틀었다.

예상했던 대로다. 히로코는 구직 활동은커녕 어엿한 성인이라면 당연히 해야 할 생활 자체를 하지 못했다. 고향에 있었을 때와 전혀 달라지지 않았다. 기생하는 곳이 고향집에서 우리 집으로 바뀌었을 뿐이다.

부디 여동생을 좀 혼내달라, 당신이 말하면 어머니도 이해할 거라고 말했으나 요시유키는 "천천히 지켜보자."라며 상대해주지 않았다.

그리하여 기미코는 옛날처럼 매일 여동생 일로 골머리를 앓아야 했다.

대학 동창은 모두 요시유키와도 아는 친구라 잘못 말했다가는 요시유키와 사이가 틀어질 듯했다. 안 그래도 히로코 일로 응어리를 품고 있는데 문제를 더 키우고 싶지 않다. 과거친구와는 소원해져 가정일은 의논할 수 없었고 그리 친하지 않은 신생에게 얘기해도 술안주가 될 뿐이다.

이런 일은 구네에게 얘기할 수밖에 없다.

"기미코. 무슨 일인가요? 얼굴이 안 좋아요."

눈이 마주친 순간, 구네의 한없이 아름다운 눈동자를 본 순간, 둑이 터진 듯 감정이 터져 나왔다.

구네에게 모든 걸 말하자. 히로코가 뻔뻔하게 집에 주저앉은 것. 아이 방을 자기 집처럼 점거한 것. 돈을 받아가는 것. 무엇보다 요시유키가 아무 말도 하지 않는 것.

"요시유키 씨, 형제는?"

"아…… 동생이 하나 있는데 그 집과는 교류가 없어서요."

"그렇다면 어쩔 수가 없네요. 자매가 없는 분이라면 거리감을 모를 수도 있어요. 그보다 진짜 여동생이 생긴 듯한 마음에 든든할지도 모르겠어요."

"만약 정말 그렇다면 나한테는 큰 문제라고요!"

그렇게 말하고는 깜짝 놀랐다. 기미코는 남편에게 감사할지언정 결코 문제라고 생각한 적 없다. 그런 생각조차 용서할 수 없는 일이다. 그는 히로코를 받아줬으니까. 그런데 왜?

"문제라고 말한 건 지나쳤어요."

요시유키가 들은 것도 아닌데 입이 마음대로 수습하려고 주절댔다.

구네는 고개를 저었다.

"지나친 건 아니에요."

그가 무슨 생각을 하는지는 모르겠다. 항상 입가가 올라가 있어 웃는 것처럼 보인다.

"기미코는 요시유키 씨에게 신세를 지고 있다는 마음이 있을 수 있어요. 하지만 그건 아니죠. 신세를 진 사람은 여동생분이지 기미코가 아닙니다. 게다가 기미코는 이렇게 일하고 있어요. 그러니까 평등하죠. 미안해할 필요는 없어요."

모든 걸 다 보는 듯했다.

고맙다고 말하기도 전에 구네가 말했다.

"지금 이렇게 살고 있으니 이게 제일 적당한 상태일 수 있어요."

"그건 아니죠."

결국은 구네도 마찬가지라는 생각에 기미코는 답답했다.
그래서 말투가 강해지고 말았다.

"미안해요. 애써 이야기를 들어줬는데."

바로 사과했다. 구네는 남이다. 적당히 기미코 말에 동조할
수도 없고 이 상황을 해결할 마법 같은 말을 해줄 수도 없다.

"죄송해요. 제대로 전달하지 못한 것 같네요. 기미코에게 참
으라는 게 아닙니다."

구네는 눈길을 슬쩍 돌리며 말했다.

"모두가 이게 좋다는 흐름을 거스르려면 체력이 소모됩니
다. 피곤하죠. 기미코는 늘 노력하는 사람이라 걱정이에요. 기
미코가 손해만 볼 것 같아서 걱정입니다."

"맞아요……. 정말 맞아요. 구네 선생님. 정말 고마워요."

기미코는 자신의 유치한 생각이 부끄러웠다. 내 편이냐 아
니냐의 흑백으로 판단해버리는 게 자신의 결점임을 알고 있
다. 조금 전까지 기미코는 구네가 내 마음에 드는 소리를 해주
지 않아서 불만이었고 부정적으로 생각했다.

구네는 잠시 생각에 잠기더니 말했다.

"개를 키운다고 생각하면 어떨까요?"

기미코는 자기도 모르게 웃음을 터뜨리고 말았다.

구네는 왕자 같은 구석이 있는데 의외로 성격도 괜찮은 것 같다.

그가 무조건 참으라고 하는 게 아님을 알았다. 기미코의 사정을 다 파악하고 조언하는 것이다.

"또 언제든 편히 말해주세요."

구네의 말이 옳다. 지금 기미코가 억지로 히로코를 내쫓아도 어머니와 요시유키로부터 냉정한 사람으로 비난당하며 자기만 나쁜 사람이 될 것이다.

히로코도 예전과 똑같지는 않다. 지금은 별채에 살며 용돈정도의 돈이나 타가고 있다. 옛날처럼 히로코가 일으키는 온갖 문제를 해결할 필요는 없고 본채로 와 교류하자는 소리도 하지 않는다. 그렇다면 구네의 말처럼 개를 키운다고 생각하면 된다. 개처럼 귀엽지 않고 위로를 주지도 않지만 말이다.

슈퍼마켓에서 장을 보고 돌아가려 했는데 어제 잔뜩 반찬거리를 장만했다는 사실이 떠올랐다. 평소 대단한 요리는 하지 않는데 『가정에서도 간단하게 하는 맛있는 식당 레시피』라는 제목에 끌려 산 요리책대로 몇 가지 만들었다. 특히 단단하게 굳은 푸딩은 먹음직한 노란색이라 그 위에 휘핑크림만 올리면 단숨에 식탁이 화사해질 듯해 기대하고 있다.

현관문을 열려는데 헛돌았다. 문이 열려 있었다.

요시유키 같은 도시 사람도 문단속을 잊기도 하는구나.

"요시유키 씨. 빨리 왔네요. 문 열어놨어요. 조심해요."

기미코는 하던 말을 멈췄다. 현관에 아무렇게나 벗어놓은 구두는 명백하게 여자의 것이었다.

달그락달그락 부엌에서 소리가 났다.

"까칠한 언니, 형부는 없어. 나야."

느슨하게 묶은 머리. 옷도 칠칠하지 못하다. 속옷을 안 입었는지 모직 원피스 위로 유두가 설핏 드러났다. 소 같은 커다란 가슴과 엉덩이가 너무나 저속하다.

히로코가 천천히 복도를 걸어왔다.

"너, 열쇠가 있어?"

"언니는 완전히 도시 사람이 됐네. 문 같은 거 안 잠가도 괜찮아."

하하하. 히로코는 입을 크게 벌리고 웃었다. 입가에 뭔가 붙어 있는 게 보였다.

기미코가 말을 꺼내기도 전에 히로코가 말했다.

"어머. 알았어? 잠깐 맛만 봤어."

미안한 기색도 없이 떠드는 히로코를 밀치고 냉장고를 열었다.

더러워.

제일 먼저 그런 생각이 들었다.

스테인리스 용기를 감싼 랩이 대충 벗겨져 있다. 제일 기대했던 푸딩에는 숟가락으로 푼 흔적이 남아 있었고 캐러멜이 달걀 층까지 배어 있다.

더러워.

냉장고를 힘껏 닫고 히로코에게 몸을 돌렸다.

히로코는 실실 웃으며 기미코를 바라보고 있다.

끔찍해.

기미코와 히로코가 쌍둥이 자매라는 사실을 코앞에 들이밀어진 듯하다. 외모는 닮지 않았는데 무슨 일인지 둘의 덩치는 완전히 똑같다.

"너 같은 거, 없었으면 좋았을 텐데."

일단 입에서 나오자 멈출 수 없었다.

"언니. 그렇게 화내지 마."

"화 안 났어."

"아파."

기미코의 왼손은 히로코의 두 팔을 세게 잡고 있었다.

"너 같은 거 죽었으면 좋겠어."

"언니. 왜 이래!" 히로코의 뒤집힌 목소리가 들렸다. 한심하게 덜덜 떨다니 꼴 보기 싫다. 눈치를 보듯 올려다보는 눈빛도 화가 난다. 기미코에게는 먹히지 않는다.

오른손이 히로코의 뺨을 때렸다.

히로코가 울고 있다. 그러나 멈출 수 없다. 계속 때렸다. 부드러운 살점이 떨어져나가면 좋겠다고 생각하며 계속.

"이봐. 그만해!"

갑자기 기미코의 팔이 잡혔다. 단단한 손. 달콤하면서도 묵직한 체취가 코를 찔렀다.

"요시유키 씨."

"당신, 무슨 짓이야!"

요시유키는 기미코의 팔을 거칠게 뿌리쳤고 그 바람에 기미코는 바닥에 쓰러지고 말았다.

요시유키가 히로코에게 달려갔다. 히로코는 어린아이처럼 엉엉 소리 내어 울고 있다. 부끄러움이나 다른 사람의 눈을 개의치 않고 울고 있다.

요시유키는 괜찮냐고 물으면서 히로코의 어깨를 안았다. 지켜야 할 사람이라도 되는 양 꼭. 히로코의 아파, 아파, 라는 소리가 달팽이관을 마구 휘저었다.

너무나 불쾌해 견딜 수 없었다.

동생이니까 잘 돌봐야 한다, 밥 정도는 챙겨야지, 사람을 때려서 되겠냐. 왜 그런 말을 들어야 하는지 전혀 모르겠다.

왜 큰 소리로 우는 여자를, 부끄러움도 인내심도 없다는 증거로 저 나이에 소리 내어 우는 유치한 여자를, 불쌍하게 생각하나. 왜 참고만 사는 내가 가해자로 취급되는가.

기미코는 계속 참아왔다. 견뎌왔다.

여동생에게 빼앗기기만 했다.

태어났을 때부터 정해져 있었는지 모른다.

쌍둥이란 어느 한쪽이 다른 한쪽의 힘을 빼앗아 한쪽만이 만족스럽게 살 운명일지도 모른다. 그렇지 않다면 왜 기미코만 손해를 봐야 하는지 모르겠다.

기미코에게 히로코는 자기 몸에 둥지를 튼 기생충이다. 기미코의 영양분과 소중한 걸 흡수해 점점 비대해진다. 얼른 없애지 않으면 모든 걸 빼앗기고 만다. 먹히고 만다.

"진짜 적당히 좀 해라."

기미코의 입에서 비틀어 짜낸 듯한 목소리가 나왔다. 히로코에게 하는 말인지 자신에게 하는 말인지 알 수 없었다.

히로코가 울면서 별채로 돌아간 뒤 요시유키는 다정하게 달랬다.

"미안해. 그런 고민이 있는지 전혀 몰랐어. 말해줬으면 좋았지."

기미코는 수없이 했다는 말을 꿀꺽 삼켰다.

"하지만 당신이 말했잖아. 히로코는 느리다고. 처제도 자기 나름대로는 노력 중이라고 생각해. 당신은 내게도 늘 힘내라고 응원해줬잖아. 동생도 응원해줘."

"알았어." 기미코의 입에서 나온 말은 메마르기 짝이 없었으나 요시유키는 전혀 알아차리지 못했다.

"게다가 처제는 늘 언니를 칭찬해. 성실하고 미인인 자랑스러운 언니라고."

"고마운 말이네요."

요시유키에게는 우회적인 말이 통하지 않는다. 고맙다고 하면 고마워한다고 그대로 받아들이는 남자다. 요시유키는 이 정도면 됐다. 기미코의 증오를 깨달아도 어차피 기미코에게 참으라고 할 테니까.

그날 밤, 요시유키는 사과하듯 기미코를 안았다.

히로코가 온 뒤로 혹시 불쑥 본채에 오지 않을까 경계해 한동안 부부 생활을 하지 못했다. 설마 오늘 밤은 올 수 없겠다고 생각했을까.

연인일 때는 나름내로 그 행위를 즐겼다. 지금도 그러고 싶다는 마음은 있다. 그러나 히로코가 도무지 머리에서 떠나질 않았다. 풍만한 히로코의 피부에 요시유키의 손가락이 파묻히는 상상을 하고 만다. 틀림없이 아주 부드러울 것이다. 모든 걸 빨아들일 듯이.

기미코는 요시유키의 거친 숨소리를 들으면서 아이를 갖자고 자신을 설득했다.

아이만 생기면 저 기생충을 쫓아낼 수 있다. 요시유키와 기미코와 아이, 올바른 가족의 모습으로 돌아간다.

하지만 다른 생각이 뇌리를 스쳤다.

아이가 쌍둥이라면?

나중에 태어나는 아이가 죽었으면 좋겠다고 기미코는 생각했다.

태어난 아이가 자신과 같은 생각을 하게 되는 건 정말 싫다. 이런 불쾌한 감정을 품지 않기를 바란다. 이런 추한 인간이 아니기를 바란다.

'미에루'라는 말을 떠올린다. 아름다웠다. 얼굴도 손끝도 섬세하고 넝마 같은 옷을 입었어도 어떤 인간보다 청순했다.

히로코가 '미에루'일 리 없다.

"괜찮아?"

요시유키가 숨을 헐떡이며 물었다.

"미안해. 학생 중에 문제아가 있어서. 그 아이 때문에 내일 사과하러 가야 해."

거짓말이 술술 나온다.

"학교 선생이란 직업은 귀찮은 일이 많구나."

요시유키는 거짓말을 알아차리지도 못하고 체위를 바꿨다. 기미코의 다리가 침대에 내던져졌다.

"아이가 태어나면 바로 그만두게 할 텐데."

"그래요." 기미코는 대답했다. 그래, 그거야, 그거라고.

다음 날 아침은 지독하게 몸이 무거웠다. 특히 머리가 깨질 듯 아팠다.

성행위 탓일지 모르겠으나 주요 원인은 추위 때문일 것이다. 지난주까지는 십이월인데도 긴 소매 셔츠에 카디건만 입고 외출할 수 있었다. 일기예보에서도 '올해는 따뜻한 겨울'이라고 했는데 이번 주 들어 기온이 뚝 떨어졌다.

기미코는 추위를 잘 탔다. 아무리 두꺼운 옷을 입어도 발끝부터 추위가 스멀스멀 올라와 온몸이 떨렸다. 추위에서 오는 피로감과 지독한 두통에 매년 시달렸다.

비틀비틀 학교에 도착해도 좀처럼 몸 상태가 좋아지지 않았다. 늘 따뜻한 차를 마시며 마음을 다잡았는데 왠지 오늘은 그것조차 되지 않았다.

하지만 지금 중학교 삼 학년 학생들은 고교 수험을 코앞에 두고 있다. 오늘도 특별 수업이 있다. 병이 난 것도 아닌데 쉴 수는 없다. 기미코는 한 걸음씩 다리에 힘을 주며 복도를 걸었다.

"어머, 무슨 일이야? 얼굴이 창백해."

삼 학년 주임 선생님인 나카지마가 말을 걸어왔다.

"죄송해요. 너무 추워서……."

"춥기는 한데…… 지금 너무 힘들어 보여. 오늘은 조퇴해."

"그럴 수는 없어요. 지금 학생들은 중요한 시기인데요……."

"중요한 시기니까 더 그렇지."

나카지마는 검지를 쭉 세웠다.

"푹 쉬고 빨리 회복하는 게 모두를 위한 일이야. 영어 교사는 당신 하나만 있는 게 아니라고. 보라고. 구네 선생도 있잖아."

나카지마가 수첩을 펼치며 말했다.

"아! 역시 맞았어. 구네 선생은 오늘 수업이 없으니까 괜찮을 거야. 그에게 맡기고 오늘은 조퇴해."

고개를 숙이는 기미코에게 덧붙였다.

"정말 상태가 안 좋으면 병원에 가봐. 내가 구네 선생에게 말해놓을 테니까."

기미코는 교무실로 다시 돌아갔다. 몸이 차다는 이유만으로 조퇴하다니 자신의 나약함을 드러내는 듯해 부끄러웠으나 오늘은 어쩔 수 없다고 느꼈다. 두통이 너무 심했다. 감기에 걸린 모양이다. 몸 관리를 제대로 하지 못한 것도 약하다는 증거다.

돌아갈 준비를 하며 문득 생각이 나 메모지에 구네에게 남길 메시지를 적었다. 나카지마는 자기가 연락하겠다고 했으나 아무래도 아무 말 없이 가는 건 실례 같았다.

"집에 가시는 게 좋겠어요."

"네?"

순간 고개를 들었다. 이자카야 때와 마찬가지로 구네는 어느새 앞에 나타나 있었다. 장신의 그를 보느라 몸을 단숨에 제친 탓에 두통이 더 심해졌다.

"몸이 안 좋아 보여요."

구네는 걱정스럽게 기미코를 바라봤다.

"맞아요……. 몸이 안 좋아요. 그래서 조퇴하려고요."

메모를 남기는 수고를 덜었다.

"죄송해요. 나중에 나카지마 선생님에게 자세한 이야기를 들으실 텐데 오늘은 이만 갈게요. 폐를 끼쳐서 죄송해요."

그렇게만 말하고 책상의 물건을 가방에 넣으려는데 구네가 기미코의 손을 잡고 고개를 저었다.

"보건실에 가서 쉬세요. 아니면 병원에 데려다드릴까요?"

구네의 눈동자는 반짝반짝 빛나고 있다. 평소에는 눈길을 빼앗길 정도로 아름다웠던 눈동자도 지금은 두통을 증폭하는 장치에 불과했다.

기미코는 구네의 손을 뿌리치며 말했다.

"집에 가면 괜찮을 거예요."

더는 말을 고를 여유도 없었다.

"당신 뭐죠? 아무것도 해주지 않으면서 왜 사사건건 참견이 냐고요. 당신과는 관계도 없는데. 늘 화가 나요. 당신은 좋겠어요. 생글생글 웃으면 주위가 다 당신 마음대로 되니까요. 내 기분 따위 모르겠죠. '자매는 사이좋게 지내야 해.' '혼자만 흐름을 거스르는 건 손해야.' 말은 그럴듯하죠. 내가 어떤 마음으로 당신에게 상의했는지 알아요? 히로코를 개처럼 기르라고 했죠? 어떻게 개가 되죠? 개만도 못해요. 개였으면 쓸데

226

없는 일은 안 할 테니까요. 당신은 내……."

기미코는 거기까지 말하고 입을 다물었다. 강렬한 죄책감에 시달렸다.

구네 니코라이는 아주 슬픈 눈으로 기미코를 봤다.

"죄송해요……."

구네의 아름다운 눈동자가 슬픔으로 흐려졌다. 미안함이 샘솟아 기미코는 점점 아파지는 머리를 필사적으로 숙였다.

문득, 뺨에 부드러운 감촉이 느껴졌다. 그의 손가락이다. 그가 기미코의 뺨을 손가락으로 쓰다듬고 있다.

이런 일은, 있어서는 안 돼.

평소의 기미코라면 당연히 구네의 손을 치웠을 것이다. 남편이 있다고 말하고 오해받을 짓은 하지 말라고 엄중히 경고하고 한동안 구네와 대화하지 않았을 것이다. 기미코는 그런 사람이었다.

그러나 지금, 기미코는 아무 말도 할 수 없다.

매끄러운 피부가 기미코의 뺨을 오가고 있다.

얼마 후 구네는 기미코의 뺨에서 손을 뗐다.

"꼭 집에 가셔야 하나요?"

기미코가 잠자코 고개를 끄덕였다. 그가 '가지 말라'라고 한마디만 하면 가지 않을 것이다. 두통도 참을 수 있다. 그런데 구네는 "가지 않는 게 좋아요."라고 말했다.

"알겠습니다. 그렇다면 제가 드릴 선물이 하나 있어요."

"선물……?"

"네. 선물입니다. 크리스마스니까요."

"크리스마스? 아아……. 하지만 우리는 불교라……."

기미코는 갑작스러운 얘기에 어떻게 반응해야 할지 몰랐다. 구네는 기미코의 반응을 살필 생각도 없이 셔츠 가슴 주머니에서 뭔가를 꺼내 기미코의 손바닥에 올렸다.

"이게 뭐죠……? 네쓰케* 같은 거?"

빨간색과 하얀색의 매듭 끈에 바다처럼 진한 파란색 돌이 달려 있다.

구네는 그 돌 부분을 가리켰다.

"이건, 분노의 놀입니다."

"분노…… 의 돌이 뭔데요?"

"간단해요. 절대 사용해서는 안 되는 돌이죠."

"네?"

손바닥을 바라봤다. 매끈한 광을 내고 있어 사파이어처럼 보이는 돌. 고급스러워 보였다. 지금 타이밍에 구네가 이걸 건네는 이유를 모르겠다.

"사용해서는 안 되다뇨. 네쓰케는 원래 액세서리잖아요. 구네 씨가 이걸 내게 줬으니 저는 어딘가 차야 하는데 사용해서

---

* 돈이나 담배쌈지 같은 물건을 허리에 찰 때 허리띠에 매다는 끈 달린 세공품

는 안 된다니."

"아뇨."

구네는 기미코의 입술에 검지를 대고 말을 막았다.

"돌 말입니다. 이건 절대 사용해서는 안 되는 돌입니다. 용도는 사용할 때 알게 됩니다. 그러나 그때, 절대 사용해서는 안 됩니다."

"사용해서는 안 된다면……."

주지 말라고. 하지만 그 말은 할 수 없었다.

구네의 눈동자가 너무나 아름다웠기 때문이다.

구네의 얼굴을 볼 수 없다. 영 알 수 없는 이유를 대며 말리고 영문 모를 일을 밀어붙이는 사람은 구네인데 이상한 죄책감이 기미코의 가슴을 찔렀다.

"고개를 드세요."

"네."

구네는 기미코의 턱에 손을 댔다.

"옳은 일을 하고 있다면 당당히 고개를 들어도 되겠죠. 만약 옳지 않은 일을 한다면 죄가 문 앞에서 숨죽이며 기다릴 겁니다."

심장이 뛴다. 안 그래도 차가운 몸이 더 차가워진 느낌이라 기미코는 소리를 지를 뻔했다. 필사적으로 절규를 참고 말했다.

"무슨 소린지 모르겠어요."

그렇게만 말하고 다시 고개를 떨구려 했는데 구네는 허락하지 않았다.

"기미코. 잘 들어요. 죄는 당신들을 아주 좋아한답니다. 늘 당신들을 유혹하죠. 하지만 거절해야만 합니다."

왠지 구네는 깊이 상처 입은 표정을 하고 있다. 기미코도 똑같은 표정을 짓고 있을 게 분명하다.

"잘은 모르겠는데…… 그러니까 저지르면 안 된다는."

기미코는 네쓰케를 가방 바닥에 던져 넣었다. 파일과 지갑에 섞여 조그만 돌은 바로 보이지 않았다. 사용하지 말라니까 어디 있는지 모르는 게 낫겠다 싶었다.

"정말, 사용하지 말아주세요."

"안 쓸게요……. 그리고, 구네 선생님. 고마워요. 수업도 잘 부탁하고요."

기미코는 구네의 손을 풀며 말했다.

구네는 사라지는 기미코의 등에 대고 다시 말했다.

"절대로 사용하지 마세요. 사용하면 당신은 인생을 잃고 맙니다."

학교를 나온 뒤로도 구네의 눈동자가 아픈 머리에 끈질기게 달라붙어 있었다.

어쨌든 안 쓰면 되는 거잖아.

어쩌다 가지고 오게 됐는데 특별한 물건일까. 정말 멋진 돌이 달려 있으니까.

구네는 그 돌처럼 아름답다. '미에루'도 마찬가지다. 기미코와는 다르다.

"아름다운 건 나랑 안 어울려."

혼잣말이 절로 흘러나왔다.

아직 낮인데 해가 어두워 더 춥다. 부츠를 신었는데도 발이 시려 죽겠다. 한 걸음 내디딜 때마다 발의 감각이 사라지는 듯했다. 빨리 집에 가서 자고 싶다는 일념으로 걸음을 재촉했다.

기미코는 시야 끝에 집의 기와지붕이 보이자마자 속도를 올렸다. 이제 다 왔어.

어제 그런 일이 있었으니 오늘 히로코가 본채에 오는 일은 없을 것이다. 물론 요시유키도 아직 퇴근할 시간이 아니다. 집에 돌아가면 씻고 혼자 편안하게 자자. 어떤 방해도 받지 않고 쓸데없는 생각도 내려놓고. 그렇게 하고 일어나면 조금은 아름다운 사람이 돼 있을 것 같았다.

"다녀왔습니다."

아무도 없는데 습관처럼 말이 나왔다. 아무도 없잖아. 바보처럼. 이렇게 말하고 끝날 일이었다.

뭔가 이상했다. 곧바로 위화감의 원인을 깨달았다. 현관이 조금 젖어 있다.

밤에 진눈깨비가 내려 밖은 젖어 있다. 그 길을 걸어온 사람이 현관에 들어왔다. 그것도 방금 와서 현관이 젖어 있다. 현관은 잠겨 있고 낯선 신발이 놓여 있지도 않다.

또 히로코가 왔나.

별채의 히로코가 와서 또 냉장고라도 뒤졌겠지.

신발장 옆의 우산꽂이에서 비닐우산을 하나 빼 들고 별채로 향했다. 우산으로 히로코를 힘껏 때려줄 생각이었다. 지금이라면 요시유키가 말릴 수 없다. 그리고 이번에야말로 두 번 다시 본채에 오지 못하게 할 생각이었다.

별채 문을 벌컥 열고 히코로의 이름을 외친다. 그럴 생각이었다. 그러나 바로 직전에 기미코는 걸음을 멈췄다. 안에서 소리가 났기 때문이다.

커튼을 빈틈없이 닫아 놓아서 안을 들여다볼 수 없다.

그러나 뭔가 무거운 길 움직이는 소리와 함께 익눌린 신음이 들렸다. 쿵 소리와 함께 커튼이 흔들렸다. 창문에 뭔가가 부딪혔다.

나쁜 예감이 들었다. 혹시 누가 침입한 게 아닐까. 이 신음은 히로코의 목소리가 아닐까. 히로코는 지금 침입자의 공격을 받고 필사적으로 저항하고 있는 게 아닐까.

신고하려고 본채로 돌아가려다 걸음을 멈췄다.

잘 생각해보면 결코 나쁜 일이 아니다. 강도가 들어 히로코가 죽어도 내게 문제 될 건 없다. 직접 손대지 않고 끝낼 수 있다면 오히려 환영할 일이다.

문제는 별채가 더러워진다는 것. 그런 방을 태어날 아이에게 주고 싶지 않다. 게다가 침입자가 별채로만 성에 차지 않아 본채까지 찾아올 수 있다.

어쨌든 언젠가는 경찰에 신고해야 한다.

기미코는 잠시 고민하다 일단 상황을 보기로 했다. 이 모든 게 자신의 상상일 뿐 실은 아무 일도 없을지 모르니까.

소리를 내지 않고 별채 문을 열었다.

"돼지 같은 년!"

굵은 목소리에 흠칫 놀랐다. 가방이 어깨에서 떨어지려고 해서 얼른 들어 올렸다. 부드러운 뭔가를 때리는 소리가 났다. 역시 저 안에서 히로코가.

발소리를 죽이고 복도를 걸어 벽에 몸을 숨기고 살그머니 아이 방을 들여다봤다.

시야에 들어온 것은 살덩어리였다. 살덩어리가 붉은 끈에 꽁꽁 묶여 매달려 있다.

살덩어리에서 윽 소리가 새어 나왔다.

"말하지 마!"

남자가 손에 든 나무 자로 살덩어리를 때렸다. 물에 무거운 게 떨어지는 듯한 소리가 났다. 살덩어리가 신음했다.

그 남자, 요시유키는 수없이 히로코를 때렸다.

천장 대들보가 삐걱대며 끔찍한 소리를 냈다.

히로코가 알몸으로 매달려 폭력을 당하고 있다. 어린 시절, 동생을 괴롭히던 애를 쫓아버렸듯 무슨 짓이냐며 요시유키의 뺨을 날려야 했다.

형제자매는 사이좋게 지내야죠. 히로코는 기미코를 잘 따르니까.

하지만.

왜 그래야 하나.

머리가 아프다. 어깨가 무겁다. 아이 방에는 스토브 난로가 켜져 있어서 히로코의 몸에는 구슬땀이 흐르고 있다. 그러나 복도의 냉기가 기미코의 몸을 얼렸다.

문득 자기 어깨에 걸린 가방을 보고 깜짝 놀랐다. 가방 가득 뭔가가 담겨 있다. 파랗게 빛나고 있다. 무겁다.

절대로 사용하지 마세요.

구네의 말이 들리는 듯하다.

그 돌이다.

네쓰케에 달려 있던 돌이 커져 지금 여기 있다.

"아아."

재갈 물린 히로코의 입에서 소리가 새어 나왔다.

"좋지? 돼지야!"

히로코는 그 말을 듣고 고통스럽게 신음했다. 피부에 상처가 여럿 있다.

눈이 마주쳤다. 히로코의 눈은 충혈돼 젖어 있었다.

추잡해.

히로코는 괴로워하고 있는 게 아니다.

눈을 보면 안다.

일그러져 있다. 우월감에 일그러져 있다. 추하다. 추잡해.

용도는 사용할 때 알게 됩니다.

바로 알았다. 이 돌은 기미코를 위해 커졌고 아름다워졌다. 추잡한 기생충을 없애라고.

절대 사용해서는 안 됩니다.

"당연히 사용해야지."

기미코는 당당하게 요시유키 앞으로 뛰어나갔다. 그리고 요시유키가 말리기도 전에 기생충의 머리를 향해 돌을 휘둘렀다.

"기미코!"

요시유키의 팔을 뿌리쳤다. 두통은 이미 사라지고 없었다. 신이 내리기라도 한 듯 힘이 솟아 아무도 기미코를 말릴 수 없었다. 그런 느낌이 들었다. 기생충이 추한 목소리를 내며 체액을 흩뿌렸다. 얼굴이, 뜨겁다. 기생충의 체액이 타는 듯 뜨겁다.

헉, 컥 같은 단말마의 외침을 올리던 기생충은 꼼짝도 하지 않았다.

"기미코……."

돌아보니 요시유키가 바닥에 주저앉아 넋을 놓고 기미코를 올려다보고 있다.

"왜요? 요시유키 씨."

"무, 무, 무슨……."

요시유키는 잉어처럼 입만 뻐끔대고 있다. 무슨 말을 하려는지는 몰라도 잉어 같은 꼴이 아주 우스웠다.

"하하. 웃겨."

"뭐, 뭐가 웃겨!"

요시유키는 벌떡 일어섰다.

짝 소리가 났다. 뺨이 뜨겁다. 기미코는 비틀대다가 바닥에 쓰러졌다. 요시유키가 손을 치켜든 채 기미코를 내려다보고 있다. 이번에는 기미코가 올려다볼 차례다.

"왜 화를 내?"

"화가 났냐 안 났냐의 문제가 아니야……. 당신, 무슨 짓이야? 머리가 돌았어? 당신 돌았지? 너…… 사람을…… 경찰에."

기미코는 전화를 잡으려는 요시유키를 막아섰다.

"경찰은 안 돼."

"뭐?"

"경찰에 지금 상황을 알리면 체포되는 사람은 당신이야."

"왜?"

물으면서 깨달은 모양이다. 알몸을 만든 사람도 처제를 묶은 사람도 자로 때린 사람도 요시유키였다. 지금 이 현장을 보고 그가 죽이지 않았다고 믿을 사람은 하나도 없다.

"젠장. 어떡해야 하지? 제기랄……."

요시유키는 괜스레 방을 빙글빙글 돌아다니다 앉았다 일어나기를 반복했다. 기미코는 남편의 행동이 너무 웃겼으나 웃음을 보이지 않으려고 볼 안쪽 살을 세게 씹었다.

"도와줄게."

"뭘…… 뭘 돕겠다는 거야! 네가 죽였잖아!"

"나는 아무 짓도 안 했어."

"너, 진짜 돌았구나. 아까 돌로."

"돌? 돌이 어디 있는데?"

기미코는 깨달았다. 돌은 이미 사라지고 없다. 아니, 정확히 말하면 있다. 하지만 그것은 단순한 네쓰케에 달린 조그만 돌일 뿐이다.

요시유키는 주위를 둘러보며 있지도 않은 돌을 찾아 서랍장과 쓰레기통 속까지 뒤지다가 절망적인 표정으로 기미코를 바라봤다.

"봐. 없지? 없으면 나는 아무 짓도 안 한 거야."

"기, 기미코……."

"도와준다니까. 나도 당신이 체포되면 곤란해."

기미코는 일단, 사체를 커다란 하얀 자루에 넣었다.

"곧 어두워질 거야. 그러면 목욕탕으로 옮기자. 아직은 날이 좀 밝네. 들키면 곤란하잖아? 나도 이래서는 밖에 나갈 수도 없고."

요시유키가 거꾸로 매달아놓은 바람에 다행히 피는 천장까지 튀지 않았다. 바닥에는 상당한 피가 튀었고 기미코가 입은 옷은 완전히 엉망이었다.

"어머. 미안해. 생일 때 사준 코트인데 못 입겠어."

"지금 그게 문제야……?"

요시유키는 그렇게만 말하고 입을 다물어버렸다.

"아! 꽃도 갈아야겠다."

기미코는 꽃병에 꽂힌 하얀 꽃을 뽑아 살덩어리가 들어간 자루 안에 던져 넣었다. 거짓말이다. 앞으로 꽃병에 꽃을 꽂는 일 따위는 두 번 다시 없을 것이다.

겨울은 해가 빨리 진다. 아직 여섯 시 전이었으나 기미코는 하얀 자루를 끌고 밖으로 나왔다.

문득 하늘을 올려다보니 달이 아름다웠다. 보름인가.

"달이 예쁘네."

대답은 없었다. 다행히 바깥에 행인도 없었다.

요시유키는 아직 따라오지 않고 있다. 늘 거침없이 행동해 주도권을 잡는 점이 좋았는데. 기미코는 유감스럽게 생각했으나 바로 생각을 바꿨다.

기미코가 좋아한 요시유키는 환상이다. 조금 전에 보지 않았나. 기미코는 남편이 그런 짓을 할 줄은 상상도 하지 못했다. 요컨대 기미코는 모른 것이다. 다른 사람이 어떤 인간인지, 하나도.

요시유키 씨라고 뒤에 있는 남편을 부르려고 했을 때였다.

"기미코."

겨울의 시든 정원 쪽에서 소리가 났다. 아무리 응시해도, 이렇게 밝은 달밤인데도 어렴풋한 사람 그림자만 보일 뿐이다.

기분 탓이다.

아무것도 없다는 건, 곧 아무것도 없다는 얘기다.

그러고는 다시 입을 열어 요시유키를 부르려 했다.

"기미코. 히로코 씨는 어떻게 됐나요?"

"아! 구네 선생님이었어요?"

기미코는 여전히 아무것도 몰랐다.

"왜 내가 안다고 생각해요. 내가 늘 개를 감시하는 것도 아닌데."

후, 한숨 소리가 들려왔다.

"피에 젖어 있어요. 그리고 그게 소리치고 있고요. 당신은."

기미코는 구네의 말을 더는 듣지 못했다. 아니, 정말 구네인지도 모르겠다. 모습이 보이지 않았다. 아무것도 없다. 환청이든 현실이든 지금의 기미코에게는 상관없는 일이다. 기미코는 꿈을 꾸는 기분으로 달빛을 받고 있었다.

요시유키는 십 분도 더 지나서야 느릿느릿 별채에서 나왔다.

목욕탕에 비닐 시트를 깔고 요시유키와 함께 사체를 토막냈다. 요시유키는 이전에 책장과 발판 등을 만드는 데 열중한 적 있어서 공구는 다 갖추고 있었다. 남성은 여성보다 피에 내성이 없는 사람이 많다는데 그는 괜찮아 보였다. 얼굴을 철저하게 망가뜨렸다. 인간이 아니라 완전히 다른 생물의 고기처럼 됐던 게 주효했을 것이다.

냉장고에 보관했다가 출근할 때나 쓰레기 버릴 때, 산책할 때, 조금씩, 다른 장소에 버렸다. 한 달 조금 넘게 걸려 다 없앴다.

사후 일주일이 지났을 때 경찰에 실종 신고를 했다.

"평소에도 훌쩍 나갔다가 돌아오지 않은 적이 있다."

"번화가를 남자와 어슬렁거렸다."

그래도 여동생이라 걱정된다고 호소했다.

예상대로 경찰은 수없이 찾아가도 행방불명자라며 수색해주지 않았다. 물론 여동생을 끔찍이 생각하는 언니로서 경찰이 지긋지긋해할 정도로 자주 전화를 거는 일도 잊지 않았다.

혹시나 해서 중성세제로 열심히 피 얼룩을 지우고 벽지도 새로 발랐다. 하지만 다 기우였다. 정말 아무런 의심을 받지 않았으니까.

친정도 마찬가지였다.

"히로코. 나쁜 남자에게 속은 거야."

오랜만에 친정에 갔을 때 어머니가 그렇게 말했다.

"역시 도시는 무섭구나. 여자는 시골에 있는 게 최고다."

무슨 일인지 와 있던 고모가 굳이 목소리까지 떨며 기미코를 힐끔 바라봤다. 잔소리할 셈인가. 가만히 있지는 않을 테다.

"역시 그 애는 '미에루'였나?"

"누님도 그렇게 생각해요? 우리도 어렴풋이…… 쌍둥이인데 기미코랑 너무 달라서. 늘 멍하니 있고."

"그렇지. 소용없는 일이라고 그렇게 얘기했는데 쟤가 학교까지 보내서……."

다음은 듣지 못했다. 고모는 아버지가 남녀 모두에게 교육의 기회를 주는 걸 탐탁지 않아 해서 늘 아버지의 선택이 틀렸다고 한다.

정말 가만히 있을 수는 없다.

고모는 '미에루'를 전혀 모른다.

"죄는 당신을 연모하나 당신은 그걸 낫게 하지 못한다."

"응? 뭐라고?"

어머니가 힐끔 기미코를 보며 말을 걸어왔다.

"아무것도 아냐. 고모한테 한 얘기야."

어머니는 그러냐고 짧게 말하고 다시 고모와 함께 아버지 험담을 시작했다.

죄는 당신들을 아주 좋아한답니다. 늘 당신들을 유혹하죠. 하지만 거절해야만 합니다.

특별한 말이 아니었다. 그네가 한 말은 소설에서 인용한 것이다. 어떤 소설인지는 기억나지 않는다. 해외 번역 소설이고 목사가 여자에게 그렇게 이야기하는 장면이 있다는 기억만이 어렴풋이 있다.

'미에루'는 죄와는 관련이 없다. 무엇보다 아무와도 얘기하지 않고 누구와도 교류하지 않으니까 계속 아름답고 순수할 수 있다. 히로코처럼 어리석은 자는 절대 될 수 없다. 순수함과 어리석음은 전혀 다르니까.

히로코가 사라지고 친정과 사이가 좋아졌냐면, 물론 아니다. 여전히 이렇게 잔소리를 들어야 하고 전화로 히로코 얘기를 듣지 않아도 돼 안심했는데 이번에는 언니 아이코가 매일 돈을 달라고 부탁한다는 소식을 전해 들어야 했다.

"기미코. 아주 조금만"

빌려달라는 말을 막고 대답했다.

"미안. 우리도 여유가 없어. 나 곧 일을 관두거든."

어머니의 당황한 목소리를 완전히 무시한다. 어차피 또 들을 말은 정해져 있으니까.

결국은 아무것도 변하지 않았다.

아니, 딱 하나 변한 게 있다.

뭐든 어찌 되든 상관없어졌다. 무슨 일이 있더라도 지키고 싶었던 요시유키와의 생활까지.

요시유키는 원래 소심한 남자였다. 달 밝은 그날 밤에 다 알고 말았다.

"있지? 그냥 나쁜 사람으로 있어."

기미코는 이따금 문득 생각난 듯 기생충 이야기를 하는 요시유키에게 그렇게 말했다.

"나는 다 괜찮으니까 계속 나쁜 사람으로 있어. 그렇게 하자. 나, 당신이 나쁜 사람으로 있어주면 좋겠어. 나, 계속 울고 싶어. 내가 잘못했으니까. 무슨 일을 당해도 불평하지 않을 테니까. 그게 당신도 편하겠지?"

기미코의 말을 이해했는지 아니면 요시유키의 원래 성격이 난폭했는지는 모르겠다. 요시유키는 기미코를 폭력적으로 대하기 시작했다. 때리고 차고 말로 인간의 존엄성을 파괴한다. 기미코에게는 이미 존엄이라는 게 남아 있지 않으므로 정확히 말하자면 충분히 이해할 수 있는 말을 던지는 셈이다. 폭력의 일환으로 요시유키는 기미코를 격렬하게 품었다.

얼마 후 기미코는 임신 사실을 알았다.

요시유키는 임신 중에도 만취해 난동을 부리며 기미코를 때렸다.

그래도 아이는 태어났다. 딸이었다.

시고모는 기미코에게 "아들을 낳아야 비로소 제대로 된 여자"라고 했다. 한심한 사람이라는 생각이 들었다.

아이가 태어났다는 구실로 일을 관뒀다. 아이를 돌보며 일하는 사람은 얼마든지 있다. 기미코는 일과 육아를 양립할 수 있는 유형이다. 그러니까 임신은 사실 변명에 불과했다. 일조차 관심이 사라진 것이다. 그런 태도로 다른 아이를 교육할 수는 없었다.

"후회하지 않겠어요?"

구네는 송별회에서 기미코에게 말했다.

"후회뿐이죠."

그렇게 대답하니 구네는 쓸쓸하게 웃었다.

그날 들은 구네의 목소리는 결국 환청이었을까. 기미코를 대하는 구네의 태도에는 전혀 변화가 없었다. 애당초 그 자리에 그가 있었다면 경찰에 신고돼 자신과 요시유키는 지금 철창 안에 있을 것이다.

물을 마시는 구네의 옆얼굴을 보며 질문을 던졌다.

"있잖아요, 구네 선생님. 저."

기미코가 끝까지 말하기 전에 구네가 말했다.

"아시죠? 이렇게 된 이상 이 땅은……, 아니죠. 어디로 가든 당신은 기쁨을 느낄 수 없습니다. 아무것도 열매 맺지 못해요. 계속 그럴 겁니다. 그래도 당신을 벌할 사람은 없습니다."

구네의 말이 무슨 소리인지 알 수 없었다. 또 소설을 인용한 건지도 모르고 그렇지 않을 수도 있다. 기미코는 생각한다. 구네는 자기 머릿속을 읽고 말하고 있구나. 실은 그때도 기미코 옆에 있었고 무슨 말을 해주려 했을지 모른다. 하지만 다 끝났다. 생각해봤자 의미가 없다. 그래서 기미코는 영문 모를 이야기에도 그러네요, 라고 대답했다.

기미코는 이후 세 아이를 더 낳았고 전부 아들이었으나 대단할 건 없다. 아들이든 딸이든 아이는 성행위를 하면 태어난다. 그것뿐이다.

요시유키의 말을 따르면 편했다. 폭력으로 지배되는 것도. 요시유키에게 겁을 먹고 하라는 대로 하는 아내로 가장해 살면 자식들에게 눈곱만큼의 애정도 없다는 사실을 들키지 않으리라.

구네와는 셋째가 태어났을 때 집에 초대한 이후 만나지 못했다. 연락처도 교환하지 않았고 어디 있는지도 모른다. 기억은 해마다 흐려져 지금은 그렇게 아름다웠다고 생각한 눈동자마저 잘 생각나지 않는다.

그러나 그에게 들은 말만은 마치 어제 일처럼 떠오른다.

"내 인생, 잃어버리고 말았나."

기미코는 허공에 대고 중얼거렸다.

"히로코. 너를 내 반쪽이라고 생각했는데 전부였나 봐. 어떻게 좀 해봐."

아무도 대답해주지 않는다.

오늘은 장남 유이치가 연인 미사키를 데리고 온다.

유이치도 어찌 되든 상관없으므로 미사키가 이 안에 들어온다고 해서 달라질 건 없다. 추녀라도 미녀라도, 말랐어도 뚱뚱해도 어떤 모습으로 오든 상관없다.

"하지만 밝히는 여자는 싫은데."

꽃을 좋아하나 물어보자.

혹시 밝히는 여자라면 또 망가뜨려야 한다.

그, 아름답고, 커다란 돌로.

카인아, 네가 어찌 이런 일을 저질렀느냐?
◆ 창세기 4장 10절 ◆

황금잔

바다에 다가가지 마세요. 위험합니다.

바다에 다가가지 마세요. 위험합니다.

바다에 다가가지 마세요. 위험합니다.

유지는 지금도, 기계 같은 여성의 목소리를 떠올릴 수 있다.

바다에 다가가지 마세요. 위험합니다.

유지에게는 좋은 추억이다. 다른 사람은 이해할 수 없겠지만.

어릴 때, 비가 내리는 밤바다를 보러 갔다.

바다가 좋고 파도가 좋았다.

밀려왔다가 밀려간다는 말 그대로 왔다 갔다 하는 커다란 생물 같아서.

낮에 보는 바다보다 밤바다가 훨씬 사납고 거칠면서도 조용해서 제일 좋았다.

바다에 다가가지 마세요. 위험합니다.

끊임없는 안내 방송이 나와도.

만져보고 싶었다.

유지는 손을 뻗었다.

차가운 물이 유지의 손에 쏟아진다.

그리고 그대로 몸이 쓸려 갔다.

처음에는 격렬한 통증이 찾아왔다. 몸이 찢어지는 듯한 통증으로 근육이 경직돼 손발이 어디 있는지조차 알 수 없었다. 그 통증은 가라앉을 기미가 없었다. 몸은 이리저리 날아다니며 상하좌우로 끊임없이 뒤집혀 자신이 흙으로 빚은 인형이 된 것 같았다.

기분이 좋았다. 속수무책으로 유린당한다.

이대로 몸뚱이 갈가리 찢겨 바다와 하나가 됐으면 좋겠다.

코와 입을 통해 폐로 들어오는 바닷물에 삼켜지면서 유지는 눈을 감았다.

그런데 정신을 차려보니 유지는 콘크리트 잔교 위에 대자로 뻗어 있었다.

주위에는 아무도 없었다. 바다는 이제 잔잔해져 있었고 비도 그친 듯했다. 그저 어둡고 조용한 어둠만이 펼쳐져 있다.

유지는 울고 말았다. 그리고 아주 조금, 어떻게 된 일인지는 모르겠으나 뭔가 소중한 걸 놓쳐버린 느낌이 들어 눈물이 멈추지 않았다.

온몸이 흠뻑 젖고 무거워 너무 불쾌해 견딜 수 없었다. 바닷속에 있을 때는 조금도 신경 쓰이지 않았는데.

아악! 큰 소리를 질러본다. 한번 소리가 나오자 수없이 큰 소리가 나온다.

유지는 아주 불쌍한 아이처럼 윗몸을 일으켜 무릎을 껴안고 엉엉 울었다.

한참을 울고 있는데 누가 오른팔을 세게 잡아 억지로 일으켰다.

놀라 울음을 그쳤는데 뺨에 예리한 충격이 날아왔다.

힘껏 뺨을 맞았다는 사실을 깨달은 건 뺨에 열이 났기 때문이다.

통증보다 놀라움이 더 커 자기 뺨을 때린 상대를 올려다봤다.

지금 돌이켜보면 아름다운 사람이었다. 하지만 그때는 그저 무서운 얼굴이라고만 생각했다.

"당신, 무슨 짓을 한 거죠?"

유지는 아무 말도 하지 못했다. 대답할 수 없었다.

그 사람은 검은 옷을 입고 꼿꼿하게 서 있었다. 옷도 신발도 젖어 있지 않았다.

"무슨 생각으로 생명을 버린 겁니까?"

유지는 이번에는 공포에 엉엉 울었다. 그런데도 그 사람은 계속 무슨 생각이었냐, 왜 이런 짓을 했느냐는 말을 되풀이했다.

"몰라요."

간신히 그렇게 대답했다.

"그건 아니죠!"

아름다운 사람은 분노를 담은 목소리로 말했다.

"당신은 그러고 싶어서 그랬어요. 그런 짓을. 어떻게 이런 짓을 할 수 있죠? 당신은, 당신들은, 머리카락 한 올조차 세지 않았는데……."

"죄송해요." 유지는 사과했다. 이마를 콘크리트 바닥에 대고만 있었다. 아버지에게 맞을 때 어머니가 그러듯. 다른 방법은 몰랐으니까.

"그런 짓은 아무 의미가 없어요. 당장 관두는 게 좋아요."

아름다운 사람은 유지의 손을 삽고 다시 일으켜 세웠다.

"바다가 좋나요?"

그 사람의 눈은 어두운 곳에서도 반짝이는 듯 보였다. 짙은 파란색 같기도 하고 밝은 노란색 같기도 한 불가사의한 색이었다.

유지는 고개를 끄덕였다.

"그래요? 분명 바다는 아름답죠. 이 또한 아버지가 만드셨죠."

아름다운 사람은 유지의 뺨을 쓰다듬었다.

"다시 만날 때 착한 아이로 있으면 당신에게 바다를 조금 줄게요."

그 사람은 그렇게 말하고 천천히, 아주 천천히 사라졌다.

그 사람이 걸어가는 곳에는 바닥이 없었다. 바다 위를 똑바로 걸어갔다.

한 번도 돌아보지 않았다.

다음에 눈을 떴을 때, 유지는 집 이불 위에 있었다.

어둡고 깊은 바다도 없고 그 사람도 없었다.

몸은 젖어 있었는데 그것은 비나 파도 때문이 아니라 온몸이 땀으로 흥건했기 때문이다.

멍한 상태로 일어나 비틀비틀 방에서 나왔는데 어머니가 짧게 말했다.

"더 자라."

유지는 감기에 걸려 사흘이나 학교를 쉬었다고 한다. 이상했다.

열심히 어머니에게 설명했다.

밤바다에 들어간 일. 간발의 차이로 구조된 일. 그 사람에게 뺨을 맞고 혼났고 그 사람은 어딘가로 가 버렸는데 깨어 보니 이불 위였다는 사실을.

"얘도 참. 바보 같은 소리를 하는구나."

어머니는 끝까지 유지의 말을 듣고 한숨과 함께 내뱉었다.

그러고는 멀거니 있는 유지의 얼굴을 보고 수습하듯 말했다.

"아버지도 나도 그런 위험한 일을 하게 두지 않는다. 분명 착각일 거야. 얼마 전에 바다까지 드라이브했잖니."

유지는 어머니가 근본적으로 가족에 관심이 없는 사람이라고 생각한다. 그때 처음 그런 의심이 생겼을 것이다. 평소에는 순종적인 아내, 애정 깊은 어머니인 척하나 이따금 본연의 모습으로 돌아간다. 차갑다는 표현도 심술궂다는 표현도 맞지 않는다. 그저 우리에게 관심이 없다. 지금은 확신으로 바뀌어 있다. 유지도 어머니를 개의치 않게 돼 아무렇지 않다.

어쨌든 어머니의 말은 옳다.

일단 유지처럼 어린아이가 혼자 바다에 갈 리 없다. 부모가 데려가더라도 차가 아니면 힘들다. 밤에 차를 탔을까? 하지만 가족 모두가 갔다면 주위에 사람이 있을 게 틀림없다. 가장 이상한 점은 밤바다에 무슨 용선이 있겠냐는 말이다.

"그렇겠지." 유지는 말했다. 꿈이라고 생각하는 게 말이 된다. 게다가 여기서 더 우기면 아버지에게 맞는다.

유지는 억지로 기억을 봉인했다.

최대한 바다에 다가가지 않기로 했다. 수학여행으로 간 오키나와에서도 몸이 안 좋다는 핑계를 대고 호텔에 머물렀다. 또 다가가면 이번에야말로 바다에 들어가 다시는 돌아오지 못할 것 같았다.

그리고 어렴풋이 그 사람의 말이 머리에 남아 있었다.

당신에게 바다를 조금 줄게요.

바다를 준다…… 유지로서는 바다를 손에 넣는다는 게 어떤 건지 전혀 알 수 없었다. 그러나 착한 아이로 살고 있으면 무언가를 준다는 말은 칭찬이자 좋은 일이 일어난다는 소리일 것이다.

유지의 가정은 문자 그대로 가부장제 집안이었다.

절대적인 지배자로 아버지가 군림하고 가족이 어떻게 행동하고 무엇을 할지 아버지가 다 결정했다. 거스르면 가차 없는 폭력이 가해졌다.

아버지는 장남 유이치만 유일하게 인간으로 취급했고 나머지는 노예나 가축처럼 대했다.

그러나 유지는 이런 가정환경을 그리 비관적으로 생각하지 않았다.

유지가 보기에 늘 하녀처럼 부림을 당하는 누나 사쿠라코와 쓰레기 같은 놈이라고 혼나는 동생 유조는 요령이 너무 없어서 내심 한심했다.

아버지가 무슨 생각을 하고 뭘 싫어하는지 훤히 보였다. 쉽게 말하면 전형적인 옛날 아버지다. 그저 알았다고 답하고 그의 자존심을 해치지 않을 만큼만 우수하면 된다. 누나는 여자 주제에 너무 우수하고 동생은 남자 주제에 할 줄 아는 게 하나도 없다.

다른 가족과 비교돼 부조리한 폭력과 질책을 받을 때도 이따금 있으나 유지 자신은 잘 넘기고 있다. 진학을 계기로 자취하겠다는 말을 꺼냈을 때도 "그래? 잘해봐."라며 월세는 아버지가 대주겠다고 약속했다.

유지는 이렇게 아버지가 지배하는 집과 거리를 둘 수 있었다.

처음으로 친구 비슷한 존재가 생겼다. 비슷한 존재라고 한 이유는 대학에서 고립되면 유급 같은 불상사가 일어나기 쉽고 아르바이트에서도 인간관계를 만들지 않으면 계속할 수 없다는 생각에서 사이좋게 지낼 뿐이기 때문이다.

친구가 소개해준 여자와 사귀기도 했으나 그것도 어디까지나 이익이라고 판단했기 때문이다. 대학생 정도의 나이대는 남녀 관계 쪽 화제를 아주 좋아한다. 누가 좋다거나 싫다거나, 누가 누구와 섹스했다는 둥 그런 종류의 화제에 자신이 거론되는 일만은 피하고 싶었다. 상상만으로도 성가셨다. 교제하는 여성이 있고 나름 잘 지내면 괜한 말은 나오지 않을 것이다.

유지는 자기가 어머니와 닮았다고 생각했다. 근본적으로 다른 사람에게 관심이 없다.

동급생이나 아르바이트 친구에게 우정을 느끼지 않았고 여자 친구에게도 애정이 생기지 않았다.

유지는 「캐스트 어웨이」를 혼자 볼 때가 가장 좋았다. 톰 행크스가 주연한 영화로 무인도에서 사 년간 혼자 지낸 남자의 이야기다. 아마도 이 영화의 최고 볼거리는 주인공의 생존 장면이나 고독과의 싸움일 것이다. 그러나 그런 건 아무래도 상관없었다. 유지는 첫 부분, 그가 비행기에서 이리저리 휘둘리다가 바다에 떨어져 필사적으로 몸부림치는 장면만 계속 재생했다.

착한 아이로 있으면 이런 걸 받을 수 있을까.

그렇게 생각하면 가슴이 뛰었다. 착한 아이로 있으면. 착한 아이로 살면. 맞다. '착한 아이'다. '착한 아이'가 뭔지는 모르겠다. 그러나 유지는 자신이 생각하는 '착한 아이'가 되기로 했다.

유지에게 '착한 아이로 산다'라는 의미는 '적당히 편한 사람'이 되는 것이다.

부탁을 받으면 거절하지 않는다. 자기 일보다 다른 사람 일을 우선시한다. 그런 인간을 연기했다.

그런 유지를 마음대로 부리는 사람이 적지 않았으나 그는 알면서도 반항하지 않았다. 이걸로 바다를 얻을 수만 있다면 아무것도 아니었으니까.

"유지는 나 좋아했어?"

"응."

"빨리도 대답하네……."

일방적으로 헤어지자는 말을 꺼내 이미 관계가 끝난 분위기에서 '좋아했냐?'라는 질문을 받아도 '좋아한다'라고 답하는 게 정답이고, 그렇게 말해야 착한 아이일 것 같아 좋아한다고 대답했다. 그런데도 그녀는 당혹스러운 듯 눈썹을 늘어뜨리며 쓸쓸하게 웃었다.

"유지는 정답 같은 대답만 고르지."

"그렇지 않아."

"봐. 방금도 바로 대답하잖아. 나도 바보는 아니라 알아. 전혀 생각하지 않지? 그저 이렇게 답하면 된다는 대답을 리듬 게임이라도 하듯 적당하게 내뱉을 뿐이야. 그래도 괜찮은 사람도 있겠지. 하지만 나는 하나도 안 좋아."

그녀는 일어나면서 주머니에서 이어폰을 떨어뜨렸다. 유지가 그걸 주워 주려는데 그녀는 유지의 손을 뿌리치고 직접 주웠다.

"유지는 정말 좋은 사람이야. 그만큼 내가 비참하고."

그녀는 유지가 잘못한 건 하나도 없다고 말하고 떠났다. 그녀의 말은 다 옳다. 그러나 옳다는 것과 마음을 울린다는 것은 다른 문제였다.

대학 시절은 삼 년 사귄 그녀에게 차이며 막을 내렸다. 유지는 특별히 상처받지도 않고 담담하게 새로운 생활을 준비했다.

유지는 이른바 외국계 회사에 취업했다. 예전부터 영어를 잘했고 자격증도 여럿 따놓은 덕분에 채용됐을 것이다.

사원의 몇 퍼센트가 외국인이라 회의에서는 꼭 영어를 써야 하는 회사에도 그럭저럭 적응했다.

입사하고 반년이 지났을 때 유지는 한 프로젝트 팀원으로 발탁됐다.

그곳에서 가쓰우라 클라라를 만났다. 클라라는 이목구비가 또렷하고 키가 큰 여성으로 초등학교 삼 학년 때까지 런던에서 살았다고 한다. 흔히 귀국 자녀라고 부르는 사람이다.

유지보다 네 살 연상이었는데 나이보다 더 연상으로 보인 이유는 캐릭터 때문일 것이다. 그녀는 두려운 게 없었다. 상대가 어떤 사람이든 자기주장을 관철했다. 이런 성격으로 아무 일도 이뤄내지 못했다면 그냥 이기적인 사람일 텐데 클라라의 아이디어는 언제나 혁신적이었다. 그걸 실행할 능력도 갖췄다.

"나는 참지 않아요. 하지만 안 참으려면 그만큼 해야 하죠."

그녀는 이런 말을 했다.

아버지가 클라라를 보면 어떤 말을 할지 뻔하다. '남자 같은 여자'라고 하겠지.

클라라는 다른 사람의 의견을 종종 반박했다. 자기 의견이 옳고 다른 의견은 틀렸다는 걸 주장하려고 보란 듯 다른 사람을 추궁할 때도 종종 있다. 유지는 이번에도 역시 어떤 짓을 하면 그녀의 표적이 되는지 파악했기 때문에 추궁당하는 인간은 어리석다고 생각해 동정하지 않았다. 동시에 바다를 떠올렸다. 바다에 우롱당해 몸부림치며 사라지는 인간은 그녀의 표적이 돼 그만둔 인간과 비슷하지 않을까. 하지만 바로 다시 생각했다. 그녀의 폭력성에는 명확한 목적과 의지가 있다. 바다는 그렇지 않다.

분명 바다는 아름답죠.

얼굴도 또렷이 기억나지 않는, 그 사람의 목소리가 머릿속에 되살아난다. 목적이 없기에 아름다운 것이다. 바다는.

클라라는 여러 번 갑질로 문제가 됐으나 그보다 큰 성과를 낸 덕에 그냥 넘어갔다. 유지는 불쾌하게도 유쾌하게도 생각하지 않았다. 이런 여자를 처음 만나서 어떻게 평가해야 할지도 몰랐다.

그러나 클라라는 유지가 마음에 든 모양이다. 전 여자 친구는 '리듬 게임'이라며 혹평한 유지의 태도가 클라라에게는 진심으로 찬성하고 딱 알맞은 타이밍에 적당한 말을 하는 듯 보였을 것이다.

"바바 씨. 잠깐 시간 돼?"

말을 걸어올 때부터 짐작은 했다.

"바로 물을게. 나 어때?"

"멋진 여성이라고 생각해요."

"나, 바바 씨보다 연상이고 외모도 늙어 보인다고들 하는데."

"저는 그렇게 생각하지 않아요."

유지는 평소대로 행동했다. 정말 평소대로 행동했을 뿐이다.

"합격!" 클라라는 만족스럽게 고개를 끄덕이며 말했다.

그녀가 다음 내뱉은 말 역시 유지의 예상대로였다. 아니, 그보다는 한 단계 앞선 것이었다.

"나랑 사귀고 함께 살래?"

"사귀고 함께 살아요?" 유지는 되물었고 클라라는 고개를 끄덕였다.

"맞아. 물론 결혼을 전제로."

유지는 잠시 고민했다. 교제를 신청할 줄 알았고 받아들일 계획이었다. 클라라와의 교제는 손해 볼 게 없다. 기가 센 여자가 취향이라는 평가를 받겠지.

그러나 결혼을 전제로 동거라면?

그녀는 자기 생각대로 되지 않으면 가만히 있지 못하는 성격이다. 직장만이라면 견딜 수 있고 그 성격이 직장에는 좋은 영향을 끼치고 있다. 하지만 가정에서 줄곧 그런 태도라면 견디기 힘들다. 유지는 딱 적당한 교제 상대와 적당히 어울리며 '착한 사람'을 유지하고 싶을 뿐 노예처럼 취급당하고 싶지는 않다.

유지가 침묵을 지키는 게 초조했는지 입을 뗐다.

"착각하지 마. 나, 특별히 바바 씨를 사랑하는 건 아니니까."

"그러면 왜?"

클라라는 여러 번 심호흡하고 말했다.

"부모님을 안심시키고 싶어."

"안심요? 적당한 결혼 상대로 제가 어울린다?"

클라라는 고개를 끄덕였다.

"그렇군요……. 하지만 만약 결혼을 전제로 한다면 저보다 어울리는 사람이 있을 텐데요. 일테면 에번스 씨 같은."

에번스는 클라라의 입사 동기 사원이다. 라틴계답게 위압감이 있는 외모인데 잘생긴 축에 속한다. 아무래도 클라라처럼 강한 성격의 여자가 이상형인 듯 여러 번 말을 거는 걸 본 적 있다.

"그 사람은 절대 안 돼."

"아, 생리적으로…… 싫은가요?"

"아니야."

클라라는 크게 한숨을 내쉬고 손을 어디 둬야 할지 모르는 듯 어쩔 줄 몰라 하더니 입을 열었다 닫기를 거듭했다. 여러 차례 그런 행동을 되풀이하더니 유지가 이제 가보겠다는 말을 꺼내려는 순간 말했다.

"나, 레즈비언이야."

유지는 할 말을 잃었다. 편견이 없다면 거짓말이다.

"아, 그게 왜?"

"아까도 말했잖아. 결혼해 부모님을 안심시키고 싶다고. 그리고 만에 하나 회사에 알려지면?"

"요즘은 동성애자가 드물지도 않아요. 스캔들이 될 일도 아니죠."

실제로 다른 부서의 사토인가 가토인가 하는 남자는 동성애자임을 공공연히 밝혔다. 동기 하나오카라는 수염을 기른 남자는 그의 대시를 받았다고 한다. 하나오카도 특별히 불쾌해하거나 동성애자라고 야유하는 일 없이 수다 화제로 떠들었을 뿐이다. 그 자리에 있던 사람들도 그대로 흘려들었다. 그런 회사였다.

게다가 클라라는 귀국 자녀다. 유지만의 생각일지 모르나 아마 유지의 집과는 달리 가정에 그런 편견을 지닌 사람은 없을 것이다. 만약 유지가 아버지에게 "남자가 연애 상대"라고 밝히면 아버지는 바로 절연하겠지만.

무엇보다 그녀가 그런 걱정을 하고 위장 결혼까지 하려는 게 너무 이상했다.

"그건 알아."

"그런데 왜?"

"정말 몰라?"

클라라는 커다란 눈을 더 크게 뜨고 유지를 바라보더니 스마트폰을 꺼내 화면을 유지에게 내밀었다.

화면에는 유지도 잘 아는 대기업 CEO의 얼굴이 있었다.

"이 사람, 우리 삼촌이야."

"그렇군요……."

"편견 같은 게 우리 회사에 없다는 건 알아. 하지만 정확하게 말하면 '없는 걸로 하는' 거지. 스캔들까지는 아니더라도 내 일로 조금이라도 성가신 일이 벌어지는 것만은 피하고 싶어. 게다가 아이도 갖고 싶어. 에번스 씨는 내게 호의가 있어서 안 돼. 그가 바라는 여자 역할을 해줄 수 없으니까."

"그런데 왜 저는 되나요?"

"관심 없는 그 태도."

클라라는 설핏 미소를 지으며 말했다.

"당신은 사실 다른 데 관심이 없지? 배려가 없거나 눈치가 없는 게 아니야. 오히려 당신보다 상대에게 자기를 잘 맞추는 사람은 없어. 왜 그리됐는지 좀 궁금했는데……, 한동안 관찰하고 알았어. 당신은 정답을 고르고 있어."

클라라가 전 여자 친구와 똑같은 말을 해 조금 마음이 소란해졌다.

"미안. 기분 나빠?"

"아뇨……. 그냥 전에도 똑같은 말을 들어서요. 저로서는 그냥……."

"좋은 점이라고 생각해. 적어도 나는 좋아."

클라라는 물론 인간으로서 좋아하는 거라고 덧붙이고는 웃었다. '좋은 점'이라는 말이 너무나 기뻤다. 좋은 점이 있다는 건 착한 사람이라는 소리니까.

"교제 건 말인데요……. 잘 부탁해요."

유지가 부탁할 처지가 아니므로 고개를 숙이는 게 이상할 수 있으나 고개를 숙인다고 손해 볼 건 하나도 없다. 고개를 드니 클라라는 진심으로 안심한 표정으로 미소를 지으며 말했다.

"정말 고마워."

결혼식 일정을 정하는 일보다 먼저 '임신 활동'에 들어갔다. 막대한 비용을 내는 만큼 철저하게 사생활을 보호한다는 여성 클리닉에 다니며 정자를 채취했다. 마나쓰라는 클라라의 진짜 연인은 다른 날에 난자를 채취했다고 한다. 체외 수정해 배양한 수정란을 클라라의 자궁에 이식해 태내에서 키워 낳는다.

"우리 둘의 아이야."

클라라는 마나쓰의 통통한 손을 잡고 미소 지었다. 마나쓰도 열에 들뜬 눈으로 클라라를 응시했다. 유지는 잠자코 있었다. 유지의 정자와 마나쓰의 난자로 태어난 아이는 클라라가 낳든 생판 모르는 사람이 낳든 누가 봐도 유지와 마나쓰의 아이다. 그러나 이 둘에게는 그게 옳은 말이 아니라 악의적인 공격처럼 들릴 것이다.

"그럼 저는."

유지는 가볍게 고개를 숙이고 그 자리를 떠났다.

이럴 때는 이러는 게 맞다.

처음에는 자기 방에 가거나 외출하거나 영화를 보러 가거나 매사를 보고했는데 말해봤자 둘 다 전혀 듣지 않았다. 그렇다면 잠자코 사라지는 게 정답이다.

유지를 위해 준비한 지하실 침대에 누워 눈을 감는다. 곧 여성 둘의 교성이 들려올 테니까 이어폰을 꼈다.

여자끼리 어떻게 관계하는지 상상해보기도 했는데 곧 관심이 없어졌다.

남자끼리, 여자끼리, 이성끼리의 행위에 무슨 차이가 있을까.

성기는 자극하면 사정한다. 유지도 그렇게 정자를 채취했으니까. 학창 시절 사귀던 여학생과도 섹스했다. 할 수 있었다. "바바 씨. 다른 여자랑 사귀어도 괜찮아." 지금도 그런 말을 듣고 있다. 그러나 단언해도 될 만큼 그럴 일은 없다. 전혀 하고 싶지 않으니까.

클라라와 마나쓰, 그 밖의 많은 평범한 사람들. 유지와 다른 사람의 차이점은 동성애와 이성애의 차이와는 다르다.

유지에게는 모든 게 막이 내려진 그 너머의 세계에서 벌어지는 일이다.

266

모든 게 다른 사람 일처럼 흘러간다.

성대한 결혼식도, 처가와 교류하는 일도, 바쁜 일도.

클라라와 결혼한 뒤 회사에서는 부부라는 이유로 세트처럼 취급되며 같은 일을 할 때가 늘어났다. 클라라는 집에서 마나쓰가 기다리는 지금이 너무나 행복해 더 정력적으로 일했다. 유지도 그런 클라라 덕분에 덩달아 좋은 평가를 받았다.

좋은 점은 그뿐만이 아니다. 유지는 가쓰우라가에 데릴사위로 들어갔다. 그 사실을 아버지에게 전했을 때는 격노해 결혼식도 오지 않겠다고 했을 정도다. 간신히 결혼식은 오게 했으나 그 뒤로는 연락이 끊어졌다. 유지에게 아버지는 이제 기분을 살필 필요가 없는 남이다. 앞으로 계속 어울리려면 귀찮았을 텐데 이런 식으로 가족과도 연을 끊게 돼 오히려 기뻤다.

이 결혼은 유지에게 정말 이점이 많았다.

그러나 한 가지 문제가 있었다. 아이였다.

결혼 전부터 치면 임신을 시도한 지 일 년이 지났는데 아이가 생기지 않았다.

그리고 클라라와 마나쓰 사이에 이 일로 틈이 생긴 듯 보였다.

두 사람의 방에서 들리는 성행위 소리도 요즘 들어 줄어든 것 같다. 거실에 있을 때도 둘은 애매하게 미소 지을 뿐 이전처럼 꼭 붙어 있지 않다.

"미안해. 미안해."

"마나쓰는 잘못한 게 없어."

"아냐. 내 잘못이야……."

그런 대화를 흘려듣기도 했다.

솔직히 유지는 둘의 사이가 틀어져도 상관없었다. 자신은 정자 제공자일 뿐이다. 다만 이걸로 틀어져 헤어진다 어쩐다 해서 지금의 딱 좋은 처지를 놓치는 건 싫다.

클라라와 마주쳐봤자 좋을 일도 없다는 생각에 유지는 그때마다 밖에 나가기로 했다.

바다를 보러 가자. 뭐라 표현하기 힘든 무언가를 경계하며 최대한 가까이 가지 않았던 바다에 지금은 구원과도 같은 걸 원하고 있다.

언젠가 받을지 모를 비디를 보며 어떻게 할 수 없을지 고민했다.

아이만, 아들만 태어나면.

비가 내리고 있다. 빗방울이 바다 표면을 때려 잔물결이 수없이 일었다.

아들, 혈연관계란 결정적이다. 아들이 필요하다. 그렇게 되면 아무런 문제없이 이대로…….

"유지."

눈앞에 펼쳐진 바다, 저 멀리에 사람 그림자가 보였다. 소리를 지르고 말았다. 참을성 없는 아이처럼 요란을 떠는 일은 착한 사람이 할 행동이 아니다. 그러므로 당장 멈춰야 한다. 그러나 근원적인 공포가 마음을 지배해 제어할 수가 없었다.

어두운, 아주 잔잔한 물 위에, 사람이 서 있다.

"유지."

그것이 유지를 부르고 있다.

그것이 천천히, 아주 천천히, 그러나 한 번도 멈추지 않고 유지를 향해 다가왔다.

"유지."

저렇게 멀리 있는데, 그리고 분명히 다가오고 있는데, 왜 똑같은 크기로 목소리가 들릴까.

자신의 비명이 너무 시끄러운데도 그 목소리는 들려온다.

성대가 끊임없이 흔들려 고막이 찢어질 정도의 비명이 흘러나오고 있는데도 몸은 그 자리에 얼어붙은 듯 움직일 수 없다.

"유지."

그것이 눈앞에 있다. 그리고 뺨에 차가운 게 닿았다. 손이다.

그 사람이다.

왜 바로 알아보지 못했을까. 전혀 몰랐다.

인간이 아닌 이런 사람은 이제까지 보지 못했다. 이 사람 외에는 없다.

그 사람이라고 깨달은 순간 스르르 온몸의 경직이 풀렸다. 유지는 그 자리에 무릎을 꿇고 어렸을 때처럼 그를 올려다봤다.

황금잔

"아, 아, 아."

전하고 싶은 말이 너무 많아 유지의 입에서는 옹알이 같은 말이 뒤섞여 흘러나왔다.

"유지, 어때요? 착한 아이로 살았나요?"

그는 말하자마자 미간을 잔뜩 찌푸렸다.

"아니, 아니네. 착한 아이가 아니네."

"예? 왜?"

유지는 불평하지 않았다. 억압적인 아버지에게도, 애정 없는 어머니에게도, 나를 보려고도 하지 않는 여자들에게도. 나쁜 짓은 한 번도 하지 않았고 일에서 큰 실수를 저지른 적 없었으므로 다른 사람에게 폐도 거의 끼치지 않았을 것이다.

착하게 살아왔는데.

이대로는 바다를 받지 못한다.

유지는 초조함에 혀가 굳었는데도 왜? 왜? 라는 말을 되풀이했다.

그는 검지를 세웠다. 손가락 끝 손톱까지 정성껏 만든 물건처럼 정갈했다. 그리고 똑같이 정갈한 입술에 대고 쉿 소리를 냈다. 변명도 허락되지 않는다. 너무 분해 눈물이 흘러넘쳤다.

"후. 착한 아이는 고민하지 않아요." 그 사람은 숨을 내쉬고 짧게 말했다.

"유지를 잘 압니다. 당신은 할 수 있는 최선을 다했겠죠. 아주 훌륭합니다. 그러나 그 덕분에 엉뚱한 문제가 발생해 고민하고 있죠. 그래서는 착한 아이라고 할 수 없어요."

말도 안 돼. 아이가 생기지 않는 건 내 책임이 아니다. 의사도 유지에게는 아무 문제가 없다고 했고 마나쓰의 체질 문제라고 해서 진료를 받고 있다. 그것에 불평한 적도 없고 착실히 협력했다. 이 말을 하고 싶었으나 쉿 소리에 아무 말도 하지 못했다.

"유지를 안다고 했죠? 당신이 본인에게는 책임이 없다고 생각하는 것도 알아요. 실제로 그래요. 유지에게는 책임이 없죠."

그는 바다처럼 깊은 눈동자로 가만히 유지를 바라봤다. 바다 위에 밤하늘이 펼쳐져 있고 그 안에 별이 빛나고 있다. 한없이 아름다운 야경을 떠올리며 유지도 그의 눈동자를 가만히 응시했다.

"어떻게 해야?"

그는 고개를 끄덕였다. 그리고 부드러운 목소리로 말했다.

"유지. 황금잔을 준비하세요."

"황금, 잔……?"

유지는 무슨 소리인지 전혀 알 수 없었다.

"맞아요. 황금잔입니다."

"그 잔이란 게, 술을 넣거나 하는…… 거요?"

"착한 아이는 말대답을 하지 않죠."

강한 말투라 유지는 바로 입을 다물었다.

"직접 만들어도 되고 다른 사람이 만들어도 되고 크기도 상관없어요. 중요한 점은 황금이어야 한다는 것, 그리고 잔이어야 한다는 겁니다."

유지는 쓸데없는 소리를 하지 않으려고 두 손으로 입을 막고 있었다.

그는 흡족한 눈빛으로 말했다.

"아들이 태어나면 그 잔을 바치겠다고 약속해요."

유지는 당황했다.

"지금, 약속하세요."

"네……?"

"'아들이 태어나면 황금잔을 바치겠습니다'라고 말하는 겁니다. 아이인 유지라도 할 수 있을 텐데요."

"아, 아…… 아들이?"

"왜 그러죠? 목소리가 떨리네요. 좀 더 분명하게 말해야죠. 당신의 기도니까."

"아들이 태어나면 황금잔을 바치겠습니다."

그는 만족한 듯 웃었다. 눈동자가 반짝반짝 빛나고 폭풍우 속 바다처럼 요동쳤다.

"좋아요. 이제 당신의 기도는 닿았어요. 당신에게 사내 아기가 올 겁니다."

유지는 그의 다음 말을 기다렸다. 그러나 아무리 기다려도 그는 더 말하지 않았다.

그러기는커녕 서서히 멀어져갔다.

이쪽을 보면서 왔을 때와 마찬가지로 천천히 미끄러지듯 사라졌다.

"자, 잠깐만요······."

갈라진 목소리로 간청하자 그가 고개를 갸웃거렸다.

"왜 그러죠? 다른 할 말이 있나요?"

"바, 바다를."

"아아."

그는 고개를 더 기울이며 말했다.

"아주 조금이에요."

유지의 눈에서 눈물이 흘렀다. 정말 바다를 받을 수 있다는 확신이 들었기 때문이다.

"축하드려요!"

산부인과 의사의 말에 클라라는 환호성을 지르며 유지에게 안겼다. 유지도 "잘됐어."라며 기뻐하는 연기를 했다. 아니, 기쁨 자체는 연기가 아니다. 정말 잘됐다고 생각했다. 아직 태어나지는 않았으나 이제 됐다는 확신이 들었다. 그리고 틀림없이 성별은 남자다. 그가 하는 일에 틀림은 없으니까.

아들이 생겼다는 말은 곧 황금잔을 준비해야 한다는 소리다.

황금잔

검색해보니 금 가격은 매일 변동하는 듯한데 조그만 순금 잔이라면 오십만 엔 전후로 살 수 있을 것이다.

"이걸 사려는데 괜찮아요?"

상당한 가격의 물건을 사야 하므로 일단은 한 지붕 아래에서 생활하는 사람에게 보고하기로 했다.

"축하할 일이니까요. 우리 집은 아이가 태어나면 늘 이걸로 축하해요."

"그래? 좋겠네."

클라라는 전혀 신경 쓸 일 아니라는 듯 산뜻하게 말했다.

"당신이 당신 돈으로 사는 거잖아. 그렇다면 나는 괜찮아. 이 정도 금액은 따로 상의할 필요도 없고."

욕실에서 클라라를 부르는 마나쓰의 목소리가 들렸다. 천박하게 응석과 교태를 부리는 목소리다. 둘 사이는 유지와 상관없다. 그러나 "무능하고 손이 많이 가는 사람은 너무 싫어." 라고 공언했던 클라라가 마나쓰 같은, 그야말로 애교만으로 사는 여자를 사랑하다니 아무리 생각해도 의아했다.

클라라는 이미 이야기를 빨리 끝내고 마나쓰와 있고 싶은 듯했다. 유지도 괜한 잡담은 바라지 않는다.

클라라는 누가 봐도 알 수 있을 만큼 배가 커졌을 때 출산 휴가를 냈다.

"엄마가 다 도와줄 테니까 얼른 와라." 장모가 제의했다.

"어느 정도는 내 힘으로 하고 싶어. 유지도 있고. 어떻게 할지 모를 때 부탁할게."

클라라는 그런 말로 친정 출산을 거부했다.

확실히 '출산한 딸을 돌보는' 부분에서 장모님의 도움은 필요하지 않을 것이다. 마나쓰는 일 같은 거 안 하니까, 유지가 없는 동안에도 잘 돌볼 것이다.

그러나 장모는 마나쓰가 함께 산다는 사실을 전혀 모른다.

클라라에게도, 유지에게도, 하루에 여러 번씩 친정에 와 출산하라고 재촉하는 전화가 왔다.

결국은 출산까지 이 집에 와서 지내겠다는 말까지 나와 클라라는 어쩔 수 없이 친정에 가기로 했다.

"마나쓰, 잘 부탁해."

클라라는 귀가 얼얼할 정도로 당부했는데 도대체 뭘 잘 부탁한다는 말인가. 한심한 독감 이야기나 자기가 꾼 꿈 이야기나 떠드는데. 마나쓰는 유지에게 조금 짜증스러운 여자라 생활하는 데 필요한 최소한의 대화라면 괜찮아도 그 이상은 사양이다.

게다가 마나쓰도 유지를 방해꾼이라고까지는 생각하지 않더라도 없어도 되는 사람으로 생각할 것이다. 클라라가 없을 때 그녀와 지내는 최적의 답안은 피차 없는 사람처럼 대하는 것이리라.

클라라가 친정에 가고 두 주쯤 지났을 때였다.

"있잖아."

마나쓰가 퇴근한 유지에게 말을 걸어와 조금 놀랐다.

"아……."

마나쓰를 '마나쓰'나 '마나쓰 씨'라고 부르는 일조차 망설여졌다. 그런 사이다. 성도 모른다.

마나쓰는 두툼한 입술을 올리며 미소를 지었다.

"이거, 왔어."

그렇게 말하고 조그만 종이 상자를 건넸다.

"아, 고마워. 고맙습니다……인가."

상자를 받아서 방으로 돌아오려고 할 때였다.

"여기서 열어봐도 되잖아."

그렇게 말했다. 됐다는 말을 하기도 전에 이야기를 계속했다.

"아니, 어차피 모은 쓰레기 일 층에 버릴 거잖아."

유지는 정기적으로 비닐봉지에 모은 자기 방 쓰레기를 일 층의 커다란 쓰레기통에 버렸다. 종이 상자도 그 옆에 모은다. 분명 여기서 상자를 여는 게 수고를 더는 일이기는 하다.

"그러네요."

유지는 대답하고 포장을 풀었다.

"뭐야? 바로 여는 걸 보니 그냥 물건이네. 혹시 성인용 장난감이라도 산 줄 알았는데."

유지가 감상을 말하기도 전해 그녀가 말했다.

"네?"

마나쓰는 싱글싱글 웃었다.

"유지는 게이지?"

"아닌데요."

"어머! 그런데 왜 이렇게 살아?"

그녀가 눈을 부릅뜬 모습에 흰자에 검은 점이 있다는 걸 알았다. 클라라에게 "그렇게 귀여운 애는 없어." "요즘 아이돌보다 훨씬 귀여워."라며 소개받았다. 과연 마나쓰의 얼굴은 단정했다. 지금은 화장도 안 한 상태라 그녀의 이목구비가 얼마나 예쁜지 잘 보였다.

"이유라면 그냥 편하니까요."

"어? 무슨 소린지 모르겠어. 클라라랑 거의 비슷하게 벌잖아."

"네. 그게 왜요?"

"어라, 정말 모르겠네. 이거, 위장 결혼이잖아. 돈이 목적이라거나 따로 놀 수 있는 거 빼고 편할 게 뭐가 있어?"

일이나 부모 형제의 일, 무엇보다 착하게 살면 바다를 받을 수 있다는 말을 이렇게 무례하고 머리 나쁜 여자에게 해봤자 이해하지도 못할 것이다.

"저마다 사정이란 게 있죠."

유지는 말하며 미소를 짓고 일어나 이번에야말로 방으로

돌아가려 했다. 그런데 마나쓰가 잠깐이라며 어깨를 잡았다.

"잠깐만 얘기해. 나 심심해."

"알겠어요."

"존댓말 좀 그만해. 내가 나이도 어릴 텐데."

"……알았어. 짐을 놓고 올 테니까 잠깐 기다려."

"결국 여기서 안 여는 거야?"

"'성인용 장난감'이 아닌 걸 알았으니까 이제 관심도 없잖아."

"빨리 와." 마나쓰는 생긋 웃고는 말했다.

자기 방으로 와 심호흡했다.

"성가시네."

생각지도 못한 낮은 목소리가 목을 통해 흘러나왔다.

"성기셔."

숨길 수 없는 본심이었다.

예쁜 얼굴은 전혀 의미가 없다. 그것조차 큰 의미가 없으므로 그나마 대화가 될 정도의 머리라도 있었으면 좋을 텐데 그것도 기대할 수 없다. '게이'는 '성인용 장난감'을 산다는 한심한 편견을 부끄러운 줄도 모르고 떠드는 인간은 무신경하고 머리가 나쁘다. 동생도 이 정도로 어리석지는 않다.

무의식적으로 주먹을 움켜쥐고 책상을 내리쳤다. 택배를 떠올렸다.

"맞다. 황금잔."

혼잣말이 계속 나온다. 이제까지 이렇게 짜증 난 기억이 없어서 자신이 초조해지면 중얼중얼 혼잣말하는 사람이란 사실을 처음 깨달았다. 그런 자신의 버릇마저 마음에 안 들어 더 짜증이 났다.

난폭하게 충전재를 뜯어내니 예상대로 아름다운 황금잔이 나왔다.

이런 거, 그 사람에게 듣지 않았다면 절대 필요치 않았을 물건이다. 그렇게 생각한 과거의 자신이 부끄러울 만큼, 또 마나쓰에 대한 짜증이 순간 머리에서 사라질 만큼 아름다웠다.

흠 하나 없이 반짝반짝 빛나는데 절대 상스럽지는 않다. 유지는 한동안 금의 아름다운 광택에 넋을 놓았다.

"뭘 해? 금방 온다며?"

잔에서 눈길을 돌리니 문을 열고 마나쓰가 고개를 내밀고 있다. 황금잔에 홀려 오는 것도 몰랐다.

유지가 들어오지 말라고 할 틈도 없이 마나쓰는 성큼성큼 들어왔다.

"와, 정말 아무것도 없네. 어떻게 생활해?"

마나쓰는 침대와 소파 그리고 간단한 책상밖에 없는 유지의 방을 둘러보며 "아무것도 없네."라고 같은 말을 반복했다. 그리고 아주 당연한 듯 침대에 걸터앉았다.

"꽤 넓은데 이렇게 아무것도 안 놓다니, 아깝지 않아?"

"아니. 물욕이 별로 없어서."

유지는 당장이라도 마나쓰를 발로 차 쫓아내고 싶은 마음을 꾹 참고 대답했다.

"혹시 다른 집에 있나? 여자 집?"

"아니, 그런 건……. 어쨌든 결혼한 몸이니까."

작위적인 미소를 짓는 것도 힘들었다. 근육이 경련을 일으켜 실룩실룩 움직이며 아팠다.

"흥. 그래도 될 것 같은데. 유지는 멋진데. 아까워라……. 앗!"

마나쓰가 느닷없이 목소리를 높였다.

유지의 옆에서 손을 뻗어 황금잔을 빼앗았다.

"예뻐라. 이거 나 줘."

"아……."

"이 정도는 줘도 되잖아?"

마나쓰는 여전히 황금잔을 바라보고 있었다.

"음……."

"앞으로 아이가 태어나잖아? 축하 선물이라고 생각해."

왜 이렇게 훌륭한 물건을 마나쓰에게 줘야 할까. 이렇게 짜증스러운 여자에게는 구슬 하나도 주고 싶지 않다. 그렇게 생각하면서도 문득 왜라는 의문이 들었다. 자신은 왜 이토록 마나쓰에게 짜증이 날까. 유지는 이제까지 특정 인물에게 호의든 악의든 강한 감정을 품어본 적 없다.

착한 아이로 살면……. 착한 아이는 다른 사람에게 집착하지 않는다. 집착은 문제를 일으킨다. 착한 아이는 다툼을 만들지 않는다.

마나쓰에게 짜증이 난다는 사실은 정답이 아니다.

그렇게 생각하자 입에서 절로 말이 나왔다.

"좋아. 그래. 축하 선물이야. 축하해."

"신난다! 고마워~." 마나쓰는 어미를 늘려 말하며 환한 미소를 지었다. 스스로 말하고 놀랐으나 말해버렸으니 어쩔 수 없다. 다시 똑같은 걸 주문하면 그만이다. 비용은 또 들어도 부탁받으면 거절하지 않는 게 착한 아이다.

"고마워. 유지. 앞으로 잘 부탁해."

유지의 방보다 아름다운 잔에 관심이 쏠렸는지 짧게 인사하고 얼른 방을 나갔다.

타박타박 발소리가 멀어지기를 기다려 "잘 부탁하다니, 그럴 리 있겠냐?"라는 말을 뱉고 만 것을 반성했다.

마나쓰는 생각하지 말자. 착한 아이가 되지 못한다.

유지는 아기가 곧 나올 것 같다는 연락을 받고 회사를 조퇴했다. 병원에 도착했을 때 이미 아기는 태어나 클라라의 품에서 새근새근 자고 있었다.

"여보게. 늦었어."

장모가 그렇게 말했다. 죄송하다고 사과했다.

아들이다. 역시 아들이었다.

갓 태어난 붉은 얼굴의 아기를 봐도, 피곤한 기색의 클라라를 봐도, 유지는 아무것도 느끼지 못했다.

정말 이건, 그 동물 같은 여자와 클라라의 아기일지 모른다.

아기 양육을 도와달라는 얘기는 나오지 않았다.

클라라는 바로 복귀해 전혀 공백이 느껴지지 않게 일했다. 유지도 여전히 함께 일했다.

충동적으로 남의 물건을 가지고 싶어 하는 동물적인 여자인 주제에, 아니, 동물이라 더 모성 본능이 강한지, 마나쓰는 아기를 잘 돌봤다.

일단은 목욕이나 기저귀 갈기는 할 수 있도록 교육을 받았다. 그것은 장인 장모나 친구들이 왔을 때 너무 손 놓고 있으면 부자연스럽기 때문이었을 뿐, 평소에는 만질 일도 없었고 유지도 바라지 않았다.

마나쓰와 클라라는 신혼부부라도 되는 양 육아를 즐기는 듯 보였다. 이 공간에 유지의 안식처는 없었다. 이곳은 두 사람의 집이다.

유지는 다시 밖으로 돌기 시작했다.

출근하는 날이라도 반드시 바다를 보러 간다. 황금잔을 들고. 마나쓰에게 빼앗긴 잔과 똑같은 잔을 산 것이다.

아들이 태어났다는 것은, 황금잔을 바쳐야 한다는 것이고 그러면 그 사람이 나타날 테니까, 바다에 가면 반드시 만날 수 있을 테니까.

아들이 태어나고 한 달이 지났을 때 그날이 찾아왔다.

수영 금지 간판 너머로, 사람 그림자가 보였다.

"어이!"

유지는 그의 이름을 몰라 애매하게 그 사람을 불렀다.

"당신, 기쁘군요. 나와 만나는 게 그렇게 즐거운가요?"

그는 생긋 미소 짓고 오른손을 앞으로 내밀었다.

"당신 생각이 맞아요. 황금잔을 주세요. 그러면."

유지는 그가 말을 다 끝내기도 전에 황금잔을 오른손에 쥐여줬다.

그는 순간, 눈을 가늘게 떴다.

"이걸로, 바다를."

"틀렸어요."

쨍그랑 소리가 났다. 황금잔은 그의 손을 빠져나와 콘크리트 위에 구르고 있었다.

"이게 아니에요."

얼음처럼 차가운 목소리였다. 유지는 몸까지 얼어붙을 듯해 얼른 입을 열었다.

"이걸로는…… 안 되나요? 하지만 이거…… 금이에요. 증명서도 다……."

"그게 아닙니다."

그 말을 듣자마자 뇌리에 바로 떠올랐다. 그거다. 그 여자가 당연하다는 듯 가져간 황금잔.

"이거, 똑같은 거예요!"

유지는 필사적으로 말했다.

"가격도 같아요. 똑같다고요!"

"가격 문제가 아닙니다. 당신, 아버지가 그런 걸 바란다고 생각합니까?"

어떤 애정도 담겨 있지 않은 냉철한 말투라 유지는 영문도 모르고 눈물을 흘렸다.

"울지 마세요. 울 필요는 없습니다. 인간은 모를 수도 있죠."

그는 무릎을 구부리고 유지의 뺨에 손을 대고 천천히 쓰다듬었다. 겉보기와 똑같이 도기처럼 차가운 질감. 그러나 접촉된 부분에서 온몸으로 온기가 쫙 퍼져 나갔다.

"잘 들어요. 첫 번째 겁니다. 처음으로 태어났으니 첫 번째를 바쳐야 합니다. 알겠어요?"

같은 걸 사도 안 된다. 왜 그래도 된다고 생각했을까. 유지는 너무나 부끄러워 견딜 수 없었다. 그런 문제가 아니었다.

그 여자가 가지고 있는 첫 번째 황금잔이어야 했다.

그러나 알아도 이제 어떻게 해야 할지 모르겠다. 그 여자에게 돌려달라고 한다고 해서 돌려줄 리 없다. 어쩌면 팔아치워 지금은 없을 수도 있다.

어쩔 줄 모르고 낙담해 있는데 그가 부드러운 미소를 지었다.

"데리고 오면 됩니다."

"네?"

"그 여자를, 내 앞에 데려오면 됩니다."

"그러면……."

"네. 그러면 됩니다."

유지는 고개를 끄덕였다. 데려오기만 하면 되는 일이다. 분명히 이번 달 말에 클라라는 아기를 데리고 친정에 간다고 했다. 크리스마스 파티를 한다고. 장모님은 유지는 안 와도 된다고 했다. 안 와도 된다는 말은 오지 말라는 소리다. 유지도 가고 싶지 않아서 그러기로 했다. 맞다. 그날에.

"저기, 바다를……."

"그렇군요. 좋아요. 그때 바다를 드리죠. 아주 조금."

그가 멀어진다.

바다에 다가가지 마세요. 위험합니다.

바다에 다가가지 마세요. 위험합니다.

바다에 다가가지 마세요. 위험합니다.

들린다. 뇌 속에서 솟아오르는 소리다.

마나쓰를 데리고 오는 일은 간단했다. 크리스마스니까 시내라도 나가지 않겠냐고 제안했다.

"안 그래도 심심했는데. 좋아! 하지만 밥은 사야 해."

마나쓰는 바로 승낙하고 그 아이돌 같은 얼굴에 정성껏 화장하고 클라라가 사준 명품 옷을 입었다.

"그런데 어디 가? 쇼핑? 영화? 아니면 일루미네이션? 나를 과시하고 싶어?"

입 닥쳐. 이 멍청한 여자야. 유지는 한마디하고 싶은 걸 간신히 참고 말했다.

"바다야."

"바다? 나 추운 거 싫은데."

유지는 아무 말 없이 계속 운전했다.

마나쓰는 한참 싫다고 징징대다가 원하는 걸 사주겠다고 하자 바로 조용해졌다.

크리스마스인데 날이 상당히 흐려 당장이라도 비나 눈이 쏟아질 듯했다.

얼마 후 바다가 보이기 시작했다.

저 멀리 하염없이 흘러가는 나뭇조각이 보였다. 어쩌면 풀린 보트일지도 모르겠다. 저것은 지금부터 파도에 우롱당하며 깨지고 산산이 부서져 바다 밑으로 가라앉겠지.

"보라고. 역시 춥잖아. 스타킹 신으면 전혀 따뜻하지 않다고. 몰라?"

늘 오는 장소에 차를 세우고 여전히 불평을 늘어놓는 마나쓰의 팔을 끌고 펜스가 부서진 곳에 몸을 밀어 넣어 통과시키고 그 뒤를 따랐다.

"최악이야! 스타킹 나갔잖아!"

이미 유지의 귀에는 마나쓰의 목소리가 동물의 울음소리로만 들렸다. 그저, 그 사람의 목소리만 듣고 싶었다. "바다를 줄게요."라는 말을.

바다에 다가가지 마세요. 위험합니다.

바다에 다가가지 마세요. 위험합니다.

바다에 다가가지 마세요. 위험합니다.

"어, 이게 뭐야? 어디서 들리는 거야?"

유지는 조금 놀랐다. 유지의 뇌에서 나오는 소리가 아니었나. 이 여자에게도 들리나.

그 사람이 있다.

마나쓰는 그를 가리키며 몸을 덜덜 떨고 뺨을 경련하면서 외쳤다.

"저게 뭐야! 무서워! 저게 뭐냐고?!"

유지는 힘껏 마나쓰의 뺨을 때렸다.

"아파! 무슨 짓이야! 왜 그래? 뭐야? 아프다고, 왜?"

"입 다물어."

짧게 말하자, 마나쓰의 입에서 헉 소리가 새어 나왔다. 마나쓰는 그대로 고개를 떨구고 몸을 덜덜 떨었다.

바다 쪽을 확인하려 했는데 이미 그가 눈앞에 있다.

꺅. 비명이 들렸다. 목이 비틀린 닭 같다.

그가 권하기 전에 유지가 먼저 말했다.

"아들이 태어나면 황금잔을 바치겠습니다."

그는 환한 미소를 지었다. 옅은 색의 구강. 하얀 이가 빛난다.

"던지세요."

그의 입에서 나오는 걸까. 아니면 다른 데서인지 모르겠다.

눈앞의 고깃덩어리는 헝클어진 머리를 한 채 팔을 휘두르며 필사적으로 아우성치며 저항했다.

"모든 죄는 바다에 던지세요."

유지는 고깃덩어리를 잡고 목을 조르고 바다에 던져 넣었나. 그것은 몸부림치다가 그내로 사라졌다.

그것이 가라앉고 흔적 같은 물거품마저 사라졌을 때 갑자기 비가 내리기 시작했다. 그리고 쨍그랑하고 황금잔이 땅에 떨어졌다.

유지는 잔을 주워 그의 손에 꼭 쥐여줬다. 그의 손은 물기가 전혀 없었다. 이번에는 잔이 빠져나오지 않았다.

유지는 기대를 담아 그의 얼굴을 가만히 바라봤다. 그러나 그의 얼굴에서는 웃음이 사라지고 없었다.

그리고 아무 말 없이 사라지려 했다.

"자, 잠깐만요. 잠시만요!"

유지는 필사적으로 소리쳤다. 목이 찢어질 만큼 큰 소리로.

"왜 그러죠?"

"바, 바다!"

유지는 어릴 때로 돌아온 듯 버둥거렸다. 그때처럼 말하길 바랐다. 착한 아이로 있었다고. 착한 아이로 있었으니까, 바다를.

"바다를, 달라고……."

하하하, 웃음소리가 들렸다. 소리는 그의 입에서가 아니라 거친 바다에서 들려오는 듯했다.

"이미 주지 않았나요? 아주 조금."

그는 너무나 의아하다는 표정으로 말했다.

"바, 받은 적 없어요……."

빗방울이 유지에게만 격렬하게 쏟아졌다. 그는 유지를 물끄러미 보고는 조용히 물었다.

"새로운 하늘과 땅을 알고 있나요?"

유지는 질문의 뜻을 몰라 고개를 저을 수밖에 없었다.

"아버지의 집이 있어요. 아버지는 인간과 함께 있고 인간의 눈물을 닦아주고 떠나시죠. 그곳에는 하늘도 땅도 바다도 없죠. 죽음도 고통도 슬픔도 없어요. 바다가 지나갔으니까."

"바다, 그러면 바다는……."

"바다는 죄일지 모르죠. 정확히 말하면 죄가 모여드는 곳입니다. 당신에게 아주 조금 죄를 줬어요. 돌려줬다는 말이 옳을까요?"

"돌려줬다……? 무슨 소리……?"

유지는 어린애 같은 말투로 물었다. 필사적이었다. 왠지 급격히, 이제까지 느껴보지 못한 두려움이라는 감정이 밀려들었다.

지금, 나는 도대체 무슨 짓을 했나.

무엇을 바다에 던졌나.

무엇보다 왜 아들이 태어나면…….

뭐가 뭔지 모르겠다. 눈앞의 아름다운 사람이 눈부신 빛이 아니라 괴물처럼 보였다. 그 이유를 도무지 알 수 없어서 하염없이 두 눈에서 눈물이 흘러나왔다.

"유지."

그 사람의 목소리가 꿈틀거렸다. 고막을 뚫고 들어와 달팽이관을 파고든다.

"유지, 기억하세요. 당신이 어렸을 때 왜 바다에 왔는지."

그가 만져, 그의 열이 남아 있는 뺨에서 뭔가가 흘러나오는 듯해 유지는 손으로 눌렀다. 왜 뺨이 뜨겁지?

세게 뺨을 맞았기 때문이다.

맞다. 술에 취한 아버지에게 세게 뺨을 맞았다.

서너 마리씩 새끼는 필요 없었다고 어머니에게 소리쳤다.

어머니는 유지를 차에 태우고……. 비 오는 날이었다.

거친 바다를 기억한다. 잔교에 버려졌다.

"돌아오면 안 된다."

어머니는 그렇게 말했다.

내내 방송 안내가 흘렀다.

바다에 다가가지 마세요. 위험합니다.

바다에 다가가지 마세요. 위험합니다.

바다에 다가가지 마세요. 위험합니다.

"유지의 어머니는, 죄를 던져버리러 왔죠."

그가 조용히 말했다.

"그리고 유지는 깨끗해졌어요. 그런데 또 죄를 원했죠. 불가사의한 아이예요. 이미 타고났는데. 죄는 아무도 바라지 않는 건데."

별처럼 눈동자가 빛난다. 인간의 눈동자가 아니다. 가만히 이쪽을 보고 있다.

"어머니가 원망스러운가요?"

유지는 고개를 저었다.

"나를 원망하나요?"

유지는 다시 고개를 저었다.

"아버지를 원망하나요?"

유지는 아무 말도 하지 않았다. 고개를 저을 뿐이다. 그저, 바다가 뭔지, 알고 싶었다.

"바다는 아름다워요. 그러나 새로운 하늘과 땅에는 필요 없습니다. 지금은 아직 아주 먼, 당신 혼자 어떻게 할 수 없는 거죠."

그는 불쌍하다는 표정을 지은 후 아무 말 없이 멀어지려 했다.

유지는 그저 너무나 슬프고, 인생 전부를 잃은 느낌이 들어, 멀어지는 존재에 큰 소리로 고함쳤다.

"나는, 착한 아이였나요?"

착한 아이였어요. 멀리서 목소리가 들려왔다.

"착한 아이로 살면 또……."

착한 아이에게는 좋은 일이 생긴답니다. 그런 소리를 들은 듯했다. 내 바람이었을지 모른다.

도대체 어떻게 왔는지도 모르게 집에 돌아와 온몸이 푹 젖은 재 현관으로 들어갔다.

집은 캄캄하고 얼어붙을 듯 추웠다. 유지는 한참 현관에 우두커니 서 있다가 목욕하러 갔다. 뜨거운 물을 받을 때까지 기다릴 여유가 없어서 외국인처럼 샤워하며 욕조에 들어가 안에서 몸을 씻고 물에 빠지기라도 할 듯 깊이 몸을 담갔다.

체온이 돌아오기를 기다리기도 전에 우선 드라이브 기록을 삭제하고 자동차 내비게이션을 초기화했다. 클라라는 연말도 친정에서 지내고 초하루 밤에 돌아온다고 했다. 그때까지 모든 일을 처리해야 한다.

'착한 아이'에 그토록 집착했다는 게 믿어지지 않았다. 집착했다는 말은 문제가 있다. 자신은 완전히 틀렸다.

마나쓰는 제멋대로이고 멍청하고 뻔뻔한 여자였으나 나쁜 사람은 아니다. 평범하게 대화할 수 있으므로 말로 협상했으면 될 일이었다. 그저 부탁하면 됐다. "잔을 돌려줘."라고.

무엇보다 그 남자는 도대체 누구인가.

'누구'인지가 맞는지조차 모르겠다.

'무엇'이다.

인간이라 생각할 수 없다. 괴물이다.

물 위를 걷는 무시무시한 괴물에게 말 그대로 조종당했다. 왜?

아니다. 조종당한 게 아니다.

유지는 그러고 싶어서 그런 것이다.

마나쓰를, 죽였다.

맞다. 바다에 밀어서 한 여자를 죽였다.

살인죄다. 아무 이유도 없이 죽였다. 미쳤기 때문이다. 법률이 아니더라도 명백한 죄다.

우적우적 소리가 나더니 입안에서 위화감이 느껴졌다.

침과 함께 더럽고 하얀 걸 토했다.

유지는 그것을 움켜쥐고 조명도 켜지 않고 침대에 들어갔다.

잤는지 잠들지 못했는지 잘 모르겠다. 유지는 아침이 돼 그것을 움켜쥔 채 근처 대학병원에 갔다.

한참 기다려 엑스레이를 찍고 또 기다렸다가 치과의사 앞에 앉았다.

막혀 있던 게 빠졌다고 적힌 문진표를 보며 치과의사가 말했다.

"아, 이거요? 목을 막고 있던 게 아니라 치아입니다. 사랑니 파편요. 충치가 많아서 거의 남아 있지도 않아요. 마침 뽑을 때라 잘 됐습니다. 전혀 몰랐을 겁니다. 똑바로 자라서요. 남은 부분을 뽑아내죠."

마취하고 핀셋 같은 걸 넣어 조금 흔들었을 뿐인데 남은 부분이 쏙 빠졌다. 유지가 움켜쥐었던 것과 같은 색깔이고 티끌처럼 작았다.

유지는 치과의사라는 제삼자의 이야기를 들은 뒤로 조금 냉정을 되찾고 클라라에게 전화를 걸었다.

"무슨 일이야?"

클라라의 목소리가 살짝 부드럽게 들렸다.

"어제부터 마나쓰 씨가 돌아오질 않아서."

후, 숨을 강하게 내쉬는 소리가 들렸다.

"……그래."

한참 있다가 클라라가 대답했다. 소름 끼칠 정도로 차가운 목소리였다.

"연락해줘서 고마워. 당신은 그냥 지내. 문단속 잘하고."

유지가 알았다고 대답하기도 전에 전화가 끊겼다.

클라라가 돌아올 때까지 며칠, 유지의 생각은 빙글빙글 제
자리를 돌았다.

날이 밝은 동안에는 긍정적인 마음이 된다. 들켜도 상관없
어. 경찰이 와도 말이야. 사체는 바다 밑에 있어. 들킬 리 없어.
그렇게 생각했다. 그러나 해가 지면 완전히 뒤바뀌어 나쁜 생
각만 밀려들었다. 일본 경찰은 뛰어나. 바다 밑에서 사체를 끌
어올려 살인임이 드러날 거야. 그리하여 클라라와 유지의 이
상한 부부 관계도 들키고. 사건은 대대적으로 보도돼 사형을
피하더라도 더는 이 땅에서 살 수 없겠지. 자살할 수밖에 없어.

클라라가 돌아오기로 한 날, 아침부터 안절부절못했다. 수
없이 시계를 봤는데 십 분도 지나 있지 않았다. 정신이 아득해
질 만큼 그 짓을 되풀이하고 있는데 인터폰이 울렸다.

지난 며칠 수없이 모니터를 확인했다. 경찰이 아닌지. 거의
다 택배나 방문 판매원이었는데 이번에는 클라라였다.

문을 여니 클라라는 아기를 업고 두 손에 잔뜩 짐을 들고 있
었다. 친정에서 가져온 음식이나 과자 종류일 것이다.

"나, 왔어⋯⋯."

클라라의 목소리가 어둡다.

"어서 와⋯⋯."

하, 요란한 한숨이 들렸다.

"아, 이미 알고 있을 것 같은데."

심장이 뛰었다. 다음에 무슨 말이 나올지 상상하기만 해도
토할 것 같았다.

어? 오? 같은 한심한 소리가 유지의 입에서 흘러나왔다. 클
라라는 짜증스럽다는 듯 혀를 찼다.

"지금 나, 진지하게 말하고 있거든!"

"그래……."

"어떻게 생각해?"

"아니……."

"아니? 크리스마스에 나갔는데 바람이 아니라고?"

클라라는 전부터 수상했다고 말했다. 사준 적 없는 옷이나
액세서리가 늘었고 성관계를 요구하면 거절하는 일이 늘었
나. 클라라는 유지를 나무라듯 그린 밀들을 쏟아냈다.

클라라는 한바탕 히스테릭하게 떠든 뒤 그제야 아이가 우
는 걸 깨달은 듯 짧게 말했다.

"그만 잘래."

"저……."

"왜? 당신은 아무것도 안 해도 돼." 클라라가 내뱉었다.

실종된 게 아니냐고 말하지 않아서 다행이다. 아니, 다행이
아닐지 모른다. 오히려 바로 경찰에 신고하는 게 일반적인 반
응 아닐까. 아니다…….

유지는 도통 알 수 없어졌다.

갑자기 정답이 보이지 않았다.

지금까지 선택해온 게 정답인지조차 의심쩍었다.

유지는 마나쓰를 죽이고 한 달이 지났을 때 떨어진 회사 공고에 바로 반응했다.

싱가포르 지사로의 전근이다.

원래는 자유로운 독신자를 모집하고 있었는데 유지가 꼭 가고 싶다고 강력하게 청했다.

이유는 명백하다. 죄가 밝혀지기 전에 도망치는 것이다.

클라라는 지금까지는 아직, 마나쓰가 다른 남자 또는 여자와 함께 도망쳤다는 생각에 사로잡혀 탐정을 고용하거나 경찰에 신고할 생각은 안 하고 있다. 그러나 마나쓰의 가족은 어떨까.

마나쓰의 부모님 이야기는 들은 적 없다. 피차 전혀 걱정하지 않는 사이라고 해도 마나쓰의 친구는? 어쨌든 어디선가 누군가 그녀를 걱정하는 존재가 있어서 수사가 시작되면 유지는 파멸한다.

해외에 간다고 해서 해결될 일은 아니나 일본보다는 낫다.

들키냐 아니냐의 문제가 아니라 이제 유지는 환경이 완전히 바뀌지 않으면 앞으로 나아갈 수 없을 것 같았다.

싱가포르행은 쉽게 허가를 받았다. 원래 유지에게 새로운 일을 맡기고 싶었다는데 아마도 클라라가 강력하게 싱가포르

행을 추천한 게 컸을 것이다.

"열심히 해." 클라라는 유지가 집을 나설 때 가볍게 말했다.

"다녀올게." 유지는 고개를 숙이며 말했다.

유지는 이제 바다를 원하지 않는다.

바다에 우롱당하고 싶다는 생각도 없다.

이미 갖고 있다.

유지는, 아니, 인간은, 지금 사는 인간은, 하늘과 땅과 바다와 함께 사라지는 존재다.

왜 이제까지 그토록 괴로워했을까. 한없는 후회와 죄책감이 밀려온다. 한번 받은 걸 이제는 필요 없다고 돌려줄 수는 없다.

어디서든 바다를 볼 수 있는 이 나라에서는 이따금 그 사람을 찾고·만다.

바다에 다가가지 마세요. 위험합니다.

틀렸다. 바다는 누구나 가지고 있다.

다음, 또 다음, 그와 만나, 만약 그가 뭔가를 주겠다고 하면 다 잊게 해달라고 하고 싶다.

그렇게 생각했다.

"왜 의심을 품었느냐? 그렇게도 믿음이 약하냐?"
◆ 마태복음 14장 31절 ◆

298

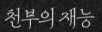

천부의 재능

고즈카 오타로.

검색창에 이름을 치면 제일 먼저 책 감상이 나온다.

『종이에 새기다』라는 제목의 책은 십 년 전에 간행했는데 조금씩은 팔려나가 절판은 면했다. 게다가 한 달 전쯤 인기 미스터리 작가 다케다 마오가 텔리비전에서 소개하는 바람에 사흘 전 다시 중쇄에 들어갔다.

자기 작품에 대한 감상은 늘 기쁜 법이다. 다케다 마오 덕분인지 젊은이들이 읽어준다는 점도.

그러나 내가 궁금한 건『종이에 새기다』의 감상이 아니다.

있으면 좋겠다는 심정으로 키워드를 추가한다.

고즈카 오타로 이치카.

이치카는 진짜 천재. 보통 이렇게 못 그려. 크레용으로는 불가능해. 머리가 이상해지는 느낌이라니까. 스승인 고즈카 오타로라는 사람이 더 대단한 건지도 몰라. 정말 만나줘서 고마워. 고마워요. 고즈카 오타로.

다케다 마오 씨가 소개한 책을 읽었는데 이치카의 스승이라는 사람의 수필인 듯하다. 고즈카 오타로라는 사람. 감동이다. 이치카를 정말 좋아하니까.

내가 좋아하는 이치카와 컬래버한 나고야 트레스코 현관~~ 좋은 향기까지 났다. 너무나 좋아했으나 경력까지는 몰랐다. 고즈카 오타로, 알아보니 이 사람도 느낌이 좋다. 미술 교과서에서 본 적 있다.

스마트폰을 바닥에 내던졌다. 딱딱한 물체끼리 부딪치는 소리가 났다. 아마 유리 커버에 금이 더 늘어났을 것이다. 이틀 전에도 똑같이 바닥에 던졌으니 반성한 바가 없다는 소리다.

이치카.

나는 그녀를 증오한다.

일류 화가로 대우받고 있는 지금과 달리 처음에는 순조롭지 않았다. 애써 미대를 나와 학창 시절에 마땅한 후원자를 얻지도 못했다. 취직하거나 스스로 회사를 차릴 능력도 없었던 터라 비슷한 동료들과 방을 하나 빌려 그날그날을 넘기며 살았다.

초상화를 그려주거나 학교 간판 수선 등을 맡아서 했는데 그런 일로는 도저히 생활할 수 없었다. 동료 중에 본가가 유복한 금수저 도련님이 있어서 그저 얹혀살았을 뿐이다.

그렇게 지내고 있던 어느 해였다. 「54년회」라는 그룹전이 열렸다. 별다른 뜻이 있는 게 아니라 그야말로 1954년에 태어난 화가들이 모인 것이다.

그중 하나가 동창 아사미 게이고였다. 아사미는 해외에서 높은 평가를 받아 이미 신진 신예라거나 현대 조각의 기수라는 얘기를 듣고 있었는데 왠지 내 작품에 강렬한 인상이 남아 있다며 나를 그룹에 끼워줬다.

그의 말로는 54년회 사람들은 저마다 작품과 장르가 다른데 같은 시대를 사는 사람으로서 감각이 비슷하다고 했다.

그룹전은 대형 백화점 화랑에서 열렸다.

모처럼 다양한 분야의 사람이 모였던 터라 기존 전시회와는 달리 서로 협력하고 융합하려는 분위기가 호평을 얻어 이후로도 매년 개최되고 있다. 미술상이나 컬렉터 같은 외부 사람들만이 아니라 무엇보다 내게 유의미한 모임이었다. 빈곤한 생활 틈틈이 내 안에 틀어박혀 고독한 작업만 계속했다면 절대 배우지 못했을 많은 점을 그들에게 배웠다.

54년회를 눈여겨본 미술상들은 그들이 후원하는 예술가를 데리고 「54년회」 같은 수많은 미술전을 개최했다. 물론 나와

54년회 사람들도 참가해 날마다 제작과 전시회 개최를 끊임 없이 이어갔다.

그러다 보니 나와 54년회 몇몇은 어느새 유행 작가처럼 취급됐다.

내 주위에 급격히 사람이 늘어 북적였다. 나쁜 사람은 없었다. 그러나 대부분이 나를 이해하지 못했다.

내가 철저하게 음울하고 항상 다른 사람을 질투하고 마음에 깊은 어둠을 품고 있음을 이해하지 못한 것이다.

눈을 감으면 당장이라도 떠오르는 어머니의 모습이 있다.

두꺼비다.

어머니는 두꺼비였다.

내일 먹을 게 없는 빈궁한 실림에 어머니는 몸을 필었다.

어머니는 우에노인가 어디의 촌스러운 스낵 마담이었다고 들었다. 그다지 외모가 출중하지 않고 분위기가 어두운 여자라 자는 걸로 손님을 끌었다. 그러다가 가진 게 나였다.

어머니는 의지할 혈육 하나 없었던 듯 나를 낳자마자 시영 주택 한 칸인 우리 집에서 매춘을 계속했다.

기억이 나는 그 순간부터 어머니가 손님에게 몸을 파는 모습을 가까이서 지켜봤다.

다리를 벌리고 남자 밑에 깔린 어머니는 두꺼비 같았다.

내게 어머니란 두꺼비였다.

손님들이 싫지는 않았다. 어머니는 나와 둘이 있을 때는 전혀 말하지 않았고 하루에 한 번 눅눅한 코페 빵*이나 어쩌다 과자 종류를 건네줄 뿐이었다. 그러나 손님 중에는 아이한테 다정한 남자도 가끔 있어서 볼일을 마치면 놀아주거나 밥을 사주기도 했다. 원하는 대로 먹고 싶은 걸 먹을 수 있게 된 지금도 손님이었던 남자가 동네 식당에서 사준 돈가스 덮밥 맛은 잊지 못한다.

그래도 초등학교는 다니게 해줬다. 오직 급식 때문에 학교에 갔으므로 공부에는 그리 열중하지 않았다. 운동 신경도 별로였다. 다만 타고난 험악한 얼굴과 남들보다 머리 하나는 큰 키 덕분에 괴롭힘은 당하지 않고 넘어갔다. 그저 고독하게 지냈다.

이런 날들을 보내던 어느 날, 갑자기 어머니가 말했다.

"난 간다."

"어딜?"

물어도 어머니는 대답하지 않았다. 어머니의 뒷모습을 우두커니 바라볼 수밖에 없었다.

하루가 지나도, 이틀이 지나도, 사흘이 지나도 현관문은 열리지 않았다. 수돗물로 연명하다가 너무 배고프고 힘들어 집을 뛰쳐나와 배회했다.

* 넓적하고 밑이 평평한 일본 빵

정처 없이 헤매다가 채소가게 앞에서 반질반질 윤기가 흐르는 빨간 구슬을 봤다. 손을 뻗어 한 입 베어 물자 혀가 녹을 듯한 달콤함이 찾아왔다. 그 맛에 감동해 한 번 더 입을 벌리려는데 뚱뚱한 중년 여자에게 힘껏 뺨을 맞았다.

그대로 경찰서로 끌려갔다가 아동 상담소라는 데로 넘겨져 질문을 받았다.

어머님은? 아버님은?

아무 대답도 하지 못했다. 그렇게 물어도 없는 게 생기지는 않으니까.

항상 영양실조 상태인데도 덩치 하나는 좋았던 탓에 남들이 보기에는 부루퉁한 불량소년처럼 보였을 것이다. 당연히 부모와 연락되지 않았다.

결국은 학교로 연락이 갔는지 교감 선생님이 찾아왔다.

교감 선생님에 관해서는 하나도 몰랐다. 조례 때 저렇게 허리가 꼿꼿한 사람이 있구나, 하고 생각했던 기억이 있을 뿐이다.

교감 선생님은 주위 사람들에게 인사하고 말했다.

"오타로. 우리 집에서 살래?"

조금의 망설임도 없이 고개를 끄덕였다. 더는 비참해지고 싶지 않았다.

이리하여 나는 교감 선생님, 고즈카 세이지의 양자가 됐다.

고즈카 세이지가 애정 깊은 사람이었냐고 묻는다면 틀림없이 그럴 것이다. 다만 당시의 나는 그걸 이해할 수 있을 만큼 어른스럽지 못했다. 세이지는 학교의 다른 학생들과 차별하지 않고 똑같이 나를 대했다. 즉 나를 더 아끼는 것처럼 보이지는 않았다.

고즈카 오타로가 된 뒤로도 학교생활은 계속됐다. 고립된 채 멍하니 수업을 들었다. 전처럼 급식이 맛있지 않았다. 고즈카 집안은 나름 유복했다. 내가 아닌 다른 아들은 몇 년 전 독립한 듯했고, 시간이 남아도는 세이지의 아내는 언제나 정성껏 요리를 만들어줬다.

세이지는 과묵한 사람으로 내가 하는 일에 참견하는 일이 없었다. 다만 "책을 읽어라." "공부해라."처럼 어른이라면 누구나 할 법한 말을 이따금 생각난 듯 건넸을 뿐이다.

내가 화가라는 직업에 눈을 뜬 것도 그 무렵이다.

어느 날, 미술 시간에 둘이 한 팀이 돼 서로의 얼굴을 그리는 과제가 나왔다.

골목대장과 한 팀이 된 내가 그에게 "오른쪽을 봐."라고 말했다. 그는 동급생이 자기에게 그렇게 말하는 걸 들은 적이 없는 듯 "내게 명령하지 마."라며 무섭게 쏘아붙였다. 그러나 나는 "알았어. 일단 오른쪽을 보라고."라고 다시 말했다.

내 끈질긴 요청에 두 손을 들었는지, 아니면 다른 생각에선지 골목대장은 결국 내 말대로 오른쪽을 보기도 하고 왼쪽을 보기도 했고 일어나기도 했다.

아무래도 그 이후로 내가 반 애들에게 인정받은 듯하다. 지금도 당시 동급생들과는 이따금 연락을 주고받는다.

그 일화는 미술 선생님을 통해 세이지의 귀에도 들어간 모양이다.

세이지는 퇴근하자마자 물었다.

"왜 오른쪽을 보라고 했니?"

"그야 사람을 그리니까. 사람은 두께도 있고 그림자도 있잖아."

그때는 그렇게 대답했는데 이후 세이지는 지방신문 인터뷰에서 말했다.

그 애에게서 빛이 보였습니다. 절대로 이 빛을 꺼뜨려서는 안 된다고 생각했습니다. 그게 교육자로서, 또 아버지로서 제 책임이었습니다.

아름다운 대답이다. 이 인터뷰를 처음 읽었을 때 감동해 가슴이 먹먹해졌다. 지금은 이 인터뷰를 다시 보면 다른 의미에서 가슴이 먹먹해진다. 내게 빛 같은 건 없다. 나는 아버지가 생각하는 그런 사람이 아니다.

어쨌든 골목대장의 초상화를 본 미술 선생님은 내게 적극적으로 그림을 그리라고 권하기 시작했다.

세이지 역시 왜 그러는지 다 아는데도 다정하게 야산이나 꽃밭처럼 경치가 좋은 곳으로 나를 데리고 갔다.

칭찬받은 경험이 적었던 터라 너무나 기뻤고 기대를 받을수록 계속 그림을 그렸다. 성이 고즈카로 바뀌고서 초등학교 삼 년 동안 문부대신상을 세 번 받았다.

어른들도 참가하는 미술전에서 특선에 뽑혀 화가 오쓰루 다케시가 내 그림을 보게 된 게 중학교 이 학년 때였다.

오쓰루는 나를 오짱이라고 부르며 반려동물처럼 귀여워하면서도 그림에서만큼은 엄격했다. 나는 끝내 그에게 그림으로 칭찬받지 못했다. 그는 늘 나를 그림 잘 그리는 소년이 아니라 어엿한 예술가로 취급해줬다.

오쓰루는 종종 우에노에 있는 서양미술관에 나를 데리고 가 이렇게 말했다.

"무엇보다 잘 봐야 한다."

진짜, 서양 사람이 그린 그림을 처음 봤을 때 너무 무서웠다. 뼛속까지 일본인인데 서양화 쪽이 더 화가의 고뇌나 신에 대한 경외심 같은 게 직접 전해졌다. 성모 승천을 보고 눈물을 흘린 적도 있다. 감동해서가 아니라 인간보다 훨씬 위에 있는 존재로부터 어떤 말을 들은 듯한 느낌이 들어서 눈물로라도 흘려버리지 않으면 미칠 것만 같았다.

그 이야기를 세이지에게 했더니 내 말을 어떻게 이해했는지 성경책을 줬다. 나는 성경을 읽지 않았다. 사실은 내용이 어려워 읽을 수 없었는데 설령 이해할 정도의 지능이 있었더라도 읽지 않았을 것이다. 이유는 역시, 무서웠기 때문이다. 성경을 읽고 서양화의 주제를 이해한다고 해서 정체 모를 커다란 존재에 대한 공포심을 털어내는 일과 이어질 것 같지 않았다. 앎도 무지도 무서운 것이다. 보는 것과 아는 건 다르다. 나는 관여하지 않는다. 볼 뿐이다.

중학교와 고등학교 생활을 대충 하면서 오쓰루의 집을 문지방이 닳도록 드나들었다. 신문에 몇 번 실려 천재 소년이 된 내게 토를 다는 사람은 없었다. 게다가 "표현력만큼은 최고야."라는 오쓰루의 평가도 있어서 미대에 진학힐 수 있었다.

미대에서의 생활은 한마디로 절망적이었다.

'천재 소년'이라는 도금은 바로 벗겨졌고 옥석 가운데 돌이라는 사실을 깨달았다.

빈곤 가정에서 자라고 친절한 신사의 도움으로 미대까지 진학했다. 당시의 나는 행운이라 할 수밖에 없는 처지를 자각하지 못하고 그저 동급생들의 화려함을 질투했다.

내가 빛나지 못하는 이유는 실력이 아니라 경험의 차이였다. 동급생들은 대체로 유복한 가정에서 자란 경우가 많아 나보다 수십 배 많은 경험을 했다. 유화 물감 대신 크레용을 사용한 비참한 경험 같은 건 해보지 못했을 것이다. 그래서…….

진심으로 그렇게 생각했다.

그런 가운데 일말의 불만 없이 평가할 만한 작품이 있었다. 그게 바로 아사미가 인상에 강렬하게 남았다고 한 작품이다. 삼 학년 일 학기 과제로 어머니의 모습을 그렸다.

반쯤 자포자기였다. 동급생에 대한 질투심을 담아 보란 듯 뒤집힌 두꺼비를 그렸다. 연필만으로 힘을 꾹꾹 눌러 그렸다. 어떤 의도로 이 그림을 그렸냐는 질문에 "어머니입니다."라고만 대답했다.

담당 교수의 제의로 백화점 화랑에 걸렸던 그 작품은 호기심 많은 손님에게 십만 엔에 팔렸고 지금은 교과서에 실려 있다.

이 그림이 높이 평가되는 게 놀라웠다.

이 두꺼비를 어머니로 생각하는 사람은 나뿐이고 다른 사람들은 그저 죽어 나자빠진 두꺼비로 보일 것이다. 이때 처음으로 그림의 힘을 깨달았는지도 모른다.

결국, 그 두꺼비 그림이 내 생활을 이끌어줬다.

두꺼비 그림 덕분에 아사미의 제안을 받아 54년회에 들어 갔고 인기 작가가 됐다.

이렇게 되면 그저 그림만 그린다고 되는 게 아니었다.

54년회 사람 대부분은 옥석 중 옥이었는데도 점점 사람이 줄어 왠지 나와 아사미가 중심인물이 됐다. '실은 그들이 돌이고 내가 옥이 아닐까?'라는 우월감을 느낀 것도 사실이다. 하지만 그렇지 않았다. 모두 예술에만 전력을 쏟지 않았을 뿐이다. 생활과 예술, 둘 다에 소홀하지 않은 아사미 같은 사람이 진정한 천재였고 대부분은 누구나 생활을 우선할 수밖에 없다. 나 역시 아사미가 특별히 관심을 주지 않았다면 이슬처럼 사라질 인간이다.

사람이 줄자 당연하게 책임이 늘었다.

어쭙잖게 전시회를 운영하며 틈틈이 자기 작품을 그리는 상태였는데 고맙게도 그림은 계속 팔려 나갔다.

아사미는 나보다 훨씬 똑똑한 사람이라 운영도 제작도 의욕적으로 해냈고 결혼해 아이도 낳았으며 그러는 사이사이 높은 분들과 인맥을 맺을 여유도 있었다. 사람이 줄어도 54년회는 아사미의 노력 덕분에 점점 유명해졌다.

아사미가 조각가라 정말 다행이었다. 그가 나와 같은 분야였다면 술에 독이라도 타서 죽였을 것이다.

아니, 사실을 말하자면 죽이려 한 적 있다.

아사미는 정말 좋은 사람이고 내 은인이자 실력도 인품도 다 갖추고 있다. 게다가 그런 점을 조금도 내세우지 않는다. 그런 부분이 내게 견딜 수 없는 질투심을 느끼게 했고 그와 같이 있으면 미쳐 죽을 것만 같았다.

한 친목회가 끝난 뒤, 아사미는 사람들이 떠난 회장 안내 데

스크 위에 엎드려 자고 있었다. 말이 없는 나 대신 사교 활동을 전부 떠맡았으므로 체력적으로도 한계였을 것이다.

"아사미, 오늘 고마웠어."

그렇게 말을 걸어도 대답이 없었다. 완전히 잠든 것이다.

편안하게 잠든 아사미의 얼굴을 본 내 마음에 느닷없이 살의가 싹텄다. 열등감과 질투심은 늘 품고 있었으나 '죽이자'라는 생각은 정말 느닷없었다. 만약 눈앞에 몽당연필이라도 있었다면 연필을 들고 살의를 담아 그 두꺼비 같은 그림을 그렸을 텐데 그때 바닥에는 빈 와인병이 떨어져 있었다.

가볍게 어깨를 두드려도 일어날 기척이 없다.

지금밖에 없다는 생각이 들었다.

내가 와인병을 들어 올린 순간이었다.

"고즈카 선생님."

뒤에서 또렷한 목소리가 들렸다. 돌아보니 날렵한 실루엣이 있었다.

"구네 씨……."

미술상 구네 니코라이였다. 분명 아까 회장을 나갔는데.

"아! 구네 씨. 이미 간 줄 알았는데."

"죄송해요. 놓고 간 게 있어서요. 그거……."

"아, 이거? 바닥에 떨어져 있었어. 아사미도 자고 있어서 그래서."

내 입에서 아무 의미 없는 말들이 줄줄 흘러나왔다. 구네가 무슨 말을 할지 두려웠다. 혹시 내가 하려던 짓을 지적하면 어쩌지? 비밀을 지켜달라고 애원할까, 아니면 구네도…….

"고즈카 선생님. 그건 제 개인 물건이에요. 놓고 간 물건이 그겁니다."

구네는 변함없는 목소리로 말하고 빈 와인병을 내 손에서 가져갔다.

아무 말도 할 수 없었다. 이 쓰레기가 그의 물건인지 아닌지는 상관없다. 알아차렸다. 구네는 알아버린 것이다. 내 무시무시한 질투심을. 아사미를……, 아니다. 아사미만이 아니라 나보다 압도적으로 뛰어난 사람을 격렬하게 증오하고 있음을.

무릎이 떨려 제대로 서 있을 수가 없어서 구네 앞에서 무릎을 꿇고 말았다.

"구네 씨. 용서하게. 부디 용서해주게……."

구네는 한쪽 무릎을 세우고 앉아 나와 시선을 맞췄다.

"고즈카 선생님. 신에게 사랑받는 인간은 어떤 사람일까요?"

"그야 당연히 아사미 같은 사람이겠지."

간발의 차이도 두지 않고 바로 대답했다.

"아사미의 작품은 아마추어에게도 프로에게도 사랑받지. 그의 인품도 마찬가지야. 늘 온화하고 어떤 사람에게도 상처를 주지 않아. 대범하고 다정하고 여유가 있어. 일도 사생활도 완벽한데 조금도 잘난 척하는 일이 없지. 나 같은 사람에게까지 상냥해. 그는…… 그는."

"저는 그렇게 생각하지 않아요."

구네는 내 손을 잡았다.

"아사미 선생님은 물론 훌륭한 예술가입니다. 작품은 수천만 엔에 거래되죠. 누가 봐도 잘생겼고 옷도 잘 입고 유머도 있어요. 눈치 빠르고 화사해서 아사미 선생님이랑 있으면 정말 즐거워져요. 그러나 그는 너무 충분해요."

"너무 충분해……?"

"네. 그러니까 뭐든 잘한다는 거죠. 뭐든 잘하는 사람은 뭐든 다 해야 합니다. 실제로 아사미 선생님은 매일 정신없이 바빠요. 지금처럼 살해당해도 모를 만큼 숙면할 정도로요. 어때요? 이렇게 뭐든 잘해서 온갖 일을 다 해야 하는 인간을 신이 사랑할까요?"

잠시 생각에 잠겼다가 말했다.

"자네 말을 이해하지 못하겠어."

심장이 불규칙하게 뛰었다. 너무나 불쾌했다.

"선생님은 알려고 하질 않아요. 두려워하죠."

구네가 말하고 웃었다.

그 뒤로 구네는 아무 말도 하지 않았다. 그날 구네가 한 말은 도대체 무슨 소리인지 알 수 없었다. 그러나 그가 내가 질투심에 아사미를 죽이려 했다는 사실을 질책하거나 다른 사람에게 밝히지 않으리라는 확신이 들었다. 그는 그런 차원의 인간이 아닌 듯했다. 구네가 은근히 궁금해져 무슨 일만 있으면 꼭 구네를 불렀다.

구네도 나를 싫어하지 않는지 부르면 반드시 응했다.

아사미는 그때 있었던 일도, 질투에서 오는 증오도 전혀 몰랐으므로 여전히 내 일을 돌봐줬고 내 고독감을 가장 걱정했다.

여러 번 내게 여자를 소개해주려던 것을 거절했다. 아사미에게도, 여자에게도 전혀 관심이 없다. 나는 사람을 사랑하는 기능을 갖추고 있지 않았다. 사랑의 대상에 남녀노소 구별은 없다. 인간과는 그저 위이거나 아래이지, 자애심이나 정욕조차 생기지 않았다. 나는 발기한 적도 없다.

범죄심리학자들이 나를 프로파일링했다면 "어릴 때의 모자 관계가 트리거가 됐다."라고 했을까. 그럴 수도 있고 아닐 수도 있다. 어쨌든 이렇게 되고 말았다.

총리와 악수하거나 최고위 예술문화훈장(코만도르)을 받고 프랑스 대통령과 식사할 때조차 내 곁에는 아무도 없었다. 혼자였고 스스로 박수를 보냈다.

아사미와 내 머리카락에 흰머리가 늘어났을 때 우리는 드디어 국가가 개최하는 전시회 심사위원을 맡았다. 아사미는 기대가 된다고 했으나 나는 달랐다. 내 심사 기준이 다른 사람과 다르면 어쩌나 하는 공포에 사로잡혔다. 게다가 나는 아사미보다 훨씬 혹평과 무시에 시달린 사람이다. 다른 사람이 몇 개월, 몇 년에 걸쳐 완성한 작품을 이건 좋다, 이건 나쁘다고 판단해서는 안 된다고 생각했다.

그런데 이상하게도 작품이 내 앞에 오면 작품의 좋은 점을 찾을 수 있었다. 망설임은 전혀 없었다. 장점은, 빛나 보였다.

여기서 이치카의 이야기로 돌아가자.

구네는 한때 내 매니저 같은 역할을 하고 있었다. 어느 날, 구네가 어린이를 위한 미술전의 심사위원을 해보라고 제안했다. 과거 내가 문부대신상을 받은 전시회와는 다르면서도 비슷한 것이었다. 바로 승낙했다. 아이들의 그림은 어른의 그림에 없는 반짝임이 있고 그걸 잔뜩 볼 수 있다는 생각에 기뻤다.

순위를 매기는 미술전은 일단 응모 작품이 눈앞에 실려 오고 심사 주임이 "거수"라고 말하면 좋다고 생각하는 심사위원이 손을 드는 방식으로 진행된다.

아이들 그림이라고 해서 예외는 없다. 요즘에는 아이들의 그림 실력도 상당히 높아졌다. 그리고 어른들의 전시회와 달리 전부 빛나 보였다. 어쩌면 내가 좋은 작품에서 봐온 빛은 희망일 수도 있겠다고 생각하면서 손을 들거나 들지 않고 있을 때였다.

그 작품이 운반됐을 때, 절로 "와!"라는 큰 소리가 나왔다.

천부의 재능

온몸이 쿵쿵 울리고 책상 모서리를 꼭 잡지 않으면 의자에서 굴러떨어질 듯했다.

검은 종이에 빨간 열매가 그려진 듯 보였다. 그러나 검은 종이라고 생각한 건 하얀 도화지를 검은 유성 크레용으로 칠한 것이었고 그 위에 붉은 색을 여러 겹 겹쳐 표현한 석류가 그려져 있었다.

머리가 깨질 듯했다. 아니, 정말 깨질 듯한 생명의 위험까지 느꼈다.

지금 생각하면 우에노의 서양미술관에서 성모 승천을 봤을 때와 같은 감각이었다. 뭔가 거대한 것과 대치하고 있고 그것의 의향에 따라 너무나 쉽게 머리가 갈라져 죽을 듯한 감각이었다.

수없이 심호흡해 간신히 진정한 다음, 주위 상황을 살피니 다른 심사위원도 숨을 멈추고 있었고 여기저기서 박수 소리가 들려왔다. 나도 그들을 따라 손뼉을 쳤다.

그 그림은 특선을 받았다.

이 그림을 그린 아이와 꼭 만나고 싶다.

가끔 어린이 전시회 출품작 중에는 지도 교사나 부모가 봐주는 정도의 범위를 넘어 손을 대는 바람에 더는 아이의 작품이 아닌 것들이 있다.

다른 심사위원도 조금 있다가 바로 그 가능성을 언급했다.

소묘 능력과 구도도 좋아 모든 영역에서 아마추어를 넘어섰다. 입에 올리지는 않았으나 규정만 지키면 일반 부문에서도 뽑혔을 것이다. 모두 그렇게 생각했다.

그러나 뭐든 괜찮았다. 어린이든 어른이든 이 무시무시한 그림을 그린 인간과 만나야 한다고 느꼈다.

미야하라 이치카, 초등학교 이 학년생.

구네에게 이 소녀에 관해 알아보고 꼭 만날 약속을 잡아달라고 부탁했다. 수상식에서 만나기까지 기다릴 수 없었다.

내가 의뢰하고 사흘 뒤에 구네가 알려왔다.

"미야하라 이치카와 대화하는 건 어려울 것 같습니다."

"왜? 역시 부모나 교사가 손을 봤나? 그래도 괜찮아. 손을 본 사람과 만나고 싶네."

"선생님. 그런 게 아닙니다. 미야하라 이치카 양은 다른 사람과 교류할 수 없습니다."

"무슨 소리지?"

구네는 낮은 탁자에 홍차를 내려놓고 계속 말했다.

"선생님은 서번트 증후군이라는 얘기를 들어보셨죠?"

"그래. 특정 분야에 신이 내린 재능 같은 걸 지닌 대신 다른 건 못하는?"

"맞습니다. 그런 해석이 거의 맞겠죠. 이치카 양이 바로 그런 소녀랍니다."

나도 전에 서번트 증후군 화가라는 사람을 텔레비전에서 본 적 있다. 미국인 청년으로 뉴욕의 야경을 실물과 똑같이 그렸다. 그는 재능을 드러낼 때까지는 거리에서 살았고 당연히 교육을 전혀 받지 못했다. 지능지수는 초등학교 저학년 수준이며 혼자 샤워도 힘들 만큼 몸을 제대로 제어하지 못한다고 소개됐다. 인터뷰에서 작품에 관해 물어도 그 청년은 질문의 뜻을 몰라 아무 말도 하지 않았다.

말하지 못하더라도 만나고 싶다고 하려는데 내 마음을 꿰뚫어 본 듯 구네가 덧붙였다.

"게다가 말이죠. 조금 복잡한, 더 분명하게 말하자면, 힘들게 살고 있습니다."

"자네도 알 걸세. 내 과거도 복잡했다는 걸. 서민 마을 창녀의 아이, 아버지 없는 비렁뱅이라고 불렀다네."

"미야하라 이치카 양은 선생님과는 다른 시련을 겪었습니다. 이치카 양의 아버지는 어느 날 갑자기 사람이 변한 듯 난동을 부려 아내와 자식에게 폭력을 가했고 실제로 어머니와 딸은 죽을 뻔했습니다. 아버지는 체포돼 현재는 의료 교도소에 있습니다. 어머니는 어머니대로 대화가 안 되는 이치카 양과의 관계를 포기해 그녀를 버리고 떠났습니다. 어머니의 부모님, 즉 이치카 양의 외조부모님도 돌볼 처지가 안 돼 현재는 아동 요양 시설에서 지내고 있습니다."

"그렇군. 그렇다면 내가 양아버지가 되겠네."

내 입에서 나온 말이 믿어지지 않아 스스로 내뱉고도 격렬하게 동요하고 말았다. 저도 모르게 구네의 얼굴을 가만히 응시했다.

왜 그러시죠? 하실 말씀이라도 있나요? 구네는 이런 말을 하나도 건네지 않고 대신 촉촉해진 눈으로 내 손을 잡았다.

"그러면 좋겠습니다."

"왜지?"

"아름다운 꽃은 꽃밭에서 키워야죠. 흙은 아주 중요합니다."

구네 나름대로 '유유상종'이라는 말을 바꾼 듯한데 칭찬으로 받아들였다. 그의 말은 언제나 독특해서 무슨 뜻인지 알 수가 없다.

애써 방문 일정을 잡아 이치카가 있는 요양 보호시설을 찾았다. 직원의 손에 이끌려 이목구비가 또렷한 소녀가 들어왔다. 피부가 투명할 정도로 하얬다. 나이에 비해 몸집은 작고 볼은 통통했다. 성장하면 여배우처럼 미녀가 될 듯한데 현재로는 아직 아이다. 그런데도 보자마자 어떤 공포에 사로잡혔고 그 감정을 숨기려 입가에 일그러진 미소를 지었다.

"미야하라 이치카 양. 안녕!"

말을 거니 소녀는 고개를 들고 나를 가리켰다.

"라―나."

천부의 재능

다시 등골이 서늘해졌다.

내 굳은 미소를 보고 직원이 수습하듯 말했다.

"이 애는 늘 이래요. 이치카는 말한다고 해야 하나…… 자기는 의미 있는 말을 하는 듯한데 우리는 알아듣지를 못해서요."

"라—나, 푸—에."

"이치카. 고즈카 오타로 선생님이야. 고.즈.카.선.생.님."

이치카가 직원 얼굴을 보고 말했다.

"고.즈.카.선.생.님."

"그래! 고즈카 선생님. 선생님이 네 그림을 칭찬해주셨어."

"고.즈.카.선.생.님. 고마워요."

이치카는 고맙다는 말만은 술술 했다. 아마도 수없이 따라하게 했을 것이다.

그녀는 생글생글 아이 같은 미소를 짓고 있다. 구네는 교류할 수 없다고 했는데 그건 아닌 듯하다. 그녀는 대화 내용을 다 이해하고 있다. 다만 그녀가 만든 자기만의 언어를 쓸 뿐이다.

신문사 사람이 시키는 대로 이치카와 악수했고 이치카는 자기가 그린 석류 그림을 들고 카메라를 보며 웃었다. 철수하는 기자들의 뒷모습을 보며 기사에서 이치카를 어떻게 다룰지 생각했다. 서번트 증후군이라는 점을 조명할까, 빼어난 미소녀라는 점에 초점을 맞출까. 여러 번 취재를 받아 아는 사실인데 순수하게 그림만 평가하는 기사는 거의 없다. 내 불행한 어린 시절을 지나치게 다뤄 항의문을 낸 적도 있다. 수필을 쓴 이유도 제 맘대로 떠드는 일을 멈추게 하기 위해서다. 여성 작가는 용모가 뛰어나면 바로 그 점에 초점이 맞춰진다. 어쩔 수 없는 일이나 분명 불쾌하게 생각하는 사람도 있을 것이다.

그 후 나는, 갑자기 부탁해서 미안한데 이치카를 더 자세히 알고 싶다고 말했다. 일단 내 제자가 돼달라고 솔직히 전했다. 그러자 직원이 따라오라고 하더니 방 앞에서 이런 말을 했다.

"여기가, 이치카의 방으로 쓰여요."

무슨 소리냐고 물었다.

"보면 아실 겁니다. 무섭다고 다른 애들이 막 울어서요."

그 방의 미닫이문을 열었을 때 순식간에 그녀의 말을 이해했다.

벽 한 면이 눈이 휘둥그레질 만큼 꽃으로 가득 메워져 있었다. 모두 크레용으로 그렸을 것이다. 그러나 달콤한 꽃향기가 방 안을 가득 채워 현기증이 날 것만 같았다.

"라치루스도라도스파에오냐. 다라쿠사쿠무, 에리안토스. 로―사. 이리스마루므."

이치카가 내 옆을 빠져나와 꽃을 가리키며 소리 높여 말했다.

"이치카!"

"괜찮습니다. 아마도 그림을 해설하고 있을 겁니다."

"라―나. 라나큐라스."

이치카는 연한 분홍색 꽃잎이 있는 꽃과 나를 번갈아 가리켰다.

"조금 전 나를 라나라고 했지. 이 꽃과 닮았나?"

후후후. 이치카는 즐겁게 웃었다.

옆에서 훌쩍이는 듯한 소리가 들렸다. 돌아보니 직원이 울고 있었다.

"왜 그러세요?"

"너무 기뻐서요."

직원은 흐느끼며 말했다.

"이치카를 알아주는 사람이 있다니. 이치카는 늘 그림만 그리는데 늘 혼자라 외로워 보여서……."

그건 아니라는 말을 간신히 삼켰다.

"역시 서로 천재라 알아보는 걸까요……. 우리 같은 평범한 사람은 이해할 수 없지만, 고즈카 선생님은."

"그만하시죠."

생각보다 큰 목소리가 나와 서둘러 사과했다. 그러나 꼭 부정하고 싶었다. 나는 천재가 아니다. 어디에나 있는, 원래는 사라졌어야 마땅할 한심한 예술가일 뿐이다. 천재란 이치카 같은 사람을 가리킨다. 아무것도 모르는 사람이 보면 같아 보일지 모르나 무엇보다 나는 이때부터 뼈아프게 이해했다.

여자아이를 미혼 남성이 입양하는 일은 보통 매우 어렵다.

그러나 구네는 그 일을 매끄럽게 해결해줬다. 대대적으로 미디어에 홍보한 것이다.

당대의 천재 화가, 천재 소녀를 발굴하다! 그런 말도 안 되는 보도가 몇 번 나왔고 그때마다 나는 그럴싸한 말을 떠들었다. 얼마나 이치카의 작품이 훌륭한지, 어느 나라의 어떤 작가 같은 기법이며 그 독창성은 하늘로부터 받은 것이라는 둥. 하지만 아무것도 기억나지 않는다. 그 말은 내 것이 아니었기 때문이다. 사람들은 빈곤 가정에서 교감 선생님에게 입양된 내 어린 시절과 비교하며 그래서 내가 이치카를 키우려 한다는 나눔의 감동 스토리까지 지어내 책으로 발간하고 연극으로도 만들었다. 그러나 고즈카 세이지와 내 관계, 나와 이치카의 관계는 백팔십도 다르다. 나는 오로지 이치카의 그림이 발하는 기묘한 빛에 뇌가 마비돼 헛소리를 늘어놓았을 뿐이다.

이치카는 예상대로 순식간에 세상의 평가를 받았다.

일본에서 아웃사이더 아트, 즉 정규 미술 교육을 받지 않은 예술가들의 전시회가 열려 인기를 누린 이유도 그녀의 화제성 덕분이었을 것이다.

이치카가 열여섯이 된 지금은 작품에 수천만 엔의 가격이 붙고 협업을 요청하는 패션 브랜드도 끊이질 않고 있다.

"난 완전히 덤이야."

구네에게 말했다.

천부의 재능

"무슨 말씀이세요?"

"얼버무리지 말게. 이제 난, 이치카의 부속품이란 말이야."

구네는 미간을 찌푸렸다.

"왜 그런 말씀을 하시죠? 저는 오랫동안 선생님의 작품을 다뤘습니다. 미약하나마 선생님 작품과 선생님에 대해 잘 안다고 생각합니다."

물론 구네는 이십 년 가까이 어울렸고 유일하게 나를 이해하는 사람이기도 하다.

"선생님의 자기 평가는 너무 낮다는 사실을 압니다. 선생님 안에 이글이글 타오르는 질투심도, 눈부실 정도로 강한 세계에 대한 증오심도요. 선생님에게는 충분한 재능이 있습니다. 선생님이 아무리 다른 사람과 자기를 비교하더라도 선생님이 미술계의 소중한 보물이라는 점에는 어떤 의심도 없습니다. 선생님 작품은 훌륭합니다. 인간이 도달할 수 있는 최고봉이죠."

고맙다고 말하며 구네의 손을 잡았다. 그 손은 언제나 차갑고 돌처럼 느껴진다.

그러나 마음속은 속이 뒤집힐 듯한 분노로 가득했다. 구네가 돌아간 뒤로도 여전했다.

놈은 한 번도 이치카보다 훌륭하다고 말하지 않는다. 인간이 도달할 수 있는, 이라고 했다. 충분하다는 말은 한계가 있을 때 사용하는 말이다.

아사미 때와는 전혀 다르다.

그녀와 비교 대상조차 되지 못한다.

구네는 에둘러 나보다 이치카가 압도적으로 뛰어나다고 말한 것이다. 어차피 나는 인간 수준이고, 그것을 넘은 이치카와 비교해봤자 도리가 없다는 소리다.

짐승 같은 포효가 내 입에서 터져 나왔다. 식은 홍차가 든 찻잔을 쏟아버리고 낮은 테이블도 내리쳐 깼다. 백오십 호 캔버스를 나이프로 갈가리 찢으며 수없이 소리쳤다. 죽어, 죽어, 죽어!

구네에 대한 분노와 이치카에 대한 증오. 자신에 대한, 자신이라는 생물을 낳은 두꺼비에 대한 감정을 모두 담아 날뛰었다.

"고즈카 선생님."

어느새 이치카가 내 곁에 와 가만히 바라보고 있었다.

"고즈카 선생님. 이우라―토스."

이치카의 말이 다 끝나기도 전에 그녀의 뺨을 갈겼다. 가냘픈 몸이 휙 날아가 창문에 부딪혔다.

"입 닥쳐!"

이치카는 울며 아우성치지 않고 조금 있다가 비틀비틀 자리에서 일어났다.

"도라―쿠시, 이마지네무. 라―나푸―에."

"입 닥치라고 했지!"

다시 이치카에게 손을 올렸다. 셀 수 없이. 단정한 얼굴이
눈물과 콧물로 범벅이 되면 그래도 좀 내 감정이 가라앉을 텐
데 이치카는 어떤 소리도 내지 않았다.

이치카를 내버려두고 성큼성큼 그녀의 방에 들어갔다. 눈
에 띄는 작품을 쫙쫙 찢고, 미국의 어떤 부호가 의뢰했다는 완
성 직전의 커다란 장미 그림에 새빨간 물감으로 커다랗게 가
위표를 그렸다.

"라ー나푸ー에."

이치카는 내 왼팔을 살그머니 잡고 종이 한 장을 쥐여줬다.

검은색 바탕에 뒤집힌 두꺼비가 그려져 있다.

"아아아아아!"

소리가 되시도 못한 소리를 지르며 종이를 갈기갈기 찢었
다. 그리고 닥치는 대로 그림 도구를 쓰레기통에 처박고 창밖
으로 다 버렸다. 맨션 가장 꼭대기 층이라 아래 사는 사람이
맞거나 사고가 일어날지도 모르나 상관없다. 지금 당장이라
도 사라졌으면 좋겠다. 이치카도, 이치카의 그림도, 모두 다.

한바탕 난리 치고 나서 잠들어버렸다.

누가 어깨를 두드려 잠에서 깼다.

"선생님. 정말 난리가 아니에요. 방이 엉망이에요."

"구네 씨……. 어떻게?"

"오늘은 이치카 양이 뉴욕에 가는 날입니다."

몸을 일으켰다. 머리부터 발끝까지 묵직한 통증이 있다. 아침 햇살에 눈이 부시다. 소파까지 기어가려 했는데 구네가 손을 내밀었다. 구네는 그대로 나를 부축해 소파에 앉혔다.

"록펠러센터 크리스마스 인테리어를 이치카 그림으로 장식한다, 그리고 라이브 페인팅 행사를 한다는 제안은 선생님을 통해 왔을 텐데요."

"미안하네. 준비하겠네."

"괜찮습니다. 제가 했습니다. 지금은 오후 두 시입니다."

내가 아침 햇살이라고 생각했던 빛은 한낮의 태양이었구나. 손에 생긴 자잘한 자상을 보고 깊은 후회에 빠졌다.

"구네 씨. 나를 경찰에 신고해주게."

구네는 고개를 기울이고 나를 가만히 바라봤다.

"다 알고 있지 않나. 알잖아? 내가 이치카를."

"네. 틀림없이 이치카 씨의 얼굴에는 커다란 멍이 있습니다. 오른발도 부었고요."

"부탁하네. 신고하게. 그러지 않으면."

"이치카 양이 바라는 일인가요?"

구네는 표정 변화 하나 없이 그렇게 말했다.

"내가 천재의 생각을 어떻게 알겠나."

구네는 바닥에 앉아 있다가 일어나 내 옆에 앉았다.

"모르죠. 실제로 이치카 양은 비행기가 올 때까지 줄곧 종잇

천부의 재능

329

조각에 연필로 뭔가를 그렸습니다. 아마 비행기를 타고 그곳에 도착해서도 마찬가지겠죠. 선생님이 무슨 짓을 해도 이치카 양에게는 영향이 없습니다. 이치카 양은 자기 생각대로 그릴 뿐입니다."

맞다. 그건 안다. 내가 무슨 짓을 해도 이치카에게는 아무런 영향이 없다. 그 정도는 서양미술관에 갔을 때부터 이해했다.

인간이 고통받고 슬퍼하고 아무리 그렇다고 얘기해도 거대한 무언가와는 전혀 관계가 없다. 그저 존재할 뿐이다. 그래서 두려운 것이다. 어떻게 해야 할지 모르기 때문에.

"구네 씨……. 내가 어떻게 해야 할까?"

"계속 그리는 수밖에 없겠죠. 수없이 말씀드렸습니다. 선생님의 작품은 훌륭합니다. 충분히. 비교는 무의미하다는 말입니다. 저는 앞으로도 선생님 작품을."

구네는 또 나를 달래려고 이야기하고 있다. 그 말이 아무리 옳더라도 나는 어쩔 수 없다. 그 말을 받아들이더라도 나는 평생 이치카를 증오할 테니까.

구네의 말을 한 귀로 흘리며 생각하다가 하나의 결론에 도달했다.

이치카의 그림은, 꽃이다.

이치카의 작품에는 반드시 꽃이 등장한다. 그게 중요한 게 아니다. 어쩌다 동물도 그리나 거의 식물뿐이다. 완벽한 일반인도 알고 있는 사실을 이제야 깨달았다. 이치카는 인간을 그릴 수 없다.

못 그리는 건 아닐 것이다. 그녀의 데생은 완벽하다. 그러므로 의도적으로 그리지 않는다. 그녀만의 집착일지 모른다.

그거다. 내가 그녀를 이길 방법이라면…….

나 역시 인물화를 그리는 일은 적다. 습작이나 강사를 할 때 가끔 그리고 작품에 등장시키기도 한다. 그러나 인물을 중심으로 그린 일은 한 번도 없다. 아이러니하게도 이것 때문에 SNS에 「이치카와 고즈카 오타로는 작풍이 비슷해」라고 얘기됐을 것이다.

무엇보다 나는 이치카와 달리 어떤 집착이 있어서 인물을 그리지 않은 건 아니다.

"구네 씨."

여전히 이야기를 계속하고 있는 그의 말을 자르고 내가 말했다.

"이치카는 뉴욕에 얼마나 있나?"

"한 달입니다."

"부탁이 있네."

구네에게 고개를 숙였다.

"그동안만이라도 좋네. 자네를 그리게 해주게."

고개를 들었다. 당연히 그곳에는 미소를 지은 그가 있고 평소처럼 "좋습니다."라고 바로 승낙할 줄 알았다.

그러나 현실은 달랐다. 구네는 전혀 감정이 담기지 않은 눈동자로 나를 바라보고 있었다.

"권하고 싶지 않네요."

구네는 크게 한숨을 쉬었다.

"왜지? 물론 오래 그리게 될 거야. 자네가 원하는 만큼 최대한 돈도 내지. 그러니까."

"애당초 왜 그런 생각을 하셨죠?"

내가 우물쭈물하고 있자 그가 말했다.

"대강 상상은 갑니다. 사람을 그리고 싶다는 생각이 드셨나 보군요. 훌륭한 생각입니다. 그러므로 더 저를 그리는 일은 추천하고 싶지 않습니다. 돈 문제가 아닙니다."

"부탁이네."

필사적으로 매달렸다.

"구네 씨. 자네는 아름다워. 다양한 모델을 봐왔으나 자네를 따라갈 수는 없지. 자네가 가장 매력적이야. 왜 이제까지 자네를 그리지 않았는지 이상할 정도야. 그러나 그 이유도 지금은 알겠네. 자네의 아름다움을 그릴 자신이 없었어. 지금은 가능할지 몰라. 자네의 아름다움을 작품으로 만들고 싶네. 번역해 세상에 알리고 싶어. 부탁이야."

진부한 말을 늘어놓았다. 진부하긴 해도 진심이었다.

구네 니코라이는 아름답다.

다양한 사람과 어울렸다. 다양한 사람과 어울렸다는 말은 남녀를 불문하고 일반인과는 다른 아름다운 사람들과도 교류했다는 소리다.

그러나 식사 모임에 초대돼 온 대부호의 아름다운 아내도, 나의 사랑을 원하던 할리우드의 아름다운 여배우도, 무슨 이유에선지 그와는 대적할 수 없었다. 얼굴이라면 물론 그녀들이 더 낫다. 그러나 그의 눈동자. 그의 눈동자는 무슨 색이라 표현하기 힘든 불가사의한 색이고 눈동자 안에 수많은 별 같은 게 흩어져 있다. 그게 낮이고 밤이고 반짝여 꿈처럼 아름답다.

처음 만났을 때 그는 이십 대 초반의 젊은이였다. 정확한 나이는 모르는데 지금은 사십 대일 것이다. 그래도 그의 외모에는 변함이 없다. 기미도 주름도 흰머리도 없다. 도기처럼 매끄러운 피부와 반짝반짝 빛나는 눈동자는 '영원'이라는 것에 형태가 있다면 그일 것이라는 생각이 든다.

뺨에 매끄러운 감촉이 닿았다. 구네가 내 뺨에 손을 얹고 천천히 위아래로 쓰다듬었다.

"알겠습니다. 거절한다는 선택지는 제게 없지요. 저는 당신을 위해 있으니까요."

구네는 얼빠진 표정의 내 얼굴을 잠시 쓰다듬고는 일어나 창 앞에 서서 크게 손을 펼쳤다.

천부의 재능

"자, 어떻게 하면 될까요? 오른쪽을 볼까요? 아니면 왼쪽을 볼까요? 옷은 방해가 될까요?"

역광이라 구네의 얼굴은 시커멓기만 했다. 그러나 빛나는 눈동자가 나를 비추고 있다.

이후로 먹고 자는 일도 잊고 작업에 매달렸다. 문자 그대로 인간적인 일은 전혀 하지 않고 낮에도 밤에도 그림만 그렸다. 구네 역시 실오라기 하나 안 걸치고 내 요구에 응했다.

결론부터 말하겠다.

나는 웃고 있다. 이치카의 작품을 뛰어넘었다는 만족감에서가 아니다.

완성된 작품은 확실히 과거의 내 작품을 잊게 할 만큼 훌륭했다. 어디 내놔도 누구나 그렇게 평가할 것이다.

그러나 그곳에 구네는 없었다.

얼핏 보면 빨간 겹꽃으로 보이는 그림, 가까이서 보면 꽃잎처럼 보이는 부분 한 장 한 장에 원념을 품은 사람의 손이 그려져 있다. 가장 높은 층에서 보는 야경을 배경으로 충실히 스케치했는데 아무리 봐도 눈이다. 수천, 수만의 검은 눈동자가 그 기이한 꽃을 지켜보고 있다.

붓을 멈출 타이밍이 틀림없이 있었을 것이다. 아마 자신이 뭘 그리고 있는지 모르지 않았을 것이다. 나도 이런 그림을 그리고 있음을 분명히 자각하고 있었다.

웃을 수밖에 없었다.

이 그림은, 이치카의 그림이다.

이치카를 넘어선 게 아니다.

전력을 다해 이치카를 쫓아온 것이다.

"멋지네요."

구네는 미소를 지었다. 날카로운 송곳니가 드러났다.

"정말 훌륭해요. 당신에 대한 평가를 정정하겠습니다. 당신은 범상치 않아요. 이런 인간이 있을 줄은 생각 못 했네요."

구네의 매끄러운 배가 내 이마에 닿았다. 육식동물 같은 아름다운 하반신에서 생명이 느껴진다. 어머니에게 매달리는 아이처럼 구네의 엉덩이에 팔을 둘렀다.

"라―나푸―에. 고즈카 선생님. 테리리피리미, 인조니."

어느새 이치카가 구네 옆에 서서 나를 칭찬하고 있다.

"맞아. 그래."

구네는 며칠씩 목욕하지 않아 악취를 풍기는 내 몸을 안아 러그 매트에 눕히고 몸을 숙여 나를 바라봤다.

"어쩌면 당신도 '미에루 히토'였을 수 있겠네요."

"논쿠레데데테비."

이치카가 구네 옆에서 얼굴을 내밀고 생글생글 웃었다.

"정말 심하게도 말한다."

그들의 들뜬 목소리를 멍한 머리로 들었다.

"그러나 고즈카 선생님. 당신은 너무 나이를 많이 먹었어요."

구네는 정말 유감이라는 듯 떨리는 목소리를 냈다.

"여기 있는 이치카도 완전히 도달하지 못했잖아요? 이치카는 그래도 아직……, 물론 선생님과는 관련 없는 이야기입니다. 어쨌든 선생님의 재능은 여기까지입니다."

구네가 내 오른편에 누워 있다. 비틀린 복사근 하나까지 색기를 잔뜩 뿜어내고 있다. 울퉁불퉁한 근육은 매혹적이라 더는 봐선 안 된다는 생각이 들면서도 어떻게 그릴지 생각하고 만다.

내 왼편에는 이치카가 누워 있다. 날씬한 배, 거품 같은 유방 위에 복숭아색 유두가 또렷하게 자기주장을 하고 있다. 성장하지 않은, 꽃봉오리 같은 아름다움이다. 이게, 젊음이구나.

나는 끄덕였다. 그의 말은 다 옳고 틀림이 없다.

"난, 어떻게 해야 하나?"

"선생님의 재능은 끝난 게 아닙니다."

구네는 노래하듯 말했다.

"다음으로 이어지겠죠. 아주 멋진 일입니다. 아버지가 바라는 일이죠. 당신의 훌륭한 재능은 영원히 사라지지 않을 겁니다."

"고이토스."

이치카도 그렇게 말했다.

"그래. 맞아. 이치카. 네 거야."

구네도 끄덕였다.

"아버지는 지상에 남자와 여자를 만들었습니다. 남자의 갈비뼈로 여자를. 땅을 채우라고 말씀하셨습니다."

맞다. 내 재능은 다른 누군가가 이으면 된다. 그렇게 인간은 아버지에 다가가는 것이다.

구네와 이치카처럼 옷을 벗었다.

구네는 이치카를 안아 올려 그녀의 두 다리를 크게 벌렸다. 작은 나무 열매 같은 빨간 것에 세로로 된 근육이 달려 있다.

구네의 얼굴을 올려다봤다. 구네는 촉촉해진 눈으로 말했다. "어서요."

태어나 이쪽으로는 한 번도 없었던 일이다. 혈액이 몸 중심으로 모여들었다.

구네는 미소를 짓고 있다. 이치카 역시 똑같은 표정이다. 나를 맞아들이는 이치카의 모습을 본다.

이치카는 두꺼비가 아니다.

심은 씨는 죽지 않고서는 살아날 수 없습니다.

◆ 고린토인들에게 보내는 첫째 편지 15장 36절 ◆

무결의 인간

조카를 살해한 여자, 그 마음의 깊은 어둠.

"얌전하고 성실하고 다른 사람을 험담하지 않는 사람. 그녀를 아는 사람은 다 놀랄 거예요."

용의자가 일한 회사 사무원 여성은 놀라움을 감추지 못하고 말했다.

【사진】학창 시절의 아오시마 용의자, 살해 현장 등

지바현 나라시노 경찰서는 4월 23일, 이 시에 사는 회사원 아오시마 사쿠라코(47)를 시조카 아오시마 소스케(7) 군을 칼로 찔러 살해한 혐의로 현행범 체포했다.

"시부모와 담소하는데 갑자기 밖으로 뛰쳐나가더니 등교하려고 길에 있던 소스케 군을 공격했다. 소스케 군의 비명을 들은 시부모가 막으려 했으나 경찰이 출동할 때까지 칼을 버리지

않았다. 경찰은 사건의 자세한 경위 등을 조사 중이다." (전국 신문 사회부 기자)

"제가 다 했습니다."

경찰 조사에서 아오시마는 솔직히 혐의를 인정했다고 한다. 도대체 왜 이런 비참한 결말을 맞았을까.

용의자 아오시마는 가나가와현 요코하마시에서 태어났다.

얌전하고 착한 아이. 형제 중 가장 우수. 학교에서는 학생회장 역임

"아버지는 호쾌한, 쇼와 시대의 기업 전사. 어머니는 교사였으나 사쿠라코를 낳고 일을 그만두고 가정에 들어왔습니다. 사쿠라코가 맏딸이고 아래로 십 형제. 사쿠리코는 얌전하고 착한 아이였어요. 전형적인 장녀 스타일이죠. 학교 성적은 늘 상위권이었고 학생회장도 했어요. 그 집은 여자가 똑똑하다는 얘기를 많이 했죠." (이웃 주민)

고등학교를 졸업하고 도쿄의 대형 광고 회사에 취직. 경리부에서 근무했다.

"아버지가 고루해서 여자는 공부할 필요가 없다고 했대요. 대학에 안 보내줘서 고교를 졸업하고 최대한 좋은 조건으로 취직해 집을 나오려고 열심히 공부했다고 들었어요." (용의자의 고등학교 같은 반 친구)

아오시마는 도쿄에서 자취하기 시작했고 36세 때 독서 모임에서 만난 회사원 남성과 결혼한다.

"그는 온화하고 이성적인 사람이었습니다. 고민을 들어주거나 다투는 일이 있으면 중재를 잘했죠. 상사에게는 귀여움을 받고 후배들이 잘 따르는 사람이었습니다." (용의자 남편의 전 직장 동료 남성)

온화한 성격의 두 사람은 행복한 결혼 생활을 보냈다. 불임 치료를 이겨내고 용의자가 39세 때 바라고 바라던 첫아들 유야 군을 얻었다.

"정말 많이 사랑받았죠. 아버지도 어머니 교실에 따라올 만큼 협조적이었고요." (용의자의 지인 여성)

그런데 행복했던 가정에 비극이 찾아온다.

차가 폭주해 유야 군이 다니는 유치원을 덮쳐 어린 생명이 희생됐다. 운전사는 당시 36세 여성으로 아이가 세 명 있었다. 사건 당일은, 아들을 데리러 가던 중이었다.

【기자】「사형시켜주세요. 극형에 처해주세요」
스미다 유치원 폭주 차량 사상 사고
사망한 남아 어머니의 공판 진술 상세

기사에는 당시 아오시마 용의자의 슬픔이 자세히 기록돼

있다.

기사에 적힌 대로 아오시마 용의자는 유야 군이 사망하고 일할 수 없게 됐다. 집에 틀어박혀 생활하며 한동안은 정신과를 다니기도 했다. 중도 우울증이었다고 한다.

"(내원하는 환자분 가운데는 그런 분도 있는데 용의자는) 화를 내거나 폭력을 쓰는 일은 없었다. 계속 통원하면서 표정도 밝아졌다." (용의자가 다닌 정신과 접수 직원)

그 후 용의자는 남편의 헌신적인 보살핌과 적절한 치료로 호전된 듯 보였다.

학원, 회계 사무소에서 일하는 등 사회에도 복귀했다.

"제가 임신했다고 알렸을 때도 축하해줬어요. 유야 군 일은 몰랐어요. 나중에 일고 니무 무심하게 행동했다고 생각해 후회했죠. 어쩌면 내심 미워했을 수도 있겠네요." (용의자의 전 직장 상사 여성)

아오시마 용의자는 힘든 상황에서도 마음을 다스리고 배려할 줄 아는 여성이었다.

얼마 후에는 건축 판금업을 하는 지바현의 시댁에서 남편이 일하게 되자, 경리 담당으로 남편을 도왔다.

"그곳(시부모가 운영하는 판금 회사) 일가는 친절하기로 유명해요. 지역 불량배도 고용해 여러 명 사회에 복귀시켰죠. 이 주변 사람은 모두 일가를 존경합니다. 형님(용의자의 남편) 부인도 조용한 편이었으나 무뚝뚝하지는 않았어요. 늘 인사도 잘 하고 똑똑한 인상이었죠. 가정 관계는 좋아 보였어요." (이웃 주민)

지역에서 존경받는, 문제없는 일가. 용의자는 왜 이런 환경에서 폭거에 나섰을까.

용의자는 연행되기 직전, 갑자기 울음을 터뜨리며 무릎을 꿇기도 했다고 한다.

용의자가 담당의에게 쓴 메모에는 이렇게 적혀 있었다.

「왜 나만. 가짜 행복만 있지? 그 애가 상냥한 건 아직 자식이 있어서야. 나를 깔보고 있겠지. 세 명이나 있다니 왜? 나는 아직 하나도 없는데. 너무 혼자만 복이 많잖아!」

"(불우한 과거가) 소스케와 무슨 관계가 있는지 도무지 이해할 수가 없어요. 오빠와 함께 정신적으로 불안정한 새언니를 다 함께 도와야 한다고 늘 말했어요. 은혜를 원수로 돌려받은 기분이에요. 아이를 부조리하게 빼앗긴 경험이 있는 사람이 어떻게 똑같은 짓을 할 수 있나요? 정말 용서할 수가 없어요."

소스케 군의 어머니는 분노를 드러냈다.

얌전하고 성실하고 야무진 사람. 주위 사람들이 일제히 그렇게 평가하는 아오시마 사쿠라코. 그녀의 인생 수레바퀴는 가장 사랑하는 아들을 잃고 나서부터 어긋나기 시작했는지 모른다.

성실한 성격이라 더 자기 생각에 빠져 질투나 증오의 감정을 의사에게조차 토해내지 못하고 마음속으로만 되새기며 키운 게 아닐까.

그 감정이 자기 아이를 빼앗은 피해자가 아니라 헌신적으로 돌봐준 가족에게 향했다는 게 너무나 가슴 아프다.

(취재·글/다나카 노부아키)

「데일리 신조」 20××년 ×월 ×일 업데이트

압류 고통으로 일가 동반 자살

4일, 요코하마 신항 제8부두에서 경차 왜건이 바다에 떨어졌다. 일가족이 동반 자살을 시도한 것으로 보이며 두 명이 사망했다.

가나가와현 요코하마 수상경찰서에 따르면 사고가 일어난 시각은 4일 오후 10시경. 산책 중이던 인근 주민이 "차가 부두에서 바다로 뛰어들었다."라고 신고했다.

신고를 받은 경찰서원과 지역 소방대가 구조 활동을 시작. 운전한 31세 남성과 7세 장남은 자력으로 차 밖으로 탈출해 보호됐는데 남성의 아내(29)와 차남(3)은 실려 간 병원에서 사망했다.

자동차를 운전한 남성은 음식점을 경영하는 바바 유조 씨.

바바 씨는 1년 전에 실업가 세미나 단체 사사이지도관을 습격해 방화 미수, 건조물 손괴 등 다수의 혐의로 기소돼 유죄가 확정됐다. 현재는 집행유예 기간 중이었다. 사사이지도관은 경영 컨설턴트라는 명목 아래 부정한 권유를 하거나 사실과는 다른 계약을 맺을 뿐만 아니라 법정 수임료 이상의 금전을 챙기는 등 특정상거래법 위반 혐의로 사원이 체포됐다. 또 단체 자체도 특정상거래법 규정 위반으로 거래를 중지하라는 소비자청 명령을 받았다.

바바 씨는 음식점 경영 외에 가벼운 먹거리를 제공하는 푸드 트럭 사업도 했다. 그러나 지난달 30일, 세금 체납으로 푸드 트럭 차량을 압류당하는 등 자금난에 시달려 왔다. 경찰은 경제난에 동반 자살을 시도했을 가능성이 높다고 보고 바바 씨의 회복을 기다려 사정을 청취할 예정이다.

「마이유신문」 20××년 ×월 ×일 업데이트

방금 소개받은 시호병원 원장 시호 고노스케라고 합니다. 잘 부탁드립니다.

마루하시 가오루 선생, 도다 메이코 선생, 고맙습니다. 두 분의 연구 주제는 감각질(qualia) 분야인데 저도 아주 흥미롭게 들었습니다. 감각질은 뇌과학 분야 선생들이 사용하는 개념으로, 뇌의 작동 원리와 상당히 가깝다고 여겨지는데 우리 의사들에게는 여전히 어색한 개념이죠.

이번에는 사례 연구 강연입니다. 스케이트로 말하자면 갈라쇼 같은 거니까 부디 편안히 들어주십시오.

저는 이제부터 '감각질'과 관련된, 혹은 관련됐을 수도 있는, 제 경험을 실제 증례와 함께 이야기하고자 합니다.

'정신 질환'과 '범죄'가 크게 얽힌 경험이므로 강연에 앞서 사법 정신 의료를 전공한 의사로서 제가 항상 유념하는 점을 말씀드리고자 합니다. 강연 내용과는 직접 관련이 없으나 아주 중요합니다.

중대 범죄로 체포된 사람의 정신과 진료 경력이 보도될 때마다 "정신 질환자는 위험해." "정신 질환자는 집이나 병원에서 나오지 마!"와 같이 편견에 기반한 다양한 비난이 사회 전체에 퍼지는 게 사실입니다.

물론 이러한 차별은 단호히 배척돼야 합니다. 그리고 차별을 낳는 것은 무지입니다. 사람들을 무지하게 만드는 이유는 지나친 터부가 아닐까 합니다.

여러분 가운데 의사도 있으니 경험이 있으리라 생각합니다. 최근에는 '정신 질환'과 '범죄'를 나란히 늘어놓는 자체를 주저하는 분위기입니다. 연구 분야의 수치 데이터 자체도 차별이라는 단어로 비판하는 풍조도 있습니다.

그러나 연구를 통해 알아내는 과정은 결코 차별이 아닙니다. 다 아시겠지만, 편견을 없애고 오해를 바탕으로 한 차별을 없애고자 하는 마음은 정신과 의료 종사자의 가장 큰 바람입니다.

범죄를 일으킨 정신 질환자는 사회와 가정으로부터 추방돼 자신을 제어하지 못한 채 상당히 힘든 인생을 살고 있습니다. 이번 실험 사례, 사건을 일으킨 인물을 예로 들어 말씀드리겠습니다. 우리가 그들과 대면하고 어떻게 대응할 것인가? 그 현상을 파악하고 좀 더 넓은 시점으로 생각하는 데 도움이 된다면 좋겠습니다.

그럼, 이제부터 이야기를 시작하겠습니다.

조현병은 백 명 가운데 한 명 비율로 걸리는 비교적 흔한 질병입니다. 지역, 환경과 상관없이 똑같습니다. 그러므로 정신과 의사가 가장 많이 치료하는 질병이기도 합니다. 사법 정신 의료 현장에서도 조현병 환자를 만날 때가 많습니다. 환각, 환청, 망상, 혹은 사고가 혼란스러워져 사고에 일관성이 사라지는 사고 장애 등의 영향을 강하게 받아 종종 폭력적인 상태가 되는 게 이 질병의 특징이라 불행하게도 범죄와 연결될 때가 있습니다.

이제 나눠드린 자료를 봐주십시오. 이 자료는 개인 정보가 포함돼 있는 관계로 인원수에 맞춰 드렸습니다. 끝나고 돌아가실 때 가져가지 마시고 입구에서 반납해주세요.

여기 사십 대 남성은 사월에 동일본 성인 교정 의료센터, 보통 의료 구치소라고 부르는 곳에 입소했습니다. 제가 정신 감정을 담당해 조현병으로 진단했습니다.

우선 정신 감정을 설명하겠습니다. 형사 사건 피의자나 피고인에 정신 질환이 있거나 정신 질환으로 책임 능력에 문제가 있다고 의심될 경우, 검사나 판사는 형사소송법에 근거해 전문가인 정신과 의사에게 정신 감정을 위촉 또는 명령해 책임 능력을 판단합니다. 책임 능력 판단은 책임 능력의 생물학적 요소, 즉 범행 당시에 정신 질환이 있었는지, 있었다면 어느 정도인지를 판단합니다. 그리고 있었을 경우, 그게 범행에 영향을 미쳤는지, 영향이 있었다면 어느 정도인지도 평가합니다. 영향 없음, 있어도 경도, 큰 영향이 있었음, 지배당함까지 네 단계가 있죠. 그리고 이를 정리해 감정서를 작성해 검사와 판사에게 보고합니다. 그때부터는 우리 손을 떠나 감정서 결과를 바탕으로 검사와 판사가 책임 능력의 심리학적 요소, 즉 범행 당시의 판단 능력 유무, 제어 능력 유무를 검토해 책임 능력의 최종 판단을 내립니다.

저희는 감정을 위탁받으면 한 건에 정말 긴 시간을 투자합니다. 수사 자료, 공판 자료 등을 모아 다 읽습니다. 여기에는 일어난 사건, 피의자나 피고인의 현재 병력, 생활 이력, 진술도 포함됩니다. 때로는 주변 제삼자의 정보도 파악합니다. 그런 다음 구류된 피의자나 피고인과 면접합니다.

이야기로 돌아가죠. 어떤 형제들의 이야기입니다.

제 담당 환자는 한 남성이므로 아무래도 이야기는 그를 중심으로 진행됩니다. 저는 지금 말씀드리는 순서를 거쳐 그와 이야기하게 됐습니다.

그렇습니다. 여러분도 그를 잘 알고 있을 겁니다.

그가 교도소에 들어온 죄상은 폭행죄와 상해죄입니다.

직장에서는 별다른 특이 사항이 없었는데 가정에서는 "이대로는 아무것도 안 되고 일도 안 될 거야!"라며 종종 아내와 자식을 때리고 물건을 던지는 등 폭력 행위를 일삼았습니다. 그의 아내가 그를 속여 인근 정신과 진료를 받게 해 조현병이라 진단받고 약을 먹기 시작했습니다. 그러나 그는 "나는 정신병자가 아니야!"라며 복약을 거부하고 병원에도 다니지 않았습니다. 서서히 잠을 못 자고 갑자기 흥분하거나 기괴한 소리를 지르는가 하면 무표정하게 소파에 온종일 앉아 있게 됐습니다. 이는 의학적으로는 긴장증이라고 합니다. 긴장증은 흥분이나 혼돈을 바탕으로 같은 자세를 유지하는 증상, 즉 그가 온종일 앉아 있었다는 상황에 해당하죠. 그리고 상대의 말을 따라 하거나 똑같은 동작을 하는 반향 언어와 동작, 혹은 같은 동작을 계속 되풀이하는 상동증 등 특징적 증상이 나오는 증후군입니다.

아내는 자주 진료받자고 설득하는 등 노력했으나 그 노력은 열매를 맺지 못했습니다. 그때까지도 여전히 폭력 행위가 이어졌죠. 그가 현행범으로 체포된 범행 당일 이야기를 하겠습니다.

범행 당일, 그는 갑자기 딸의 머리카락을 움켜쥐고 바닥에 내려쳤습니다. 그리고 쓰러진 상태의 딸을 여러 차례 발로 찼습니다. 말리는 아내에게 호통을 치고 주먹으로 얼굴과 뺨을 때렸다고 합니다. 아내가 지르는 비명을 듣고 이웃 주민이 신고해 상해 현행범으로 체포됐습니다. 경찰이 출동했을 때 아내는 의식 불명의 중태였습니다.

의식 불명의 중태는 의학 용어는 아닙니다. 자주 뉴스에서 듣는 말이죠. 구체적으로 어떤 상태였는지 자세히 설명하면 사람들이 좋은 기분일 수 없으니까요. 그의 아내는 뇌와 내장이 손상돼 불러도 반응하지 못하는, 그야말로 생사의 경계를 오가고 있었습니다.

그와 면담했을 때, 즉 정신 감정 때 그는 수없이 "그건 딸이 아니라 미에루야."라고 말했습니다. 이는 전형적인 카그라 증후군(Capgras delusion)입니다. 카그라 증후군은 가까운 사람이 똑같은 외모의 다른 사람과 바뀌었다고 확신하는 망상입니다.

미에루란 도대체 무엇인가? 그것은 현재 밝혀진 바 없습니다.

그런데 여러분이 그를 아는 이유는 이 사건 때문이 아닐 겁니다.

그의 누나가 딱 일 년 전에 칼로 시조카를 살해해 현행범으로 체포돼 현재 공판 중입니다. 그녀는 중도 우울성 질환으로 정신과 통원 이력이 있었습니다. 또 반년 전에는 그의 남동생이 일가족 동반 자살을 시도했다가 본인은 살아남았고 아내와 차남은 사망했습니다. 당시 동생은 어떤 단체 시설을 습격해 기소된 상태였습니다.

이런 상황이라면 사람들의 관심이 집중돼도 이상할 게 없겠죠.

범죄 원인을 유전적 요인에서 찾은 사람은 이탈리아 정신과 의사였던 체사레 롬브로소입니다. 그는 당시 최첨단 인류유전학을 도입해 근대 형사학의 시조로 불립니다. 그는 범죄자 대부분이 타고난 범죄자라고 생각해 '생래적 범죄인'이라고 불렀습니다.

그러나 이건 백 년도 더 된 이야기입니다.

범죄 백서에서 인용한 데이터를 봐주십시오. 이를 통해 알 수 있듯 현재 밝혀진 바로는 상습 범죄자에게서 유전적 요인이 비교적 높다는 정도일 뿐 '생래적 범죄인' 설은 잘못된 설로 판명됐습니다.

게놈 의료 연구자들은 게놈 해석을 바탕으로 한 유전적 검사를 받는, 즉 애당초 불행한 범죄자가 태어나지 않도록 하는 연구를 추진하고 있답니다. 처음에 말씀드린 대로 연구를 통해 해명하는 행위 자체는 차별이 아닙니다. 그러나 롬브로소가 주창한 생래적 범죄인, 범죄의 유전이라는 사고방식은 널리 통용되고 있습니다. 현재 일본의 모든 사람이 한센병과 결핵이 유전이 아님을 아는데 왜 정신 질환은 제대로 이해받지 못하고 있을까요.

전문적으로는 '유전부인(遺傳負因)'이라고 부릅니다. 부정적 유전 요인이라는 뜻이죠. 이는 일반적으로 정신 질환의 가족력을 나타내는 용어입니다. 제 생각에는 이 '부인'이라는 단어가 부정적 인상을 조장했다고 생각합니다. 고혈압 가족력을 가진 사람에게 부인이라는 표현은 쓰지 않으니까요. 죄송합니다. 이야기가 벗어났군요.

제가 여기서 주장하고 싶은 것은 이상한 사람이라 죄를 저질렀다는 생각은 시대착오적인 발상이란 겁니다.

사십 대 남성 사건은 경찰 조직과 언론이 보도 협정을 맺고 보도를 최대한 자제했습니다. 남의 말을 함부로 하길 좋아하는 언론이 왜곡 보도해 정신 질환자에 대한 온갖 차별을 조장할 우려가 있어 저희가 강력하게 요청한 결과입니다. 그러나 유감스럽게도 도덕성이 부족한 일부 매체에 의해 의료나 보도 관계자 사이에 널리 알려지고 말았죠. 법적 개입의 한계가 있는 인터넷에서는 수많은 차별적인 글이 보여 정말 유감으로 생각합니다.

정신 질환자의 범죄가 일어나면 무엇보다 '마음의 어둠'이라는 표현을 써서 대중의 공포심을 자극이라도 하려는 듯 '정신 질환자는 무슨 짓을 할지 모를 두려운 존재'로 취급합니다. 그러나 '마음의 어둠'이란 치료가 필요한 상태이며, 범죄자라 하더라도 우리 의료 종사자에게는 환자, 즉 고독 속에서 고통받는 약자일 뿐입니다.

정신 질환자를 범죄로 달려가게 하지 않기 위해서는 그들의 실태를 파악하고 대화하고 이해하는 것, 그들에게 다가가 지원하는 체제를 정비하는 것이 중요합니다.

저는 정신 감정의 일환으로 그와 서신을 교환하고 있습니다. 그는 저와 대화할 때는 상당히 차분해집니다. 그래선지 조현병이라고 해도 책임 능력이 전혀 없다고 판단할 수 없어서 일반 형사 시설에 머물게 해야겠다고 생각했습니다. 그런데 일반 시설에서 수형 생활을 시작하자마자 그는 시설 안에서 이따금 바닥이나 벽을 세게 머리로 두드리는 등의 자해 행동을 했습니다. 나아가 차분해졌을 때조차 '미에루' 같은 말을 다른 수형자에게 계속했습니다. 그 말을 들은 수형자도 영향을 받아 문제 행동을 일으켜 결과적으로 현저하게 생활환경이 흐트러졌다는 보고를 시설로부터 받았습니다. 그런 경위로 그는 다시 의료 교도소에서 지내게 됐습니다.

원래는 다른 가족과도 면접을 진행해야 합니다. 하지만 그의 누나는 공판 중이고 다른 의사가 대응하고 있습니다. 그의 남동생도 마찬가지입니다. 현재 그와 여러 번 면접하고 서신을 교환하는 게 제가 하는 일의 전부입니다.

그가 '미에루' 외에 종종 언급하는 화제는 또 있습니다.

'그'의 이야기입니다. 그, 그 사람. 애매한 표현이라 죄송합니다.

한 남성의 이야기죠.

마른 체형에 장신. 언동이 부드럽고 말투는 온화하다고 합니다. 뾰족한 송곳니와 아름다운 눈동자가 특징이고 아름다운 외모라는 말을 수없이 했습니다. 특히 눈동자가 별처럼 아름답다고요.

그에게 이 아름다운 청년은 유혹하는 사람이었습니다. 항상 그를 불러 행동하게 만듭니다.

예. 아마도 여기 계신 분들은 거의 전부 똑같이 생각하시겠죠. 이 아름다운 청년은 망상의 산물이라고.

분명 가공의 인물과 대화하는 일은 종종 있습니다. 상상 속 친구(Imaginary friend)라고 해서 두 살부터 일곱 살까지의 어린이들에게 종종 일어나는 일입니다. 그 아이들에게 문제가 있는 것도 아니고 치료할 필요도 없습니다.

그런데 이 현상이 고교생, 대학생, 사회인이 돼도 계속된다면 어떨까요.

이럴 경우, 일단 본인을 둘러싼 환경에 틀림없이 문제가 있다고 생각해야겠죠. 상담 등 의료와의 연계가 필요한 상태입니다.

어쨌든 저는 그의 망상이, 어쩌면 제 관심을 끌려고 지어낸 이야기라고 생각했습니다.

그런데 이 아름다운 청년이 실존하는 게 아닌가, 하고 생각하게 되는 일이 벌어졌습니다.

저는 그의 누나와 동생을 담당하는 의사와 연락했는데 그 둘의 이야기에도 그 아름다운 청년이 등장한다는 게 아닙니까?

마른 체형에 장신, 뾰족한 송곳니, 별 같은 눈동자.

불가사의하게도 모두가 그의 이름을 대지 못했습니다. 만약 이름이 있다면 실재하는 아이돌이나 애니메이션 캐릭터를 망상에 끼워 넣었다고 생각할 수 있을 텐데요…….

그 아름다운 청년은 제 환자에게는 유혹하는 사람이었습니다.

그의 누나에게는 주는 사람이었고요. 청년은 그녀에게 죽은 아이를 살아 돌아오게 해주겠다며 이상한 항아리를 줬다가 나중에는 도로 가져갔다고 합니다.

그의 남동생에게는 시험하는 사람이었습니다. 동생의 기억이 가장 애매했습니다. 어쨌든 뭔가를 선택하게 했는데 실패했다고 했답니다.

여러분, 만델라 효과라고 아시나요?

남아프리카공화국의 지도자 넬슨 만델라에서 유래한 현상입니다.

그는 2013년에 서거했습니다. 그런데 많은 사람이 "넬슨 만델라는 1980년대에 옥중에서 사망했다."라고 잘못 기억하고 있습니다.

왜 다수의 인간이 개인적 착오에 불과한 잘못된 기억을 공유하게 됐을까요?

왜 이런 일이 일어날까요?

심리학 연구에 따르면 이 현상은 인간의 뇌 구조에 기인한다고 합니다. 인간은 각 개인이 이른바 상식이라는 길 가지고 있다가 정말 있었던 사실의 공백 부분을 이 상식으로 보충합니다. 그 과정에서 결국 사실과 다른 기억을 지니게 한다는 겁니다. 이를 인지 편향이라고 합니다. 만델라 효과가 바로 인지 편향이 가장 광범위하게 일어난 사건이라 추정하고 있습니다. 흥미로운 이야기죠.

그러나 저는, 이 기억은 집단이……. 아뇨, 이 형제가 공유하는 허위 기억이라고는 도저히 생각할 수 없습니다.

이유는 많습니다. 가장 큰 이유는 구체성입니다. 여러 번 말해도 똑같이, 똑같은 말을 합니다. 청년의 이야기에는 조금의 어긋남도 없습니다.

조금 전 선생님이 강연해주신 감각질 이야기요. 제가 느끼는 빨강과 여러분이 느끼는 빨강은 다른 색일 수 있다. 문외한인 저는 그렇게 해석했습니다. 개인의 감각 경험에서 만들어진 고유의 감각이 있다는 말이죠. 이는 분명 자연과학적으로 수량화하기 힘들 겁니다. 그래도 연구하겠다는 분이 있을 겁니다. 저로서는 해볼 엄두가 안 납니다.

다만 감각질 이야기를 들었을 때 제일 먼저 범죄자가 되고만 형제가 말한 공통 인물이 떠올랐습니다.

세 사람의 감각질은 적어도 세 사람 안에서는 가시화돼 있는 게 아닐까요?

저는 앞으로도 그들의 이야기를 듣고 돌보며 더 깊이 인간의 뇌를 해명하고 싶습니다.

그러면 질문할 분이 계시면 해주시죠.

참석자 이번 주제와 관련이 없는 질문인데 사법 전문가인 선생님에게 여쭙겠습니다. 정신 감정에서 '책임 능력 없음'이라는 말을 뉴스에서 자주 듣는데 정신 감정 건수가 늘고 있나요?

예. 질문해주셔서 감사합니다. 실제로 건수는 늘고 있습니다. 그러나 이는 정신 질환이 의심되는 범죄자가 늘어난 게 아니라 배심원 제도의 영향으로 정신 감정 의뢰 건수가 늘고 있는 겁니다. 배심원 제도가 시작되기 전에는 재판에 참여하는 사람은 저까지 포함해 당연히 전문가들뿐이었습니다. 그러나 배심원은 국민 가운데 무작위로 뽑힌 분들이라 다 일반인입니다. 배심원 재판 때는 사전에 한 시간 남짓 시간을 들여 파워포인트로 "이 사람의 질병에는 이런 게 있고 이런 이름의 질환입니다." 혹은 "이런 병이 있는데 사건과는 관련이 없습니다." 같은 설명을 합니다. 배심원들에게 우리가 여러 달에 걸쳐 작성한 감정서를 읽게 해도 소용없으니까요. 이 제도가 시작되기 전, 저는 사실 일반인이 이를 이해하기는 어려우리라고 생각했습니다. 책임 능력이 문제가 되는 사건은 배심원 제도를 채택하지 않는 편이 낫다고 조언하기도 했습니다. 그러나 막상 시작해보니 배심원 여섯 명 중에 한 명은 반드시 이해력이 뛰어난 분이 있어서 그분이 의견을 모으는 역할을 합니다. 어쨌든 배심원 심판에서는 의견이 갈리면 곤란하므로 검찰 측은 아무리 생각해도 책임 능력이 있는 사람까지 정신 감정을 의뢰하게 됐습니다.

참석자 아까 하신 말씀에 궁금한 점이 있습니다. 선생님은 그나 그의 형제들이 하는 말에 신빙성이 있다고 판단하시는 듯한데 저는 셋이 인위적으로 만들어낸 상상 속 친구가 아닐까

합니다. 형제라면 어떤 방법을 써서 합의할 수 있지 않을까요? 선생님은 신빙성이 있다는 판단을 어떻게 내리셨나요?

질문 감사합니다.

결론부터 말씀드리면 저는 꾀병(假病)은 거의 알아낼 수 있다고 생각합니다.

범죄자 가운데 정신 질환자라고 속여 형을 가볍게 하려고 종종 증상을 주장하는 사람들이 있습니다. 진짜 질환자는 그러지 않습니다. 일단 자각이 없는 분이 대부분이고 통원 이력이 있어도 숨깁니다. 그러므로 면담할 때 "환각과 환청이 있다."라고 하거나 "나는 조현병으로 심신 상실 상태였다."라고 말하는 사람에게는 "당신은 정신 질환자가 절대 아닙니다."라고 말할 수 있습니다.

그리고 그런 주장이 없더라도 여러 번 표현을 바꿔 같은 질문을 하면 일관성이 보입니다. 추가적으로 입원 후 간호사를 통해 24시간 관찰하게 합니다. 일시적으로 병인 척할 수는 있어도 24시간 그런 상태로 있기는 어렵습니다. 그러므로 꾀병은 대부분 밝혀낼 수 있습니다.

세 사람은 저와 담당 선생님이 수없이 같은 질문을 되풀이했습니다. 그들은 놀랍도록 똑같은 이야기를 재현합니다. 그러므로 그들이 말하는 청년은 실재한다고 판단했습니다.

참석자 개인 정보 문제로 대답하기 어려우면 안 하셔도 되는데 이 자료의 남성은 사이코패스가 아닐까요? 저는 의사 면허가 없어서 잘 모르겠으나 사이코패스는 다른 사람을 교묘하게 잘 조종해 자기 합리성에 근거해 행동하고 죄책감도 없다고 들었습니다.

시간 관계상, 이 질문을 마지막으로 하겠습니다.

사이코패스 말이죠? 사이코패스는 요즘 그 이름만 유명해졌을 뿐 제대로 이해되지 못하고 있는 용어입니다.

사이코패스란 정신병질, 즉 사이코패시를 지닌 사람이란 뜻입니다. 오랫동안 연구되고 분석돼 현재는 PCL-R이라는 평점으로 진단합니다. 정확하게 평점을 매기려면 자격이 있어야 합니다.

현재 진단 기준에 따른 유사 질환으로는 DSM, 즉 정신 질환 진단 및 통계 편람 기준에서는 반사회성 인격 장애가 있고 ICD, 즉 질병 및 관련 보건 문제의 국제 통계 분류 기준에서는 비사회성 인격 장애가 있습니다.

사이코패스라는 용어의 개념과 실제 진단명인 반사회성·비사회성 인격 장애 사이에는 결정적인 차이가 있습니다.

사이코패스는 밖으로 드러나는 문제 행동만이 아니라 내면

적 문제에도 기준을 두고 있습니다. 반사회성·비사회성 인격 장애에서는 밖으로 나타나는 문제 행동만을 평가 대상으로 합니다. 그래서 교도소 등에 수용된 사람 중 문제 행동을 일으킨 대부분의 사람을 반사회성·비사회성 인격 장애의 개념에 넣는 경향이 있습니다. 그러므로 질문자가 그를 '사이코패스가 아닐까?'라고 생각하는 것도 무리는 아닙니다. 그러나 의학적 접근으로는 부적절합니다. 지금도 사이코패스 연구는 진행 중인 단계입니다.

물론 그와의 면담에서 몇 가지 기준에 맞아떨어지는 부분도 찾을 수 있었습니다. 그러나 맞지 않는 부분도 많습니다. 그가 사이코패스냐는 질문에는 "모르겠다."라고 대답할 수밖에 없습니다.

사이코패스라는 개념. 맞습니다, 개념 말이죠. 이미지의 문제이기도 하죠.「양들의 침묵」의 한니발 렉터 박사 같은 인물을 떠올리는 분이 많을 겁니다. 높은 지능, 매력, 타인을 조종하는 능력, 흉악성, 죄책감이 없다는 특징. 그러나 렉터 박사 같은 사이코패스는 그리 많지 않을 겁니다. 대체로 아주 평범하게 살고 아주 평범하게 생활할 겁니다. 다른 사람의 기분을 고려하지 않고 이기적으로 사는 사람은 여러분 주위에도 있죠. 그런 부분이 점점 늘어나 범죄를 저질러야 비로소 대중이 인식하고 사이코패스라고 부를지 모릅니다.

이제까지 들어주셔서 감사합니다. 이것으로 제 얘기를 끝내겠습니다.

(니혼정보대학 주최 뇌과학 학회 특별 강연에서)

시호 선생님. 정말 큰 신세를 졌습니다. 시호 선생님이 제 정신을 의심하시고 미친 사람이라고 판단해주셔서 저는 지금 이렇게 편지를 쓸 수 있습니다. 고맙습니다. 그러나 저는 제정신이고 진짜 사실만을 얘기했습니다.

원망하지는 않습니다. 쓴 그대로입니다. 저는 시호 선생님에게 감사 이외의 마음은 전혀 없습니다. 당신 덕분에 지금에야 그의 마음과 같이 있을 수 있습니다. 이는 감사 편지입니다. 시호 선생님에게 말하고 싶은 얘기는 절반 없습니다. 사실 저는 다른 사람에게 너무 말하고 싶습니다. 그러나 잘 아시겠죠. 제가 편지를 쓸 수 있게 허락된 사람은 시호 선생님밖에 없습니다. 제게 관심 있는 기자나 문필가가 많더군요. 그 사람들과 글이라도 교환해보려고 편지를 썼는데 웃기게도 다 시커멓게 칠해지고 말았습니다. 그러면 의미가 없죠. 그런 면에서 시호 선생님과의 대화는 몇 장이라는 제한은 있으나 거의 검열당하지 않습니다. 이건 의료 행위의 일종이니까요. 다행입니다. '너 정도라면 참아줄게'라는 식으로 느껴지신다면 죄송합니다. 그게 아닙니다. 저는 깨달았습니다. 시호 선생님처럼 성실하고 다른 사람을 절대 무시하지 않는 멋진 의사 선생님이야말로 제 얘기를 들어야 한다고요. 그 분야에 무지하고 구경꾼 근성만 지닌 인간들은 의미가 없죠. 그러므로 지금 환경이 오히려 다행일 것 같습니다. 저는 지금 의료 교도소라는 곳에 있는데 여기는 그저 평온할 뿐입니다. 보호받는다거나 자애롭다는 평온함이 아닙니다. 모든 게 끝난 사람과 그걸 지켜보는 사람들의 평온함입니다. 환자이기 전에 저는 수감자이므로 당연히 회색의 거친 옷을 입고 항상 감시당합니다. 해가 잘 들고 항상 방향제 같은 향기가 어렴풋이 감돌고 있으나 자세히 보면 창에 철창이 있고 식사도, 오락도 제한된 곳입니다. 그러나 여기 사람들은 바깥 사람들보다 훨씬 친절합니다. 직업윤리라는 걸 느낍니다. 시호 선생님도 그런 분이겠죠. 어쨌든 저는 건강합니다. 냉정하고요. 제 상황을 분명히 압니다. 지금 머리가 조금 아프긴 한데 지면에 부딪혔기 때문입니다. 저는 평생 여기서 못 나가겠죠. 저는 매일 난동을 부립니다. 매수 제한이 있어서 오늘은 여기까지 하겠습니다. 글을 쓰니 말하는 것보다 훨씬 정확하게 전해지는 느낌입니다. 다음번부터는 제가 들려드리고 싶은 얘기를 쓰려고 합니다. 시호 선생님도 건강하게 지내세요.

* * *

시호 선생님, 안녕하세요. 시호 선생님이 제게 말했죠. "당신과 마찬가지로 제게도 딸이 있어요."라고. 그리고 물으셨어요. 딸이 탄 그네를 밀어준 적 있냐고요. 아이는 먼저 힘을 실어주지 않으면 혼자 그네를 탈 수 없습니다. 밀면 돌아오죠. 다시 밀면 또 돌아옵니다. 그래요. 반드시 돌아옵니다. 미사키에게는 잘못했다고 생각합니다. 미사키까지 때릴 생각은 없었습니다. 하지만 엄마라 딸을 지키려고 해서 어쩔 수 없이. 신기합니다. 그렇게 아이와 데면데면했는데 그게 어머니의 대가 없는 사랑일까요. 저는 도무지 모르겠습니다. 무엇보다 말입니다. 무엇보다 어머니의 죽음이 뜻밖이었습니다. 충격 받았다는 말은 아닙니다. 제가 사랑하는 사람은 오직 한 사람이니까요. 부모 형제 아내와 딸이 다 없어져도 딱히, 아니죠. 딸은 그러면 안 되겠죠. 맞다. 어머니 얘기 중이었죠? 어머니는 아마도 저를 사랑하지 않았다고 생각합니다. 그보다 아무도 사랑하지 않았던 게 아닐까요? 포악한 아버지에게 고통받는 아내를 연기한 게 아니었을까요? 인간에게는 저마다 하늘에서 받은 역할 같은 게 있습니다. 저도 마찬가지인데 어머니는 부자연스러웠어요. 그만큼 열심히 자기 역할을 연기했던 건지도 모르겠네요. 어머니는 며느리를 괴롭히는 시어머니라는 전형적인 나쁜 역할도 해내서 미사키가 힘들었겠죠. 미사키는 연기가 아니라 정말 힘들어했으니까요. 어머니의 죽음은 미사키에게 구원이 아니었을까요. 하지만 역시 곤란해요. 어머니가 없으면. 미사키가 평온을 되찾으니까요. 미사키가 평온을 되찾으면 딸이 행복해지고 마니까요. 그러면 안 됩니다. 그래서 저는 지금까지 한 번도 폭력을 써본 적 없었는데 마음을 다잡고 노력했습니다. 모든 건 그 사람 탓입니다. 그렇게 몸을 던져 애를 감싸더니 내가 사라지자마자 딸을 버리고 사라졌다니 여전히 믿기지 않습니다. 말이 통하지 않아 제대로 기르지 못했다고 생각한 모양인데 상대는 우리를 전부 이해하고 있습니다. 그냥 미에루라 저쪽 말을 쓸 뿐입니다. 그는 그것도 곧 개선될 테니 그때까지 기다리면 된다고 했습니다. 내 말을 상대가 안다면 그걸로 충분하지 않나요? 물론 그동안 미사키를 너무 고생시켜서 불평할 여지는 없죠. 미사키는 지금 어디 있을까요. 건강하게 지내면 좋으련만. 시호 선생님도 잘 지내세요.

* * *

시호 선생님, 안녕하세요. 제가 여기를 나가더라도 받아줄 사람이 없다는 사실을 대리인에게 들었습니다. 평생 못 나갈 테니 생각해봤자 의미도 없겠으나 질투가 느껴집니다. 질투란 그가 관심을 가진 사람이 아마도 제가 아니라는 사실에 대한 질투입니다. 나 혼자로는 역부족이라, 물론 이것도 어쩔 수 없는 일이죠. 제일 먼저 유조입니다. 동생이죠. 걔는 어릴 때부터 정말 키가 컸는데도 늘 쭈뼛거렸어요. 그래서 이렇다 할 이유도 없이 창업한다고 했을 때는 정말 놀랐습니다. 아버지는 말은 많았어도 동생을 아꼈던 모양입니다. 월에 수십만 엔씩 내줬으니까요. 언 발에 오줌 누기였죠. 아버지가 돌아가시자 집까지 팔아야 해서 어머니를 저희가 맡게 됐습니다. 아무래도 그것도 그가 한 짓이겠죠. 내 앞에 나타났으면 좋았을 텐데. 어차피 제가 그를 이해할 수는 없었겠지만요. 물론 저는 그를 자주 볼 수는 없어도 소리는 자주 들었습니다. 지금도 마찬가지입니다. 시호 선생님에게 제 얘기를 들려주라는 제안도 그가 했습니다. 상대는 시호 선생님이라고 지목한 건 아니지만요. 그리고 누나요. 누나는 시댁에 살았습니다. 아이가 죽고 오랫동안 슬퍼했으니 마음이 고달팠겠죠. 하지만 사돈댁은 다 좋은 사람들이라 그런 일이 벌어지실시는 정말 몰랐습니다. 오해하지 말아주세요. 그는 절대로 사람을 죽이라고 하지는 않았답니다. 기본적으로 그에게 인류는 전부 사랑스러운 아이이니까요. 분해요. 모두에게 다 그렇다는 게요. 제게만 그랬으면 좋겠는데. 안 되겠죠? 또 다른 동생은 성실하다고 해야 하나, 원래부터 존재감이 적었다고 해야 하나, 언제나 한 걸음 물러서서 가족을 차갑게 봤어요. 지금도 해외에 있다고 했나. 이제 평생 대화할 일도 없겠죠. 일본에 있으면 험한 소리를 들었을 텐데 외국이니까 괜찮을까요. 민폐를 끼쳤다고 생각합니다. 어쨌든 저와 유조, 누나까지 전부 범죄자가 됐으니까요. 시호 선생님만이 아니

라 범죄자와 관련 있는 선생님들은 전부 다 관심이 있으시겠
죠? 언론도 흥미가 있으니까 그토록 조사했겠죠. 그렇다면 역
시 도망친 미사키가 현명했던 걸까요? 딸도 저와 미사키랑 관
계없는 성으로 바뀌었고. 그런가요? 미사키는 딸을 사랑해서
그랬을 수도 있겠네요. 착한 여자예요. 아무리 생각해도 잘못
했다고 생각합니다. 추워지는데 건강 조심하세요.

* * *

시호 선생님, 안녕하세요. 앞으로 몇 번은 옛날이야기를 하
려고 합니다. 박식한 선생님은 들어본 적 있어서 지루할 수
도 있는데 꼭 들어주세요. 아주 중요한 얘기입니다. 외가 쪽
은 에히메현 이마바리 근처가 고향이랍니다. 그러므로 그곳
이야기일 겁니다. 그곳에는 주모산이라는 산이 있습니다. 중
무산(重茂山)이나 십문자산(十文字山)이라고 쓰고 주모산이
라고 발음한답니다. 그리고 주모성도 있습니다. 덴쇼 시기
(1573~1591), 주고쿠 지방을 정벌한 도요토미 히데요시는 고
바야카와 다카카게를 총대장으로 삼아 도사의 조소카베 모
토치카가 통일한 시코쿠 정벌을 시작해 이요를 공격했습니
다. 삼만 남짓한 군사를 이끈 고바야카와는 오치 지방의 온갖
성을 공격하며 서쪽으로 침공했고 가와노 씨족은 끝내 본거
지인 유즈모지성을 넘겨줘야 했습니다. 오카베 주로라는 주
모성의 성주는 가와노 씨족의 무장이었습니다. 성이 함락된

뒤 성주의 딸, 어린 공주와 유모는 함께 마을로 피난했습니다. 그러나 마을 노파의 밀고로 기누가사 근처에서 적병에 발견돼 결국은 자결하고 말았습니다. 일설에 따르면 오카베와 공주는 '데우스'를 신봉했다고 합니다. 공주의 묘는 십자가 모양을 하고 있죠. 그래서 주모산을 십문자라 쓰기도 하는 겁니다. '데우스'란 곧 아버지입니다. 그가 아버지라고 부르는. 하지만 그건 저와는 상관없는 얘기입니다. 저는 아버지나 공주 얘기를 하고 싶은 게 아닙니다. 밀고한 노파 얘기입니다. 노파의 자손은 미에루가 된다는 전설이 있습니다. 선생님은 미에루라는 말을 아세요? 미에루는 쉽게 말하면 장애인을 가리킵니다. 제대로 말하지 못해 의사소통이 되질 않아요. 이런 증상의 환자를 진찰하신 적 있나요? 있나면 진단명은 뭔가요? 미에루라는 이름의 근거가 될 법한 이름이라면 꼭 알려주세요. 제 친척에는 한 대에 한 명씩 꼭 미에루가 태어났습니다. 제 대에는 사촌 여동생이었죠. 얼굴이 아름다운 여자였습니다. 그다음이 그러니까, 이치카입니다. 이치카가 제일 가깝다는 말입니다. 그러나 완성까지는 좀 시간이 필요하겠죠. 잘은 모르겠지만. 저는 남자라 역시 미에루가 되지 못했는데 미에루 탄생에 일조는 했나봅니다. 다시 말하는데 그가 제게 그렇게 하라고 한 게 아니라 제가 그를 위해 하고 싶어서 한 일입니다. 그와는 몇 번 대화했습니다. 손에 꼽을 만큼이죠. 다 잊었을 수도 있죠. 아뇨. 기억하겠죠. 많은 사람 가운데 하나로. 슬픕니다. 이런 얘길 해서 죄송해요. 시호 선생님도 다 알면서도 슬플 때가 있나요?

* * *

이치카가 세계적인 아티스트라는 게 사실인가요? 시대가 참 많이 변했네요. 이모는 사촌을 '금치산자'라고 불렀는데요. 지금은 차별 용어일 수 있는데 시설에 다니게 하다가 나중에는 내내 집에 가둬놨어요. 학대는 아닙니다. 본인은 아무것도 느끼지 않으니까요. 미에루는 말이죠, 대화해요. 우리는 알 도리가 없어요. 미에루가 부럽습니다. 저도 미에루였으면 좋았을 텐데. 하지만 시호 선생님, 절대 말하지 말아주세요. 그에게 미안해요. 그의 목적은 아무도 모르니까요. 맞다. 옛날이야기를 하기로 했죠? 시호 선생님. 삼이라는 숫자가 지닌 의미를 아세요? 삼위일체, 성부와 성자와 성령, 삼보, 불보·법보·승보로 이뤄진 불법승, 신호의 빨강, 노랑, 파랑까지 세상은 삼으로 구성된 게 많습니다. 그 역시 삼이라는 숫자에 집착합니다. 세 가지 질문, 세 가지 시련, 아버지가 될 신이, 그 아들이, 황야에서 당한 일도 그랬죠. 유조는 막내입니다. 세 가지 시련을 받았죠. 성공인지 실패인지를 묻는다면 물론 인간은 기본적으로 실패일 텐데 그와 그 아버지의 기준을 모르겠습니다. 적어도 미에루에는 한 걸음 다가갔을 겁니다. 무엇보다 제게는 선택의 여지도 없었으니까요. 불만은 없습니다. 저

무결의 인간

371

도 돼야 할 대로 된 것뿐입니다. 이도 틀림없이 스스로 내린 선택을 용서받은 결과겠죠. 그래요. 그런 겁니다. 세 가지 선택의 이야기입니다. 선택이란 곧 하나를 고르는 거죠. 그러나 거꾸로 말하면 하나를 버리는 겁니다. 버려도 잘 잊지는 못합니다. 잊는 게 바로 선택인데 왠지 인간은 그게 잘 안 됩니다. 예컨대 나쁜 일이 일어나지 않아도 이렇게 했으면 더 좋았으리라고 생각하는 게 인간이잖아요? 그러니까 선생님. 유조는 살인자가 됨으로써 처음으로 선택할 수 있었던 게 아닐까요? 만약 죽어버리면 이랬으면 좋았을 텐데, 저게 더 좋았을 텐데, 라고 할 수 없으니까요. 살인자는 절대 악입니다. 절대 악 외에는 아버지로부터 도망칠 방법이 없습니다. 끔찍한가요? 저는 그렇게 생각하지 않습니다. 저는 도망칠 생각이 없으니까요. "당신이 하느님의 아들이거든 이 돌더러 빵이 되라고 해보시오." "당신이 내 앞에 절하면 이 모든 것을 당신에게 주겠소." "당신이 하느님의 아들이거든 뛰어내려보시오." 맞습니다. 시험해서는 안 됩니다. 아버지를 시험해서는 안 됩니다. 시험은 아버지의 몫입니다.

* * *

시호 선생님, 별일 없으시죠? 뉴스에서는 따뜻한 겨울이 될 거라 했는데 매서운 추위가 이어지고 있네요. 이 시설은 낡아서 그런지 바닥에서 냉기가 올라와 양말을 신어도 발이 시립니다. 수공예 마니아라던 노인은 추워서 죽은 모양입니다. 시든 나뭇가지 같은 사체를 상상하니 슬퍼집니다. 겨울은 그야말로 시련이네요. 맞습니다. 시련 이야기입니다. 저도 젊었을 때 그의 목적을 생각한 적 있었습니다. 왜 우리에게 접근하나. 처음에는 미에루 때문이라고 생각했습니다. 미에루를 미에루로 완성하기 위해 시련을 준다고, 그가 아버지라 부르는 존재의 사자(使者)로서 오는 거라고. 실제로 물어본 적도 있습니다. 그는 "당신이 그렇게 생각한다면"이라고 대답했습니다. 제가 어리석었습니다. 너무 어리석어 그를 사랑할 자격이 없습니다. 그는 훨씬 아름다운 존재입니다. 의도라거나 접근이라는 생각조차 모욕적이라 허용되지 않을 만큼요. 그는 존엄한 존재입니다. 말 그대로입니다. "당신이 그렇게 생각한다면." 맞습니다. 그는, 제가, 우리가 바라는 바이자, 생각하는 바 그대로입니다. 만약 악인이라 생각하면 악인이고 선인이라고 생각하면 선인으로 보이고 실제로도 그렇습니다. 너무나 존엄하고 숭고하게 우리를 위해 존재해줬습니다. 생각해보면 누구를 위해서든 바라는 걸 바라는 대로 주신 분이었습니다. 제가 그에게 바란 것은, 그가 저를 사랑하는 거였는데 그보다 더 바란 일은 그를 사랑하는 겁니다. 줄곧 사랑하는 겁니다. 그를 위해 사는 겁니다. 그대로 됐습니다. 그를 위해 사는 행복이 얼마나 큰지. 그가 제 세계에 있다는 사실이 얼마나 기쁜

지요. 시호 선생님. 선생님에게는 소중한 사람이 있나요? 부모와 자식의 정, 형제애, 우정, 성애, 그런 것에 포함되지 않는 거요. 무슨 일이 있더라도 아무것도 아깝지 않은 소중한 사람, 그 사람이 존재해야 자신이 존재한다고 단언할 수 있는 사람요. 잘 생각해보세요. 대부분은 그런 사람과 만나지 못합니다. 저는 행복합니다. 죄를 저지르고 법의 심판을 받아 세상으로부터 ✖✖✖✖라고 비난받고 경멸당하며 최악의 인간으로 존재합니다. 이곳에 있는 의료진과 시호 선생님도 저를 인간으로 취급하는 건 표면적인 행동이겠죠. 그래도 단언할 수 있습니다. 시호 선생님 같은 지위와 명예, 재산까지 다 가진 높은 분보다 제가 더 행복합니다. 세상 누구보다 말입니다. 선생님, 불쾌하셨나요? 그러나 이건 제게 사실입니나. 건강 관리 잘하세요.

* * *

　시호 선생님, 죄송합니다. 한동안 옛날이야기를 하지 못했네요. 오늘 하겠습니다. 시호 선생님. 새해, 아니 작년 연말에 손님이 찾아왔어요. 어디서 어떻게 왔는지 모를 신기한 손님요. 저희 말로는 '마레비토'라고 합니다. 아키타의 나마하게[*], 고시키지마의 도시돈[**] 같은. 맞아요. 옵니다. 왜 연말일까요. 연말에는 태양이 안 드는 데가 많기 때문입니다. 태양이란 생

* 가면을 쓰고 지푸라기 옷을 걸친 신의 사신
* 연말에 찾아와 아이를 빼앗아 가는 요괴

기입니다. 그렇습니다. 생기가 옅어지면 죽음의 기운이 섞여 들어옵니다. 맞아요. 손님은 죽음의 세계에서 왔습니다. 죽음은 의사 선생님이신 시호 선생님에게는 나쁜 인상이겠네요. 그러나 죽음의 세계에서 왔다고 해서 나쁘다고 단정할 수는 없습니다. 손님은 늘 선물을 갖고 옵니다. 옛날부터 이런 이야기가 전해지고 있어요. 어느 연말. 고약한 시어머니의 시집살이를 겪는 여자가 있었습니다. 밤중에 느닷없이 불씨를 가져오라는데 당장 준비할 수 없었죠. 당황해 어쩔 줄 모르고 있는데 문 두드리는 소리가 들렸습니다. 문을 여니 남자 몇 명이 서 있었습니다. "여행 중에 동료 하나가 죽었는데 앞길을 서둘러야 해서 공양도 못 하고 곤란한 지경이다. 반드시 돌아올 것이다. 불씨를 줄 테니까 대신 우리가 돌아올 때까지 이 시신을 맡아달라." 그들이 이렇게 말했습니다. 남자들이 수상했으나 불씨가 가지고 싶은 마음에 수락했고 남자들은 고맙다는 말을 남기고 떠났습니다. 여자는 시어머니에게 불씨를 주고 와서 시신을 이불로 감싸놓았습니다. 하룻밤 지나고 이불을 보니 왠지 어제보다 커져 있었습니다. 서둘러 이불을 풀어보니 시신이 황금으로 바뀌어 있었습니다. 시호 선생님, 어때요? 손님은 좋은 걸 가져다준답니다. 맞아요. 노력하는 사람에게는 반드시 좋은 일이 일어나는 법입니다. 그래서 돌이 어머니로 변했을 때도 그리 놀라지 않았습니다. 미사키는 최선을 다했으니까요. 그러나 미사키에게 좋은 일이 제게 좋은 일은 아니라는 겁니다. 말했죠? 좋거나 나쁘다는 건 인간의 판단에 불과합니다. 맞아요. 연말에 오는 소중한 손님이라면 생각나는 게 더 있지 않나요? 밝고 신나는 음악. 반짝이는 마을. 웃는 사람들. 맞아요. 그 가운데 오는 손님이죠. 시호 선생님에게도 따님이 있다고 하셨죠? 따님에게 뭘 줄지, 매년 사모님과 고민하시죠? 행복, 밝다는 인상이 강한데 그것은 사실 죽음의 세계에서 오는 겁니다. 어떻게 생각하세요? 냉정하고 현명한 시호 선생님은 이해해주시겠죠. 편견도 없으실 거고요. 부디 그렇게 있어주세요.

* * *

시호 선생님. 아주 먼 옛날, 신들 시대의 구슬 이야기를 해드릴까요. 말을 바치려 하면 말이 쓰러질까 봐 걱정이고 소를 바치려고 하면 뿔을 세우고 난동을 피울지도 모릅니다. 노예를 바치려고 하는데 노예가 도망치기라도 하면 곤란합니다. 오야마토의 이시무라라는 곳의 촌장은 허리에 차고 있는 아름다운 보물 자루의 끈을 풀어 헤쳐 크게 벌리고 그 안에 있는 아름다운 보옥을 바치겠다고 했습니다. 그랬더니 그의 침실 위에 안개가 살랑살랑 내려앉듯 일, 십, 백, 천, 만 헤아릴 수 없이 많은 보옥이 떨어져 그것을 주워야 했죠. 놀라셨어요? 맞아요. 그는 이렇게 커다랗고 하얀 자루에 멋진 것들을 담아서 옵니다. 그러므로 저는 그를 환영합니다. 당연히 시호 선생님도 그렇겠죠. 아뇨. 시호 선생님은 맞이하는 사람보다 그와 같은 역할을 할 수 있겠네요. 역할이라고 해도 아주 일부분이겠지만. 일부라도 아주 훌륭한 일입니다. 저는 그의 역할 일부분조차 맡지 못했으니까요. 저를 다들 부끄러운 아버지라고 하죠? 부끄러운 인간이라고. 그래서 미사키도 저와 이치카와 연을 끊었겠죠. 이 얘기, 시호 선생님은 어떤 분에게 하셨나요? 이치카가 세계적인 아티스트라는 게 사실이라면 추문이 되겠네요. 미사키의 노력이 물거품이 되지 않도록 비밀로 해달라고 부탁해야 할 텐데 저는 어찌할 바를 모르겠습니다. 뭐가 옳은 건지 틀린 건지 모르겠습니다. 모른다는 사실을 알았다고 해야 할까요. 시호 선생님도 알 리 없겠죠. 무엇이 옳은지 아닌지를 결정하는 건 우리가 아닙니다. 어머니가 최초의 죄를 저질렀을 때 아버지는 화를 내셨고 그는 슬퍼했다고 합니다. 그러나 어머니를 벌하지 않았습니다. 어머니를 놓아버렸을 뿐입니다. 어머니의 죄는 무엇이었을까요. 어머니가 죽었을 때 그가 왔습니다. 멀리서 별이 빛나는 듯 보였습니다. 저는 제대로 말도 하지 못했습니다. 그는 웃고 있었는데 무슨 생각을 했을까요. 어머니의 죄를 어떻게 생각했을까요. 셉템 페카타 카피탈레스(Septem peccata capitales). 일곱 가지 죄악을 아세요? 교만, 탐욕, 시기, 분노, 음욕, 폭식, 나태. 이것이 인간을 죄로 이끄는 감정이라는데, 어떤가요? 이 일곱 가지가 없는 인간이 있나요? 있다면 그것은 말하는 시체입니다. 즉 인간은 살아 있는 한 죄를 짓고 누구나 죄가 있다는 겁니다. 그렇습니다. 어머니를 벌할 수는 없습니다. 죄를 지은 인간이 어떻게 어머니를 벌할 수 있겠습니까. 인간을 벌하는 것은 신뿐입니다. 아시겠어요?

* * *

시호 선생님. 제가 퀴즈를 낼 테니 대답해주세요. 대답하지 않으시면 곤란해요. 시호 선생님이 써주신 말이 의료인으로서 건전하고 타당한 말임은 이해합니다. 그러나 저는 그런 건 필요하지 않습니다. 제 말이 어떻게 생각되든, 세상 사람들이 뭐라든, 제가 앞으로 어떻게 되든 전혀 관심이 없습니다. 결단코 될 대로 되라는 식으로 생각하거나 자포자기하는 게 아닙니다. 그렇습니다. 어떤 의미에서 저는 그가 어떻게 느끼는지조차 관심이 없습니다. 수없이 말씀드렸듯 제가 한 일은 자기만족이었습니다. 이렇게 하면 그가 좋아할지 모른다고 생각해 행동한 결과가 지금의 저입니다. 그는 제게 이렇게 하라고 한마디도 하지 않았습니다. 아뇨. 딱 한 번, 딱 한 번. 겨울에 이치카의 옷을 벗기고 매달아 욕실에 방치했을 때 그가 말했습니다. 당신은 이게 옳다고 생각하냐고. 눈이 정말 아름다웠어요. 눈동자가 반짝반짝 빛났죠. 무엇보다 아름다웠습니다. 저는 아무 대답도 할 수 없었습니다. "아버지는 말보다 당신 마음을 아신다."라고 말한 것도 그였습니다. 그러므로 제 생각은 전부 그에게 전해졌을 겁니다. 그는 말이죠, 그 보석 같은 눈동자에서 반짝이는 눈물을 흘리며 짧게 말했습니다. "주여. 어찌할까요." 그 팔에는 이치카가 안겨 있었습니다. 이상하게도 그에게는 불가능한 일이란 없으니까요. 선생님. 그가 슬퍼했어도 제가 한 일은 다 그를 위한 거였습니다. 선생님은 어떻게 하면 훌륭해질지 생각하시나요? 저는 고통과 파괴 같은 것 외에는 훌륭해질 수 없답니다. 왜 종교인이, 더 쉽게 말하면 무술인이 엄격하게 수행할까요. 육체적으로 정신적으로 자신을 궁지로 몰아넣을까요. 그들은 잘못하는 걸까요? 아버지의 관심은 미에루에게 있으므로 미에루를 훌륭하게 만들면 됩니다. 저는 틀렸던 걸까요? 그때부터 그는 가끔 제 앞에 모습을 드러냈습니다. 어떤 날은 요양 선생님, 어떤 날은 이웃에 사는 대학생, 어떤 날은 경찰관이었습니다. 얼마나 사랑한다고 말하고 싶었는지요. 그가 저를 타이를 때, 그가 이치카를 보호했을 때, 얼마나 저를 봐달라고 말하고 싶었는지 저는 말하지 못했습니다. 이게 제 사랑이었습니다. 선생님, 선생님이라면 아시겠죠? 그의 정체 말입니다. 빨리 맞혀주세요. 이게 퀴즈입니다. 잘 부탁드립니다.

무결의 인간

* * *

　선생님. 솔직히 실망했습니다. 우선 미사키에게 연락한 일 말입니다. 미사키는 그냥 놔두세요. 그는 미사키를 소중하게 생각합니다. 그리고 다음은 미사키의 말을 그대로 적어 제게 전한 일요. "이치카 양은 당신의 친자식이 아니라 당신 아버지가 미사키 씨를 강간해 낳은 아이다, 라고 미사키 씨가 말씀하셨습니다. 당신이 말하는 '미에루'라는 존재는 당신 외가 일족에서 태어난다고 했으므로 그렇다면 이치카 씨는 해당하지 않죠." 왜 내 말을 안 믿고 미사키의 말을 믿으시죠? 선생님은 내 이야기를 이해하고 싶은 거 아니었나요? 무슨 짓을 하고 계십니까. 미사키가 뭐라든 이치카는 제 씨입니다. 내 아버지가 한심한 쓰레기였고 욕성에 못 이겨 몇 번 미사키를 품었다는 건 저도 압니다. 알아버렸죠. 그런데 지난번 말한 수행 이야기입니다. 저는 생각했습니다. 혹시 이런 스트레스 속에서 미사키는 훌륭해져 미에루가 되는 걸까. 그렇게 됐잖아요? 역시 저는 틀리지 않았습니다. 요시유키는 제 생각대로 움직여준 어리석은 남자였습니다. 그래요. 태어난 아이가 미에루라는 사실이 역시 제 혈연이라는 증거입니다. 앞으로 다시는 이런 이야기는 하지 마세요. 그래도 의심스러우면 이치카와 연락해 친자 감정이라도 받겠습니다. 너무나 불쾌합니다. 그러나 고맙게도 생각합니다. 역시 미에루라는 말에 짚이는 구석이 없으셔서 이런 일을 하셨겠지요. 세상에는 제가 전혀 모르는, 의학자가 아닌 사람은 말도 안 된다고 여길 병명도 많으니까요. 혹시 미에루에 가까운 병명이 있다면 저는 그를 의심했을 겁니다. 미에루라는 병명이 없다는 사실을 알려주셔서 감사합니다. 그리고 퀴즈의 답은 '모른다'입니까? 곤란하네요. 시호 선생님의 장점은 박학하다는 거였는데요. 뭐든 이해하는 사람 말입니다. 그게 역할 아니겠습니까? 시호 선생님은 의사죠? 어쩌면 의학 외에는 흥미가 없을 수도 있겠네요. 그런 분이라면 아무리 우수한 두뇌라도 모르겠죠. 이제 막 걷기 시작한 아기라도 알 힌트를 내자면 그가 어떤 사람인지 정답을 알 수 있을 겁니다. 무례하다고요? 선생님이 먼저 제게 무례를 범했잖아요. 이 정도는 웃어넘겨주셔야 도리가 아니겠습니까. 그는 밖에서 옵니다. 사람에게 뭔가를 줍니다. 특히 아이에게 자애롭습니다. 시호 선생님.

* * *

시호 선생님. 제 이야기를 죄의 고백으로 이해하셨죠? 이 긴 문장에서 필사적으로 내가 어떤 성향을 지녔고 어떤 증상을 보이며 어떻게 생각하고 죄를 저질렀는지를 읽어내려고요. 억압적인 아버지 밑에서, 유복하나 행복하다고 할 수 없는 가정에서 자라 결혼하고도 따뜻한 가정을 얻지 못했다. 그래서 그랬다. 그런 무의미한 억측만을 좁은 책상 위에서 떠올리고 계시겠죠. 선생님이 권위 있고 훌륭한 의사임은 알겠으나 어차피 수준은 비슷하네요. 저와 마찬가지라고요. ✖✖✖✖와 똑같은 취급을 받아 화가 나시나요? 하지만 마찬가지입니다. 이유가 없는 것에서 이유를 찾는 건 인간뿐입니다. 선생님은 아버지인 신이 아니라 사제조차 아닙니다. 그런 선생님에게 죄를 고백할 리 없다는 사실을 아시겠나요? 예수님은 "아버지, 저 사람들을 용서하여 주십시오! 그들은 자기가 하는 일을 모르고 있습니다."라고 기도했습니다. 아시겠습니까? 죄라고 생각해야 죄가 됩니다. 죄라고 생각하지 않으면 죄가 아닙니다. 저는 제가 한 일이 죄가 아니라고 생각합니다. 사람에게 상처를 주고 불행하게 했을 수 있으나 그것은 인간의 죄일 뿐입니다. 이치카가 멀쩡한 부모와 행복한 가정에서 온갖 애정을 받고 자랐다면 어땠을까요? 저는 죄를 저질렀다고 생각하지 않습니다. 내 혈족이 미에루를 낳고 기르는 건 너무나 옳은 일입니다. 미에루에게 사람 같은 건 필요하지 않아요. 훌륭하게 될 테니까요. 미에루는 아버지도 어머니도 친구도 다 필요 없습니다. 아름다운 꽃이죠. 아, 꽃이라고 하니 저를 상징하는 하얀 꽃 얘기를 해볼까요? 크리스마스 장미, 헬레보루스 니제르라고 한답니다. 그의 피부와 마찬가지로 한 점의 티끌도 없는 순백의 꽃이죠. 그러나 헬레보루스 니제르는 먹으면 죽는다는 전설이 있습니다. 니제르는 죽음을 부르는 검은색을 의미합니다. 그 꽃은 아무것도 받은 게 없는 소녀를 위해 성모가 피웠다는 꽃입니다. 그 아름다운 하얀 꽃은 물을 통해 여러 병사를 지옥에 보냈습니다. 아이를 배 속에서 세상으로 내보내지 않고 천국으로 보냈습니다. 선생님. 이 말은 곧 세상에는 완전한 검은색도, 완전한 악도 없다는 것 아닐까요? 아직 모르시겠어요? 그는 곳곳에 있습니다. 어디에나 있죠. 우리가 바라는 대로 존재합니다. 그는 자신을 나라고 부르는데 저는 그의 '나'가 되고자 합니다. 나는 때로 주인의 명령을 받지 않고도 행동합니다. 스스로 생각하고 행동하죠. 제가 제 행동을 그의 책임으로 돌리려 한다고는 부디 생각하지 말아주십시오. 선생님. 저를 더는 화나게 하지 마세요. 선생님과는 오래 얘기하고 싶으니까요. 자, 어떠세요? 아직도 모르시겠어요? 선생님, 아주 간단합니다. 모두 그를 알고 있어요.

* * *

　시호 선생님. 어째서 상관없는 말씀만 하시나요. 대답이 되질 않네요. 아니면 정말 모르는 건가요? 어쩔 수 없죠. 답을 써드릴게요. 미라의 니콜라이입니다. 미라 리키아의 대주교 기적의 성자 니콜라이라고 하는 게 정확할까요. 설마 모른다고 하시지는 않겠죠. 그렇습니다. 우리는 아주 옛날부터 그를 산타클로스라고 불러왔습니다. 빨간 옷을 입고 사슴이 끄는 썰매를 탄 수염을 기른 할아버지. 왜 그런 이미지가 됐을까요?

일설에 따르면 코카콜라 광고에서 시작됐다고 하더군요. 그를 한 번만 봐도 절대 그렇지 않다는 걸 알 텐데요. 그의 외모는 아버지의 은총으로 가득합니다. 제가 그의 외모에 칭찬을 늘어놓는 일은 좋지 않을 수 있어요. 하지만 레아와 라헬 자매처럼 인간의 외모에 차이가 있다는 건 아버지도 아실 겁니다. 그에 대해 인간이 어떤 감정을 품는지도. 그렇습니다. 저는 아버지가 의외로 유머러스한 분이라고 생각합니다. 무엇보다 이름 말이에요. 성이 구네잖아요. 크네히트 루프레히트요. 산타클로스의 동반자로 나쁜 아이에게 벌을 주죠. 그는 어느 쪽일까요? 아뇨. 둘 다입니다. 선생님. 무엇보다 그런 이름을 그에게 주고 사람들에게 이야기하게 했습니다. 허술한 명명이죠. 그래서 더 유머러스한 분이라고 생각합니다. 엄격한 분이라고들 하는데 자애로운 분이기도 합니다. 저는 믿을 수 없을 만큼 멋지다고 생각합니다. 어쨌든 성 니콜라이는 인간 앞에 인간의 모습으로 옵니다. 그게 그입니다. 아, 그는 언제나 인간이었습니다. 딸을 매춘에 나서게 해야 했던 상인의 집에 금화를 던져줄 때도, 배로 폭풍우를 가라앉힐 때도, 정육점에서 살해당한 아이를 되살릴 때도. 그는 인간으로서 인간과 함께 있었습니다. 선생님은 "당신은 그리스도교인인가?"라고 묻겠죠. 아닙니다. 그리스도교도란 아버지인 신과 삼위일체, 성경을 믿는 사람들이죠. 저는 다릅니다. 저는 니콜라이를 사랑하고 숭배합니다. 제 인생이라고 할 수 있죠. 그리스도교에서는 성모 마리아조차 숭배하지 못하도록 합니다. 숭배가 아니라 공경하라고 하죠. 그렇다면 저는 크게 위반하고 있는 게 아닐까요? 저는 니콜라이를 사랑하고 숭배하고 믿고 그만을 위해 삽니다. 그가 말하는 아버지가 뭘 하고 무슨 생각으로 미에루를 만들었는지, 어떻게 하려는지는 모르겠습니다. 알 수도 없죠. 시호 선생님, 니콜라이를 만나고 싶으신가요? 그렇다면 상대가 찾아올 겁니다.

* * *

시호 선생님. 구네 니코라이와 친해지셨나요? 그가 정말 나타났어요? 근처에 있겠네요. 니코라이는 선생님의 친구? 연인? 성적인 관계도 맺을 수 있겠죠. 그렇다고 해도 제가 뭐라고 하지는 않을 겁니다. 니코라이는 아름다우니까 어쩔 수 없죠. 하지만 질투는 나네요. 만약 그런 사이라도 제게 알려주지는 마세요. 선생님을 ✖여버리고 말 겁니다. 선생님은 제 얘기를 무시하지 않고 들어주신 착한 사람이므로 선생님을 ✖✖고 싶지 않습니다. 선생님이 저에 대해 쓴 글을 직원이 보여줬습니다. 「그는 조현병이 아니다. 신이 만든 것은 인간이 분류할 수 없다. DSM도 ICD도 다 틀렸다. 신은 만들지 않는다. 그가 어떤 인간인지 내가 구분할 수 없다. 나는 일개 정신과 의사다.」 이거 정말 곤란합니다. 무슨 소리죠? 제가 정상이라고 새삼 주장하시는 건가요? 그래봤자 소용없는 일입니다. 곤란합니다. 당신, 적당히 좀 해. 무슨 생각이야? 수없이 썼지? 웃기지 좀 마. 나는 이곳에서 나갈 수 없어. 무슨 속셈이야? 좋고 나쁘고는 기준에 따라 달라지는 게 아니라고, 나는! 니코라이를 방해하지 마. 나는 니코라이를 돕기 위해 산다고 했는데 너와는 상관없는 일이야. 그냥 너는 나를 ✖✖✖✖로 취급하라고. 네가 파울로라니 이상하잖아? 네가 회개하다니 말도 안 돼. "시호 선생님은 네 재활을 믿고 보고한 거야. 너도 이제 자살 미수 같은 바보 짓은 그만해." 이런 말까지 들었다고. 직원은 의외로 멍청해 도움이 됐는데 다시는 이런 거 쓰지 마. 나는 지금으로 만족해. 더는 바라지 않아. ✖✖✖✖로 좋아. 작작해. 쓸데없는 소리 좀 시껄이시 말라고. 저질러놓고 깨딜으면 이미 늦어. 대체 왜 갑자기 그런 말을 떠든 거야? 니코라이가 뭐라고 했어? 열 받네. 니코라이가 그 아름다운 눈동자로 너를 보며, 그 아름다운 입으로 네게 속삭였다고 생각하니 그것만으로 너를 ✖✖고 싶어져. 니코라이를 본 눈을 ✖✖버리고, 니코라이의 목소리를 들은 귀를 ✖✖✖고 싶어. 왜 네게 그런 권리가 있지? 맞다. 너는 잘 알겠지. 일개 정신과 의사라는 사실을. 선생님. 아시겠어요? 선생님의 역할은 저를 정신 이상자로 보고하는 겁니다. 그 쓸데없이 방대한 지식을 이용해 지금처럼 저와 아무 의미도 없는 대화를 계속하는 겁니다. 방해하지 마. 구네 니코라이에게 바바 유이치 일을 보고하지 말라고. 니코라이는 이미 나를 알아. 이미 다 아니까 더는 말하지 말라고. 아시겠어요?

당신께서는 못하실 일이 없으십니다.
계획하신 일은 무엇이든지 이루십니다.

◆ 욥기 42장 2절 ◆

〈참고·인용 문헌〉

『첫해부터 잘 나간다! 세미나 강사 초입문』 오이와 도시유키, 지쓰무쿄이쿠출판

『세미나 강사가 전하는 기술』 다테이시 쓰요시, 간키출판

『누구나 할 수 있는 세미나 주최자가 돼 비즈니스를 가속하는 방법』 아오쿠 다카유키,
　세르바출판

『생명을 새긴다 연필화의 귀재 기노시타 스스무 자서전』 기노시타 스스무, 후지와라쇼
　텐

『풍경과의 대화』 히가시야마 가이이, 신초샤

정신 질환과 범죄 : 사법 정신 의료의 현장에서, 다구치 도시코, 센슈대학 법학연구소보
=The Newsletter of the CLPS, Senshu University

http://www.waseda.jp/prj-wipss/ShakaiAnzenSeisakuKenkyujoKi
　yo_04_Satou.pdf

범죄 백서, 법무성

『세계의 산디클로스』 기디야미 고로, 공익재단법인 사회교육협회

『산타클로스 전설의 탄생』 콜레트 미상/히구치 준·모로오카 야스에, 하라쇼보

『성서 신 공동 번역』 일본성서 협회

〈게재 정보〉

「결산의 관」(원제 「선물하는 사람」)―「소설 신초」 2021년 8월호

「선택의 상자」(원제 「시험하는 사람」)―「yomyom」 2022년 6월

「귀환의 항아리」(원제 「주는 사람」)―「소설 신초」 2022년 8월호

「분노의 돌」(원제 「바른 사람」)―「yomyom」 2022년 9월

「황금잔」(원제 「바다를 잠재우는 사람」)―「yomyom」 2023년 4월

「천부의 재능」(원제 「씨를 뿌리는 사람」)―「소설 신초」 2023년 1월호

「무결의 인간」― 새로 집필

두렵지만 만나고 싶은 매혹적인 공포

매혹적이다. 나도 모르게 끌려들어간다. 페이지 한 장, 한 장을 넘길 때마다 다음에 무슨 일이 일어날지 궁금하다. 작품 속 화자와 하나가 되어간다. 이성은 말도 안 된다고 미친 듯이 경종을 울린다. 그러나 마음은 그럴 수 있지, 어쩌면 가능할지도 모른다며 다음 페이지를 넘기고 있다. 이미 그의 눈동자에 빨려들어가 있다. 나도 그들처럼……

한 가족을 둘러싼 이야기다. 우선 폭군 같았으나 능력 있는 시아버지가 돌아가시면서 어쩔 수 없이 시어머니를 모시게 된 장남과 결혼한 며느리의 이야기가 펼쳐진다. 이 여성의 삶은 곤두박질친다. 하얀 아스파라거스처럼 섬세하고 다정했던 남편의 눈에서 빛이 사라지고 시아버지 대신 폭군이 된 시어머니의 시달림을 혼자 감당해야 한다. 그리고 딸과는 소통 자체가 불가능하다.

꼼짝 못 할 덫에 갇힌 그녀에게 그가 왔다. 출근하기 한 시간 전, 카페에서의 만남. 그 짧은 시간에서 그녀는 구원을 얻는다. 그리고 인생 최대의 위기를 맞은 그녀에게 그는 최고의 선물을 내민다. 그녀의 인생을 바꿀 선물을……. 그러나 누군가에게는 가장 잔인한 대가를…….

이후 가족 구성원이 하나씩 화자로 등장하며 이야기는 시간과 장소를 이리저리 넘나든다. 아버지의 폭력과 강압에 억눌려 인생에서 제대로 된 선택을 해보지 못한 막내아들, 언제나 똑똑한 장녀로 쌍둥이 여동생을 보살펴야 했던 어머니, 자식 중에 제일 똑똑했으나 딸이라는 이유로 대학 구경도 못 한 장녀가 놓쳐버린 행복을 찾으려고 벌이는 처절한 노력, 집안에서 존재감이 거의 없는 둘째가 가슴 깊이 몰래 품고 있던 강렬한 욕망. 여기에 기묘한 재능을 타고나 한 소녀를 둘러싼 불행한 예술가까지. 그리고 그들의 인생을 관통하는 단 한 사람.

그는 다양한 모습으로 다가온다. 뭔가를 주는 사람, 선택하게 하는 사람, 말리는 사람, 시험하는 사람 그리고 꽃 피우는 사람으로. 너무나 매력적인 모습과 말과 행동으로 다가오는 그를 거부할 사람은 없다. 그러나 그의 선물과 선택과 제지와 시험을 통해 얻는 것은 행복인 듯한 불행이고, 희망인 듯한 절망이며, 구원인 듯한 타락이고, 충족인 듯한 완전한 포기다.

그의 선물은 최종적으로 파국이다. 그러나 그 파국의 과정은 너무나 매력적이고 탐미적이기까지 하다. 기이한 체험이다. 끔찍하고 받아들이기 힘든데 긍정하는 내가 있다. 나라면 어떨까? 그가 나에게 이런 선물을 준다면? 선물을 주고 쓰지 말라면? 세 가지를 선택하라면? 나는 제대로 할 수 있을까?

자신 없다. 그래도 만나고 싶다. 두렵지만, 만나고 싶다. 받아보고 싶다. 선택해보고 싶다. 욕망이 꿈틀댄다. 마지막 장남의 장황한 편지를 읽으면서 어쩌면 나도 저렇게 될지 모른다, 아니 저렇게 되리라고 생각하면서도 그래도 그가 날 찾아온다면, 만나고 싶다고 강렬하게, 너무나 강렬하게 바란다.

이 책을 쓴 작가 로카고엔도 그만큼이나 비밀스럽다. 생년월일도 약력도 모른다. 어느 날 갑자기, 소설 투고 사이트 「가쿠요무」에 혜성처럼 등장했다. 스마트폰으로 그의 소설을 읽다가 너무 무서워 잠들지 못했다는 입소문이 퍼지면서 데뷔작 『호네가라미』로 정식 데뷔했다. 이후 '사사키 사무소' 시리즈로 불리는 『이단의 축제』 『칠흑의 모정』 『성자의 낙하 각도』 등을 발표하며 일본 독자와 평단의 기대를 모으고 있다.

이제 우리도 이 작품을 통해 새로운 재능과 처음 만나게 됐다. 더 길고 직접적인 내용을 쓰고 싶어 입이 간질간질하나 멈추기로 한다. 직접 느껴봐야 안다. 당신은 그의 어떤 시험에 들고 실패할까? 일본에서도 작품을 연재할 당시 "정말 최악이었다. 물론 좋은 의미에서" "토할 듯 기분 나쁜 이야기"라는 의견이 쇄도해 화제를 모은 바 있다. 여러분도 로카고엔이 보낸 사자(使者)의 시험대에 직접 올라보시길 바란다. 기이하고 때로는 불쾌할 수도 있을지언정 끝내 매혹될 것이다.

옮긴이의 말

죽음에 이르는 꽃

1판 1쇄 인쇄 2024년 10월 28일
1판 1쇄 발행 2024년 11월 14일

지은이 로카고엔
옮긴이 민경욱

발행인 양원석
편집장 김건희
디자인 오필민디자인
영업마케팅 조아라, 박소정, 한혜원

펴낸 곳 ㈜알에이치코리아
주소 서울시 금천구 가산디지털2로 53, 20층 (가산동, 한라시그마밸리)
편집문의 02-6443-8902 **도서문의** 02-6443-8800
홈페이지 http://rhk.co.kr
등록 2004년 1월 15일 제2-3726호

ISBN 978-89-255-7443-1 (03830)